T0243864

El proyecto jefe

VI KEELAND

EL PROYECTO JEFE

TRADUCCIÓN DE
Patricia Mata

CHIC

Primera edición: junio de 2024
Título original: *The Boss Project*

© Vi Keeland, 2022
© de esta traducción, Patricia Mata Ruz, 2024
© de esta edición, Futurbox Project S. L., 2024
Todos los derechos reservados, incluido el derecho de reproducción total o parcial de la obra.
El derecho moral de Vi Keeland a ser reconocida como la autora de esta obra ha sido reconocido.

Diseño de cubierta: Taller de los Libros
Imagen de cubierta: Shutterstock - nellirom - ANYA Studio | Freepik - prostockstudio
Corrección: Gemma Benavent, Lola Ortiz

Publicado por Chic Editorial
C/ Roger de Flor, n.º 49, escalera B, entresuelo, despacho 10
08013, Barcelona
chic@chiceditorial.com
www.chiceditorial.com

ISBN: 978-84-19702-15-9
THEMA: FRD
Depósito Legal: B 10053-2024
Preimpresión: Taller de los Libros
Impresión y encuadernación: Liberdúplex
Impreso en España — *Printed in Spain*

Bienvenidos a Inversiones Crawford

CAPÍTULO 1
Evie

—Me he comido un par de cerezas. —Bajé la mirada hacia la blusa manchada y sonreí a modo de disculpa—. Cuando estoy nerviosa, me da por comer. He pasado por delante de una frutería y he visto las cerezas. Son mi perdición. Aunque ahora me doy cuenta de que no ha sido muy buena idea comérmelas un cuarto de hora antes de la entrevista.

Las arrugas de la frente de la mujer se marcaron más. He de reconocer que no eran solo un par de manchas. Pensé que la mejor opción para salvar la entrevista sería hacerla reír con la verdad.

—Es que se me ha caído una cereza —proseguí—. Ha rebotado y me ha dibujado un caminito de manchas antes de que me diera tiempo a atraparla. He intentado limpiarla en el lavabo de mujeres, pero es una camisa de seda, así que no salían. Entonces he tenido la brillante idea de fingir que era un estampado. Me quedaban un par de cerezas, por lo que las he mordido y he hecho un par de manchas más. —Negué con la cabeza—. No ha salido muy bien, como es más que evidente, aunque en ese momento solo tenía dos opciones: ir a comprar una camisa nueva y llegar tarde a la entrevista, o fingir que la blusa era así. Pensaba que no se notaría tanto... —Suspiré levemente—. Pero me he equivocado.

La mujer se aclaró la garganta.

—Sí, bueno... ¿Qué te parece si pasamos a la entrevista?

Me obligué a sonreír y me coloqué las manos sobre el regazo, aunque parecía que ya no iba a conseguir el trabajo.

—Muy bien.

Veinte minutos después, ya estaba en la calle. Por lo menos la mujer no me había hecho perder mucho tiempo. Podría ir a por unas cuantas cerezas más y todavía tendría tiempo de comprarme una camisa nueva antes de ir a la última entrevista de trabajo de la semana. Eso me animó un poco.

Después de volver a la frutería, me dirigí al metro. Pensé en comprar una blusa nueva entre la estación y el lugar de la entrevista.

Sin embargo, cuando solo me quedaban dos estaciones para llegar, el tren se detuvo de forma abrupta y se quedó parado durante casi una hora. El chico que estaba sentado delante de mí no dejaba de mirarme. En un momento dado, busqué en el bolso algo con lo que abanicarme, porque empezaba a hacer muchísimo calor en el vagón. El hombre bajó la mirada al móvil y me volvió a mirar dos o tres veces más. Intenté ignorarlo, pero imaginaba lo que vendría a continuación.

Unos segundos después, se inclinó hacia delante en el asiento.

—Disculpa. Eres la novia esa, ¿no? —Giró el móvil hacia mí para mostrarme un vídeo que desearía que no existiera—. ¿La tía que arruinó su propia boda?

No era la primera vez que me reconocían, aunque habían pasado uno o dos meses desde la última vez, por lo que pensaba que ya había quedado en el olvido. Me equivocaba. La gente a nuestro alrededor empezaba a fijarse en nosotros, así que hice lo necesario para evitar que me bombardearan con preguntas en cuanto admitiera la verdad: mentir descaradamente.

—No, no soy yo. Pero me han dicho que podríamos ser gemelas. —Me encogí de hombros—. Dicen que todos tenemos un doble por alguna parte y parece ser que esta chica es el mío. —Después de una pausa, añadí—: Aunque ojalá fuera ella. Es una mujer de armas tomar, ¿eh?

El chico bajó la vista al móvil una vez más antes de volver a mirarme. No parecía creerse ni una palabra de lo que le había dicho, pero por lo menos dejó el tema.

—Ah. Sí, claro. Disculpa las molestias.

Una hora después, el tren por fin empezó a moverse. No dieron ninguna explicación sobre por qué se había detenido. Para cuando conseguí salir del metro, solo faltaban veinte minutos para la entrevista y yo seguía con la blusa manchada. Aunque… ahora tenía unas cuantas manchas más, ya que me había hartado a comer cerezas mientras esperaba sentada en el caluroso vagón. Subí las escaleras a toda prisa con la esperanza de encontrar alguna cosa presentable que ponerme de camino al lugar de la entrevista.

A unos cuantos edificios antes de llegar, encontré una tienda con ropa tanto de hombre como de mujer en el escaparate. Una dependienta con un marcado acento italiano se ofreció a ayudarme en cuanto entré en la Boutique Paloma.

—Hola, ¿tiene alguna blusa de seda de color crema? ¿O blanca o…? —Negué con la cabeza y bajé la mirada—. Bueno, lo que sea que me combine con la falda.

La mujer se fijó en mi camisa y agradecí mucho que no reaccionara de ninguna manera. Se limitó a asentir y la seguí hasta un estante del que tomó tres blusas de seda diferentes. Me serviría cualquiera de ellas. Aliviada, le pregunté dónde estaban los probadores y ella me acompañó a la parte trasera de la tienda. Cuando alguien la llamó desde la caja registradora, me señaló una puerta y me dijo algo en una mezcla de italiano e inglés. Pensé que me habría dicho «Ahora vengo a ver qué tal vas», pero me dio igual. No me pareció importante.

Dentro del vestidor, me miré en el espejo. Tenía los labios de un color rojo brillante, probablemente por el casi medio kilo de cerezas que me había comido.

—Mierda —murmuré antes de frotarme la boca.

Pero el color no desaparecería para la entrevista. Por suerte, no se me habían manchado los dientes. Las malditas cerezas habían sido un desastre. Como no tenía tiempo para lidiar con nada más, sacudí la cabeza, me quité la blusa manchada y cogí una de las perchas del colgador. Antes de cambiarme, pensé que a lo mejor debería refrescarme un poco. El calor que había pasado en el tren me había hecho sudar mucho, así que busqué en el bolso un sobre con una toallita húmeda que me habían dado en un restaurante de alitas de pollo hacía unas semanas. Por suerte, no se había secado. Cuando me pasé la toallita por debajo del brazo, un olor a limón llenó el aire del lugar y me pregunté si se me quedaría en la piel. Incliné la cabeza con curiosidad y me olí la axila. Y esa fue la posición exacta en la que estaba cuando la puerta del probador se abrió de par en par.

—¿Pero qué...? —El hombre al otro lado fue a cerrar la puerta de inmediato, pero se quedó a medias y frunció el ceño—. ¿Qué haces?

Lo que me faltaba. Y, además, para hacer la situación todavía más humillante, el tío era guapísimo. Sus preciosos ojos me habían pillado totalmente desprevenida, pero reaccioné enseguida cuando me di cuenta de que todavía tenía el brazo levantado y que me acababa de ver oliéndome la axila.

Confundida, me tapé el sujetador de encaje con las manos y respondí:

—¿Qué más te da? ¡Lárgate! —Alargué el brazo y golpeé al intruso con la puerta al cerrarla—. Vete al probador de hombres —grité.

Veía los zapatos del hombre por debajo de la puerta. No se movían.

—Para tu información —respondió con un tono áspero—, este es el probador masculino. Aunque mejor dejo que te limpies los sobacos en paz.

Cuando los zapatos brillantes desaparecieron por fin, solté el aire que había contenido en las mejillas. El día tenía que acabar ya, pero todavía tenía la entrevista de trabajo y, como no me pusiera las pilas, llegaría tarde. Ni siquiera me molesté en limpiarme la otra axila antes de probarme la primera camisa. Por suerte, me iba bien, así que me volví a poner mi bonita blusa y me dirigí a la caja mientras me remetía la camisa. Pensé que me encontraría al chico del probador esperando por ahí, pero, por suerte, no lo vi.

Mientras esperaba a que la dependienta me atendiera, me fijé en los probadores y me di cuenta de que la puerta que creía que me había indicado la chica estaba justo al lado de otra que tenía un cartelito encima en el que ponía «Mujeres». Colgado por encima del probador en el que había entrado, había otro que indicaba claramente que era para hombres.

Mierda. «Qué bien».

La camisa me costó ciento cuarenta dólares (unos ciento veinte más que la que llevaba, que había comprado en un *outlet*). Como el gasto era más que suficiente para agotar los fondos de mi lamentable cuenta corriente, decidí que tenía que conseguir el trabajo, y apenas faltaban unos minutos para la entrevista. Por lo tanto, corrí hacia el edificio, me cambié más rápido que Superman en el baño de mujeres del vestíbulo, me peiné con los dedos y me apliqué una capa extra de pintalabios para disimular el rojo de las cerezas.

El trayecto hasta la trigésimo quinta planta fue tan rápido como el trayecto en metro hasta el centro. El ascensor se detuvo en casi todos los pisos para que la gente subiera, así que saqué el móvil y comprobé el correo electrónico, para no pensar en que llegaba un par de minutos tarde. Por desgracia, resultó contraproducente, porque vi que había recibido dos correos electrónicos sobre otras ofertas de trabajo a las que me había presentado y que no había conseguido (entre ellos, el de la entrevista de esa misma mañana). «Genial». Me sentí totalmente derrotada, sobre todo porque la entrevista era para un puesto para el que sabía que no estaba cualificada, por mucho que Kitty me hubiera recomendado.

El timbre del ascensor indicó que habíamos llegado a mi planta y respiré hondo para tranquilizarme antes de salir. En cuanto crucé al otro lado de la puerta, el ápice de tranquilidad que había logrado reunir, se esfumó. Me sentí muy intimidada al ver las puertas dobles de cristal con grandes y elegantes letras en las que ponía «Inversiones Crawford». En el interior, la zona de recepción me pareció incluso peor: tenía unos techos altísimos y unas paredes de un blanco resplandeciente con cuadros de colores llamativos y una araña de cristal enorme. Además, la chica al otro lado del mostrador parecía una modelo y no una recepcionista.

Sus labios con brillo se curvaron en una sonrisa.

—¿Puedo ayudarla?

—Sí. Tengo una cita a las cinco con Merrick Crawford.

—¿Cómo se llama?

—Evie Vaughn.

—Avisaré al señor Crawford de que está aquí. Tome asiento, por favor.

—Gracias.

Mientras me acercaba a los cómodos sofás blancos, la mujer me llamó:

—¿Señorita Vaughn?

Me giré hacia ella.

—¿Sí?

—Lleva… —Se pasó un brazo por encima del hombro para señalarse la espalda—… la etiqueta de la camisa colgando.

Alargué un brazo, la busqué con la mano y la arranqué.

—Gracias. Se me ha manchado la blusa que llevaba y me he tenido que comprar otra antes de venir.

Sonrió.

—Menos mal que ya es viernes.

—Y que lo digas.

Unos minutos después, la recepcionista me llevó al santuario interior de oficinas. Cuando llegamos al famoso despacho de la esquina, vi que dos hombres se batían en lo que parecía ser un duelo de gritos. Ni siquiera se percataron de que estábamos allí, pero como el despacho tenía las paredes de cristal, los veíamos discutir frente a frente. El más bajo de los dos tenía entradas y movía las manos al hablar. Cada vez que levantaba los brazos, se le veían las manchas de sudor debajo de las axilas. Basándome en la actitud del hombre más alto, deduje que él era el jefe. Estaba de pie, con las piernas separadas y los brazos cruzados sobre el torso ancho. No le veía la cara, sin embargo, por el perfil, me pareció que probablemente rebosaría seguridad, porque era muy atractivo.

—Si no te gusta… —gruñó el jefe al final—, ya sabes dónde está la puerta.

—Tengo calcetines con más años que este niñato. ¿Qué experiencia va a tener?

—La edad me importa una mierda. El único número que me importa es el de los beneficios. Y él consigue beneficios de dos cifras mientras que los tuyos llevan tres cuatrimestres cayendo en picado. Hasta que no mejoren las cosas, Lark tendrá que dar el visto bueno a todas tus transacciones.

—Lark... —Negó con la cabeza—. Hasta el nombre me pone de mal humor.

—Pues vete con el mal humor a otra parte.

El tipo bajito dijo algo entre dientes que no entendí y se dio media vuelta para marcharse. Se dirigió hacia la puerta mientras se secaba el sudor del rostro rojizo, la abrió y pasó por nuestro lado como si no existiéramos. En el interior, el jefe fue hacia su escritorio. Al parecer, éramos invisibles.

La recepcionista me lanzó una mirada compasiva antes de llamar a la puerta.

—¿Qué?

Entreabrió la puerta y asomó la cabeza.

—Ha llegado la chica de la entrevista de las cinco. Me has pedido que la acompañara.

—Muy bien. —Frunció el ceño y negó con la cabeza—. Hazla pasar.

«Parece que el nieto de Kitty no ha heredado su amabilidad».

La recepcionista extendió el brazo con una sonrisa titubeante.

—Lo siento —susurró—. Buena suerte.

Di unos cuantos pasos y entré en el majestuoso despacho. Cuando oí que la puerta de cristal se cerraba detrás de mí y vi que el chico todavía no me había mirado ni saludado, pensé en darme la vuelta y huir. Pero al gruñón se le acabó la paciencia mientras yo urdía mi plan.

Sin dejar de darme la espalda, colocó algo en la estantería.

—¿Vas a sentarte o quieres que nos comuniquemos por señales de humo?

15

Entrecerré los ojos. «Menudo capullo». No sé si fue el mal día que había tenido o la actitud del tío lo que me hizo perder los papeles; fuera lo que fuera, en ese momento me dio igual no conseguir el trabajo. Que pasara lo que tuviera que pasar. Lo bueno de que ganar o perder dejara de importarme era que me deshice de la presión del juego.

—Puede que te estuviera dando un minuto para que se te pasara el mal humor —respondí.

El chico se volvió hacia mí. Lo primero que me llamó la atención fue su sonrisa de suficiencia. Sin embargo, cuando nuestros ojos se encontraron y vi ese verde deslumbrante, casi me caigo al suelo.

«No».

«¿En serio?».

«Venga ya».

«No puede ser».

«¿El chico del probador es el nieto de Kitty?».

Quería que la tierra me tragara.

No obstante, mientras yo moría lentamente a causa de la humillación, el hombre que hacía quince minutos me había pillado oliéndome la axila se acercó hacia mí.

Merrick señaló con la mano la silla frente a su escritorio.

—El tiempo es oro. Siéntate.

«¿Cómo puede ser que no se acuerde de mí?».

Después de la conversación que había tenido con su empleado, me pareció que era de los que decían lo que pensaban.

«Puede que no me haya visto bien la cara…». Había cerrado la puerta muy rápido. Además, él me había visto en sujetador y ahora estaba totalmente vestida.

A lo mejor… ¿Podría ser que me hubiera confundido y que no fuera el hombre de la tienda? Estaba bastante convencida. Aunque yo le resultara fácil de olvidar, yo sí que recordaba su rostro a la perfección: esa mandíbula marcada, los pómulos prominentes, la piel perfecta y bronceada, los labios carnosos y gruesos, las pestañas oscuras que le enmarcaban esos ojos de un color verde casi cristalino. Los mismos ojos que me escrutaban en ese momento como si fuera la última persona del mundo a la que quisieran ver allí.

Puso los brazos en jarras.

—No tengo todo el día. Acabemos con esto de una vez.

Vaya. «Qué tío más simpático». Parecía igual de emocionado que yo al pensar que tendría que trabajar con él. A pesar de eso, me había esforzado mucho para llegar hasta allí, por lo que, ya puestos, podría seguirle el rollo y finiquitar la semana de mierda con un último rechazo.

Me acerqué al escritorio y le ofrecí la mano.

—Evie Vaughn.

—Merrick Crawford.

Nuestras miradas se encontraron cuando nos estrechamos las manos, pero en sus ojos no vi ninguna señal de reconocimiento, ni por el accidente en el probador ni por ser la amiga de su abuela.

«Qué más da». Kitty me había conseguido la entrevista, pero el resto era cosa mía.

Mi currículum estaba en el centro de la enorme mesa de cristal. Lo tomó y se reclinó en la silla.

—¿Qué es Boxcar Realty?

—Ah, es una ONG que fundé hace unos años. Es un proyecto paralelo que tengo, aunque he pasado gran parte de los últimos seis meses trabajando en él a tiempo completo mientras buscaba un empleo como psicóloga. No quería no incluirlo en el currículum y dejar los últimos seis meses vacíos.

—Entonces, ¿desde que dejaste tu trabajo de psicóloga hace seis meses no has trabajado para nadie más?

Asentí.

—Correcto.

—¿Y Boxcar es un proyecto relacionado con los bienes inmuebles?

—Es una empresa de alquiler de propiedades. Tengo en propiedad varios espacios poco convencionales y los alquilo a través de Airbnb.

Merrick frunció el ceño.

—¿Poco convencionales?

—Es una historia un poco larga. Heredé una propiedad en el sur que es genial para hacer montañismo y escapar de la ciudad. No estaba urbanizada y no quería arruinar el terreno construyendo casas, así que monté un campamento de lujo y casas en los árboles y los alquilo.

—¿Un campamento de lujo?

—Es un campamento de toda la vida, pero con un poco más de *glamour,* es…

Merrick me interrumpió:

—Ya sé lo que es, señorita Vaughn. Lo que intento comprender es qué tiene que ver eso con la psicología.

«Uf. Empezamos mal». Me erguí en la silla.

—Bueno, no tiene una relación directa, a no ser que tengas en cuenta que la mayoría de la gente que viene busca escapar del estrés de sus trabajos. Es algo que siempre había querido hacer. Dono todos los beneficios. Cuando dejé mi último trabajo, me tomé el descanso que tanto necesitaba y me centré en mejorar el campamento. —Me incliné hacia delante y señalé mi currículum—. Si se fija en el trabajo que hay justo antes, verá mi experiencia como psicóloga.

Merrick me examinó un momento antes de bajar la mirada al papel.

—Trabajó en la farmacéutica Halpern. Cuénteme a qué se dedicaba.

—Monitorizaba y trataba a los pacientes que participaban en ensayos clínicos con antidepresivos y fármacos para la ansiedad.

—¿Todos los pacientes se medicaban?

—Bueno, no. Algunos solo recibían placebos para el ensayo clínico.

—¿Y todos trabajaban en ambientes con un alto nivel de estrés?

—No todos. Había gente de todo tipo, pero todos sufrían de depresión y estrés.

Merry se pasó el pulgar por el labio.

—Había asumido que decidieron hacer el tratamiento con medicamentos porque la terapia tradicional no les funcionó.

Asentí.

—Así es. Uno de los requisitos para el ensayo era que todos debían haber hecho, como mínimo, un año de terapia. Los estudios de Halpern se centraban en la eficacia de los medicamentos en las personas que no habían respondido a la terapia.

—¿Y los medicamentos surtieron efecto?

—Los medicamentos con los que yo trabajé sí.

Merrick se recostó en la silla.

—Entonces, la única experiencia laboral que tienes es con gente que no responde a la terapia y necesita medicamentos para mejorar. ¿Me equivoco?

Fruncí el ceño. «Madre mía, menudo idiota».

—Por desgracia, no todo el mundo responde a la terapia. Muchos de los pacientes a los que he tratado han mejorado. Sin embargo, dada la naturaleza de doble ciego de los ensayos médicos, no podría decirle con certeza cuántos de mis pacientes tomaron placebos y mejoraron solo por hacer terapia conmigo. Aunque estoy convencida de que alguno habrá.

Lanzó el currículum sobre el escritorio.

—Soy el jefe de una agencia de corredores. Me pregunto si podría dejar de darles a los clientes la tasa de rentabilidad que mi empresa aporta. Debe de ser muy agradable no tener que demostrar el éxito de tu trabajo.

Se me prendieron las mejillas.

—¿Insinúa que no hice mi trabajo porque no podemos saber si los pacientes mejoraron por la terapia o por los medicamentos?

Los ojos le brillaban.

—No he dicho eso.

—No con tantas palabras, pero lo ha insinuado. Yo trato igual a todos los pacientes, lo hago lo mejor que sé, tanto si me observan como si no. Dígame, señor Crawford, si no tuviera que compartir la tasa de rentabilidad con los clientes, ¿se esforzaría tanto como ahora o se relajaría?

Un atisbo de sonrisa le asomó en los labios, como si disfrutara de ser tan imbécil. Después de mirarme durante unos segundos, se aclaró la garganta.

—Buscamos a alguien con experiencia en el tratamiento de pacientes en un entorno con estrés elevado para que no tengan que recurrir a las pastillas.

Me di cuenta de que no importaba lo que hubiera dicho desde que había entrado por la puerta. Y de que no me apetecía que me siguiera ridiculizando, sobre todo porque, con su actitud, me había dejado más que claro que no iba a conseguir el puesto.

Así que me puse de pie y le tendí la mano.

—Gracias por su tiempo, señor Crawford. Espero que encuentre a la persona que está buscando.

Merrick arqueó la ceja y preguntó:

—¿Ya se ha acabado la entrevista?

Me encogí de hombros.

—No veo por qué alargarla. Ya me ha dejado claro que mi experiencia no es lo que busca. Y ha dicho que el tiempo es oro, así que seguro que ya le he hecho perder... ¿mil o dos mil dólares?

La sonrisa de suficiencia volvió a aparecer. Sus ojos me escrutaron el rostro, se puso de pie y me estrechó la mano.

—Por lo menos veinte mil. Soy muy bueno en lo que hago.

Intenté apartar la mano, pero Merrick me la apretó con más fuerza. De repente, tiró de mí por encima del escritorio y se inclinó para acercarse. Por un momento, pensé que iba a intentar besarme. Sin embargo, antes de que el corazón empezara a latirme de nuevo, giró de golpe hacia la izquierda, acercó la cara a mi cuello e inhaló profundamente. Luego, me soltó la mano sin más, como si no hubiera pasado nada.

Parpadeé unas cuantas veces y erguí la espalda.

—¿A qué ha venido... eso?

Merrick se encogió de hombros.

—He supuesto que como no trabajas para mí, una olidita rápida no se consideraría acoso.

—¿Una olidita rápida?

Se metió las manos en los bolsillos del pantalón.

—Es que sentía curiosidad desde que te he visto en el probador.

Puse los ojos como platos.

—Madre mía. ¡Sabía que eras tú! ¿Por qué no me has dicho nada hasta ahora?

—He pensado que sería más divertido así. Quería ver cómo te comportabas. Al principio, parecía que te ibas a largar, aunque has sabido sobreponerte muy bien.

Entorné los ojos.

—Ahora ya entiendo por qué necesitas ayuda con el nivel de estrés de tus empleados. ¿Sueles jugar con la gente para entretenerte?

—Y tú, ¿sueles esconderte en los probadores a olerte los sobacos?

Fruncí la cara y entrecerré los ojos todavía más. Merrick parecía estar disfrutando.

—Para que lo sepas, me estaba limpiando porque me he quedado atrapada en el… —Negué con la cabeza y gruñí—. ¿Sabes qué? No importa. —Respiré hondo y me recordé que era una mujer profesional y que a veces era mejor no rebajarse al nivel de los demás. Me coloqué bien la falda y me enderecé—. Gracias por su tiempo, señor Crawford. Espero que no nos volvamos a ver.

CAPÍTULO 2
Evie

—Veo que la entrevista no ha ido muy bien.

Acabé de vaciar la botella de vino en la copa y se la mostré a mi hermana.

—No sé por qué lo dices.

Greer sacó más vino del botellero y se sentó al otro lado de la mesa de la cocina con un sacacorchos.

—¿Por qué hemos nacido guapas e inteligentes en lugar de ricas?

Solté una carcajada.

—Porque no somos gilipollas. Te juro que todas las personas a las que he conocido que lo tienen todo, dinero, inteligencia y belleza, son unas imbéciles. —Le di un trago al vino—. Como el tío de la entrevista de esta tarde. Era guapísimo. Tenía los ojos muy claritos y unas pestañas tan densas y oscuras que era imposible no mirarlo embobada. Es el propietario de uno de los fondos de protección más importantes de Wall Street, pero es un capullo arrogante.

Greer descorchó la botella con un ruidoso «¡pop!», y Buddy, su perro, se acercó corriendo. Era el único ruido por el que el animal se ponía en pie. No se levantaba de la cama ni cuando la gente llamaba al timbre o golpeaba la puerta. Sin embargo, oía el descorchar de una botella de vino y de repente se volvía pavloviano. Ella le ofreció el corcho para que lo lamiera y Buddy se puso las botas.

Los miré y negué con la cabeza.

—Qué perro más raro tienes.

Ella se rascó la coronilla mientras el perro chupaba el tapón.

—Solo le gusta el tinto. ¿Te has fijado en la cara de asco que me pone cuando viene corriendo y se da cuenta de que es vino blanco y se ha levantado para nada?

Me eché a reír y le serví a Greer una copa llena de merlot.

—Volvamos a lo del tío atractivo, rico y arrogante que has conocido hoy —dijo—. Parece un capullo. ¿Crees que me podría donar esperma?

Después de cinco años intentando concebir pero sin resultados, Greer y su marido estaban en proceso de selección de un donante. Ella tenía diez años más que yo, treinta y nueve, y había empezado a sufrir las consecuencias de la naturaleza. Habían hecho cuatro rondas de fecundación *in vitro* con los espermatozoides de Ben, porque sus pequeñines tenían problemas de movilidad. No tuvieron suerte. Hacía poco que se habían rendido y habían optado por buscar un donante.

—Creo que es más probable que te dé su esperma que a mí el trabajo.

—¿Qué ha pasado? ¿Tampoco encajabas en esa empresa?

Suspiré y asentí.

—Sinceramente, es culpa mía. No tendría que haber aceptado el trabajo en la farmacéutica de la familia de Christian. Es una industria muy específica. Hoy en día la gente no se fía de los ensayos clínicos y haber estado involucrada en uno no me deja en muy buen lugar. Además de que fui una tonta al entretejer todos los aspectos de mi vida con un hombre.

Mi hermana me acarició la mano.

—No te deprimas. La semana que viene tienes la entrevista en la empresa del nieto de Kitty. A lo mejor esa va bien.

—¿Recuerdas el cabrón arrogante que te acabo de mencionar? Pues ese es el nieto de Kitty.

Nuestra abuela y Kitty Harrington habían sido mejores amigas durante casi treinta años. Habían sido vecinas en Georgia hasta que nuestra abuela falleció hacía cuatro años. Cuando decidí hacer el doctorado en Emory, en Atlanta, me mudé a casa de mi abuela y entablé una buena amistad con Kitty. Mi abuela murió durante mi último año en la universidad, después de una corta batalla contra el cáncer, y Kitty y yo nos ayudamos a sobrellevarlo, desde entonces teníamos una relación muy estrecha. Me daba igual que nos lleváramos más de cincuenta años, la consideraba una buena amiga. Seguimos en contacto incluso cuando me fui a vivir a Nueva York para las prácticas. La iba a ver una vez al año y charlábamos por teléfono casi todos los domingos.

Greer me miró con los ojos muy abiertos.

—Ostras. Pensaba que la tenías la semana que viene. Me parece increíble que el nieto de Kitty se haya portado tan mal contigo teniendo en cuenta la buena relación que tienes con su abuela.

Di un trago al vino y negué con la cabeza.

—No he mencionado el tema de Kitty. No es de los tíos que pierden el tiempo hablando de cosas sin importancia. Pero cuando he salido del despacho, se me ha ocurrido que a lo mejor no sabía quién era. Porque imagino que, al menos, lo habría mencionado, ¿no?

—¿Por qué no lo has mencionado tú?

Me encogí de hombros.

—He tenido un día de locos. De hecho, me lo he encontrado antes de la entrevista en una tienda cercana y hemos tenido… un pequeño percance. Me he quedado bastante descolocada y luego él ha sido muy duro conmigo y ha puesto en duda mi preparación. Entiendo que es posible que no sea la mejor candidata, pero ¿para qué me ofreció la entrevista si consideraba que no tenía ni la más mínima cualificación?

—Me sorprende mucho. Kitty es una señora muy agradable.

—Sí. Aunque también tiene un lado travieso. Al principio me costaba mucho saber cuándo iba en serio y cuándo no con esa sonrisa que tiene. —Negué con la cabeza—. En eso sí que se parecen, los dos tienen una sonrisa imposible de interpretar.

—¿Le dirás que se ha comportado como un capullo contigo?

Arrugué la nariz.

—No quiero que se sienta mal. Además, siempre se le ilumina la expresión cuando habla de él.

—Bueno… —Me estrechó la mano—. Todo pasa por algún motivo. Me apuesto lo que quieras a que te espera algo mejor. Y no tienes que irte a ningún sitio, puedes quedarte con nosotros todo el tiempo que quieras.

Sabía que lo decía de corazón, y había disfrutado mucho de su compañía y la de su marido, pero tenía muchas ganas de instalarme en un piso propio.

—Gracias.

Más tarde esa misma noche, di vueltas en la cama porque no conseguía quedarme dormida, como me venía pasando desde que mi vida había cambiado de forma tan drástica. En un día había perdido a mi prometido, a mi mejor amiga, mi trabajo y mi piso. Además de todo eso, el discurso de la boda, en el que les eché en cara a Christian y a Mia que hubieran tenido una aventura, se volvió viral. Y también se viralizó el vídeo que mostré en el que salían manteniendo relaciones sexuales en la *suite* nupcial la noche antes de la boda. La última vez que lo miré, el vídeo de «Mejor amiga y prometido de una novia loca se lo montan» tenía más de mil millones de visualizaciones. Mil millones, con nueve ceros. La historia había salido hasta en las noticias, y la gente había tardado un eterno y doloroso mes en empezar a perder el interés. Entonces, justo cuando pensé que por fin podía respirar tranquila, Christian y su familia me demandaron por fraude y malversación y afirmaron que les había hecho pagar por una boda de lujo para vengarme por algo que ya hacía tiempo que sabía. Y por si eso fuera poco, cuando los periodistas se enteraron, el tema se reavivó. Durante unos días, hubo hasta *paparazzi* aparcados delante del piso de mi hermana. ¿Hasta qué punto hemos llegado que una no puede mandar su boda a la mierda sin que se enteren mil millones de personas?

Como no podía dormir, cogí el móvil de la mesilla de noche y me puse a mirar Instagram. No había nada que me llamara la atención, así que cometí el error de abrir el correo electrónico. Me habían rechazado en dos ofertas más desde que lo había consultado por la tarde. Suspiré y me dispuse a desconectar la cuenta, pero entonces vi que había otro correo electrónico. Había llegado hacía dos horas y el dominio del remitente me llamó la atención.

Joan_Davis@InversionesCrawford.com

Pensé que sería otro rechazo, pero lo abrí de todos modos.

Estimada señorita Vaughn:

Gracias por tomarse el tiempo de venir a comentar el puesto de psicóloga para terapia de estrés. El señor Crawford ha seleccionado a dos posibles candidatos para el trabajo y nos gustaría invitarla a una segunda entrevista en nuestras oficinas.

Díganos qué disponibilidad tiene la semana que viene.

Atentamente,
Joan Davis,
Directora de Recursos Humanos

Parpadeé un par de veces y pensé que debí de haberlo leído mal. Sin embargo, lo releí y confirmé que realmente me habían invitado a una segunda entrevista. Debía de ser por la buena impresión que causé al olerme las axilas.

CAPÍTULO 3

Merrick

—¿Señor Crawford? —Mi ayudante, Andrea, asomó la cabeza por la puerta del despacho mientras yo comía con Will—. Disculpe la interrupción. Los de Recursos Humanos me han pedido que le pregunte si puede hablar con uno de los candidatos para el puesto de psicólogo interno.

Negué con la cabeza.

—No hace falta que hable con ellos. Ya le di mi opinión a Joan. Los de Recursos Humanos realizarán la segunda ronda de entrevistas y me comentarán qué piensan cuando acaben.

—Parece que uno de los candidatos ha pedido hablar con usted un minuto después de su cita con el departamento. Está a punto de reunirse con ellos y sé que le gusta tener la agenda libre en las horas de mayor actividad comercial.

—¿Cómo se llama?

—Evie Vaughn.

Me recosté en la silla y reí.

—Claro, ¿por qué no?

Asintió.

—Ahora se lo digo.

Will levantó la barbilla al oír a Andrea cerrar la puerta y preguntó:

—¿A qué viene la sonrisita?

—Una de las candidatas para el puesto de psicóloga interna es interesante, como mínimo.

—¿Qué quieres decir?

—Tuvo la primera entrevista la semana pasada, y como no era hasta las cinco de la tarde, cuando cerraron los mercados, fui a la tienda de Paloma para recoger el traje que me había comprado y había dejado para arreglar. Al salir de la tienda, pensé que me había dejado el móvil en el probador, por lo que volví a mirar. Cuando abrí la puerta, me encontré a una mujer.

—Odio las tiendas que solo tienen un probador para hombres y mujeres.

—En realidad, tiene uno de cada, pero ella estaba en el de hombres. Sin embargo, eso no es lo mejor. Cuando entré, estaba medio desnuda y... se estaba oliendo el sobaco.

Arqueó las cejas.

—¿Cómo dices?

—Lo has oído bien. Total, al cabo de unos minutos, entra mi cita de las cinco y es ella. La mujer del probador.

—¿La huele sobacos? Tienes que estar de broma. ¿Y qué hiciste?

—Nada. Fingí que no la había reconocido, aunque ella sí que me reconoció a mí. Estaba muerta de la vergüenza.

—Estas cosas solo te pasan a ti, amigo. ¿Y qué ocurrió? ¿Qué tal fue la entrevista?

—Era la candidata menos preparada de todos. Ni siquiera entiendo que su currículum estuviera entre el de los otros candidatos seleccionados.

—¿Y ha venido a hacer una segunda entrevista?

—Pues sí.

Will negó con la cabeza.

—¿Qué me estoy perdiendo?

—Esa noche, en casa, pensé que la junta directiva me ha obligado a comerme con patatas este nuevo puesto de trabajo. Me han exigido que contrate a alguien, no que la persona a la que contrate sea competente.

Will sonrió.

—¡Menudo genio!

Negué con la cabeza.

—No les pareció suficiente que me ofreciera a pagarle la terapia a todo el que quisiera ir. Tuvieron que contratar a un psicólogo interno y obligar a los trabajadores a asistir como mínimo una vez al mes en horario laboral. Necesito que mis trabajadores estén centrados y se muestren despiadados mientras están aquí, no que se pongan en contacto con sus sentimientos.

—Te entiendo.

Mientras acabábamos de comer, Andrea volvió y llamó a la puerta. Evie Vaughn estaba justo detrás de ella. Ese día llevaba el pelo rubio y ondulado recogido, un traje de falda negro y sencillo y una blusa roja. Tenía el aspecto de bibliotecaria *sexy* con el que todo hombre ha fantaseado por lo menos una vez en la vida. Intenté ignorar la sensación que me causó verla y me obligué a agachar la mirada.

Andrea asomó la cabeza por la puerta.

—¿Quieres que esperemos un poco?

Miré a Will y le pregunté:

—¿Tienes que comentarme algo más?

Negó con la cabeza.

—No se me ocurre nada más. Finalizaré la compra de Endicott en cuanto las acciones estén a cuarenta.

—Bien. —Volví a centrarme en Andrea—. Por favor, haz pasar a la señorita Vaughn.

Will se levantó y cuando pasó junto a Evie, se giró para sonreírme.

Cuando se cerró la puerta, ella avanzó hacia mí y dudó un instante.

—Gracias por recibirme.

Asentí y con un gesto de la mano le pedí que se sentara en una de las sillas al otro lado de mi escritorio.

—Toma asiento.

—Tu ayudante me ha dicho que no te gusta recibir visitas mientras los mercados siguen abiertos.

—Así es. —Me recliné en la silla y junté las yemas de los dedos formando una V invertida—. ¿Qué puedo hacer por ti, señorita Vaughn?

—Llámame Evie, por favor. Y... bueno, he pensado que a lo mejor podías explicarme una cosa.

—¿El qué?

—¿Qué hago aquí? Es decir, ¿por qué he venido a una segunda entrevista? En la primera me dejaste muy claro que no creías que tuviera la experiencia necesaria para el puesto y no es que causara muy buena impresión en el probador. Así que... ¿qué hago aquí?

Crucé los brazos por encima del pecho y sopesé cómo contestar. La respuesta políticamente correcta y profesional sería decirle que había cambiado de opinión por cómo se había defendido durante la entrevista. Sin embargo, nunca me habían acusado ni de ser políticamente correcto ni profesional.

—¿Estás segura de que quieres saber la verdad? A veces es mejor no saber nada y aceptar los hechos sin más.

Cruzó los brazos por encima del pecho, imitando mi postura.

—Puede que tengas razón, pero quiero saberlo de todos modos.

Me gustó que tuviera agallas. Me costó mucho contener una sonrisa.

—Te he pedido que vuelvas porque eres la candidata menos preparada de todos los que hemos entrevistado.

Su expresión se volvió triste y sentí una punzada de arrepentimiento, aunque había sido ella la que me había pedido que le dijera la verdad.

—¿Por qué querrías hacer eso?

—Porque contratar a un psicólogo interno no fue idea mía. Me obliga la junta directiva.

—¿Y te resulta un problema porque no fue idea tuya?

—Tengo ciento veinticinco empleados cuyo trabajo consiste en darme ideas. —Negué con la cabeza—. No es porque tenga problemas de autoridad, señorita Vaughn.

Hizo una mueca con la boca.

—Doctora. Es doctora Vaughn. Prefiero que me llamen Evie, pero si te empeñas en usar el tratamiento formal, me inclino por que uses el título correcto. Tengo un doctorado en Psicología Clínica.

Esa vez sí que no pude contener la sonrisa. Asentí.

—Perfecto. No, no tengo problemas de autoridad, doctora Vaughn.

—Entonces, ¿te opones a la posición en general y has pensado en contratar a la peor candidata para demostrar que tenías razón?

Asentí una vez.

—Supongo que sí.

—¿Estás en contra de la terapia?

—Creo que puede beneficiar a algunas personas.

—¿Puede beneficiar a algunas personas, pero no crees que vaya a ayudar a tus empleados? ¿Acaso consideras que ellos no sufren de estrés en el trabajo?

—Esto es Wall Street, señorita... doctora Vaughn. Si no fuera un trabajo estresante, mis agentes no tendrían un sueldo de siete cifras. Lo único que digo es que prefiero que estén concentrados cuando están en la oficina.

—¿Se te ha ocurrido alguna vez que a lo mejor ves las cosas al revés? Dedicar una hora del día a hablar con alguien no es lo que impide que la gente estresada se concentre. Ya están desconcentrados por los niveles de estrés a los que están sometidos. La terapia los ayudaría a centrarse y mejoraría su concentración.

—Me queda claro que hay más de una manera de entender las cosas. —La examiné un momento—. ¿Querías preguntarme algo más o hemos llegado al punto de la conversación en el que me dices que esperas no volver a verme nunca más?

Sonrió con timidez.

—Siento haber dicho eso. No fue nada apropiado.

Me encogí de hombros.

—No pasa nada. Aunque no te lo creas, me han acusado un par de veces de ser inapropiado.

Soltó una carcajada.

—No me digas, no lo habría dicho nunca del hombre que me olisqueó durante una entrevista de trabajo. —Evie me tendió la mano—. Gracias por tu tiempo. Y por tu honestidad.

Asentí y le estreché la mano.

—Una cosa más. Espero que no te importe que tiente a la suerte con una sugerencia.

Arqueé la ceja.

—Me muero de ganas de oírla…

Sonrió.

—Si tienes que contratar a alguien, ¿por qué no contratas al mejor profesional que encuentres? Tus empleados se lo merecen y, vete tú a saber, a lo mejor el resultado te sorprende.

Esa misma noche, mi jefa de Recursos Humanos, Joan Davis, me saludó al pasar por delante de mi despacho. Parecía que ya se iba a casa. Abrí la puerta y la llamé:

—Oye, Joan.

Ella se detuvo y se giró hacia mí.

—¿Sí?

—¿Puedo preguntarte una cosa?

—Claro, dime.

—¿Por qué elegimos a la doctora Vaughn para la entrevista?

Frunció el ceño.

—Me mandaste un correo electrónico en el que me lo pedías.

—No, no quiero decir esta vez. Me refiero a la primera vez. Los otros candidatos tenían más experiencia, así que me preguntaba por qué le concedisteis la primera entrevista.

La arruga de su frente se volvió más profunda.

—Yo también me refería a la primera vez. Me pediste que la incluyéramos cuando comenzamos el proceso de selección.

—¿Yo te lo pedí? No la conocía hasta que vino el otro día.

—Pero me dijiste que tal vez tu abuela te mandaba una candidata para el puesto y que la incluyéramos en la primera ronda de entrevistas.

—Pensaba que su currículum no había llegado. O sea que la conocida de mi abuela es… —Cerré los ojos—. Mierda. Evie es la abreviatura de Everly, ¿no?

32

Joan asintió.

—Había asumido que ya lo sabías. En su carta de presentación mencionaba que la había enviado Kitty Harrington, te la di junto al currículum.

No me había molestado en leer las cartas de presentación. Normalmente eran todas una porquería, un medio en el que soltar unas cuantas palabras de la jerga corporativa.

—Pues no lo debo de haber visto.

—Vaya. Disculpa. Te lo tendría que haber recordado antes de que empezaras las entrevistas.

Negué con la cabeza.

—No pasa nada. Es culpa mía. Que descanses, Joan.

Ese mismo día, más tarde, decidí llamar a mi abuela. Para cuando llegué a casa ya eran casi las nueve de la noche, pero ella era una trasnochadora. Además, hacía tiempo que no hablábamos, y estaba convencido de que me lo recordaría. Así que me serví dos dedos de *whisky* en un vaso y cogí el móvil.

—Vaya, vaya, vaya… —dijo al responder a la llamada—. Ya empezaba a pensar que tendría que subirme un avión y plantarme en tu casa para darte una buena tunda.

Sonreí. No se había hecho esperar.

—Lo siento, yaya. Hacía mucho que no te llamaba, es que he estado muy liado.

—Bah, sabes tan bien como yo que eso son excusas.

Solté una risita.

—¿Cómo estás?

—Imagino que como tú, pero mejor.

La había echado muchísimo de menos.

—Seguro que sí. ¿Qué te cuentas? ¿Todavía sales con ese tal Charles?

—Ay, cariño, sí que hace tiempo que no hablamos, sí. Ahora estoy con Martin.

—¿Qué pasó con Charles?

—Pues que cenaba a las cuatro de la tarde, se ponía las zapatillas de casa para salir como si fueran zapatos y no le gustaba viajar. Tengo setenta y ocho años. No tengo tiempo para muermos así. ¿Te he comentado que somos familia de Ava Gardner?

—Era una actriz, ¿verdad?

—Una actriz buenísima. Tenía unos morros muy carnosos y voluminosos. Seguro que por eso tienes esos labios tan bonitos.

Arrugué la frente. Mi abuela se enrollaba como una persiana y yo no me enteraba de nada.

—¿Y qué relación tiene Ava Gardner con Charles?

—Ninguna. Ava es uno de mis nuevos descubrimientos en Linaje.

—Ah…

Casi se me había olvidado el pasatiempo de mi abuela. Durante los dos últimos años, había encontrado más de seis mil conexiones en Linaje. Cada semana, hacía una videollamada con los nuevos familiares lejanos que estuvieran dispuestos a hablar con ella. Incluso había quedado con algunos en persona. La mujer no podía pasar ni un día sin hacer nada. Es más, solo hacía cinco años que se había jubilado del refugio para mujeres víctimas de violencia de género y seguía yendo una vez a la semana como voluntaria.

—¿Qué relación tenemos con Ava, entonces? —pregunté.

—El bisabuelo de mi padre, o sea mi tatarabuelo, era primo hermano de su bisabuela.

—Creo que es una relación demasiado lejana para decir que he sacado los labios de ella.

—Tenemos unos genes muy fuertes. Dios sabe que tu cabezonería se remonta por lo menos cinco generaciones.

Estaba convencido de que la tozudez de la familia bastaría para que mi abuela encontrara, por lo menos, cinco generaciones más de nuestros antepasados.

—¿Qué has hecho últimamente, además de no llamarme para ver si me había muerto? —me preguntó—. ¿Sigues liándote con modelos en lugar de buscar a la madre de mis bisnietos? Ya no soy una jovenzuela, ¿sabes? Estaría bien que te fueras poniendo las pilas.

—Estoy muy liado con la empresa, yaya.

—Y una mierda. La vida te ha dado limones. Deja de chuparlos y haz limonada de una vez. Y ve a buscar a una chica que tenga vodka.

Sonreí, pero pensé que sería mejor que cambiara de tema. Y hablando de limones…

—Oye, quería preguntarte una cosa sobre Evie Vaughn.

—Ah, Everly. Nunca me he acostumbrado a llamarla Evie.

—Parece que se hace llamar así.

—Ya había imaginado que a lo mejor me llamabas para hablar de ella. Everly me comentó que os visteis la semana pasada.

«Mierda».

—¿Qué te contó?

—Pues nada fuera de lo normal. Que fuiste tan caballeroso como le había dicho, aparte de muy educado y profesional.

«Así que educado, ¿eh?». Mi abuela no se guardaba nada. Si supiera cómo la había tratado en realidad, me habría reprendido sin miramientos. Agradecía que la doctora Vaughn no le hubiera contado la verdad sobre nuestro encuentro.

—Es muy guapa, ¿verdad?

—Es una mujer atractiva, sí.

—Y tiene un buen par —añadió.

Eso lo tenía clarísimo después del incidente del probador, pero no quería hablar de los pechos de una tía con mi abuela.

—No lo sé. Yo me limité a entrevistarla, no me fijé en ella.

—Muy bien. Eres el mejor. Y mi nieto favorito. Aunque lo último que mi pobre Everly necesita es un adicto al trabajo con problemas de compromiso. Dale un trabajo, pero no hace falta que le des un viaje en el Merrick Express.

—Para empezar, soy el único nieto que tienes, así que más te vale que sea tu favorito. En segundo lugar, no tengo problemas de compromiso.

—Lo que tú digas. ¿Vas a darle el trabajo o qué? Ha tenido un mal año con lo de la ruptura y el maldito vídeo de las narices.

—¿Qué vídeo?

—¿Me escuchas cuando hablo? Ya te lo conté. Creo que fue hace unos seis meses. La semana después de mi operación de vesícula, para ser exacta. Por eso no pude ir a la boda.

Ahora que lo mencionaba, sí que recordaba que iba a venir para una boda, pero al final le dio un ataque de vesícula y la tuvieron que operar.

—Recuerdo lo de la boda... ¿Rompieron? ¿Evie la canceló?

—No del todo. La noche anterior al gran día, Evie se enteró de que su prometido se estaba tirando a su dama de honor. En lugar de romper el compromiso, se casó con él y en el banquete mostró un vídeo de los dos haciendo el mambo horizontal y se largó. De algún modo, todo el mundo vio el vídeo gracias al maldito internet. La semana siguiente pidió la nulidad matrimonial.

Joder. Sí que me sonaba la historia que me había contado mi abuela e incluso recordaba haber visto un trozo del vídeo en las noticias. Pero no había atado cabos.

—No había entendido que era la chica de la entrevista.

—Sí, aunque espero que no se lo tengas en cuenta. Hay que tenerlos cuadrados para hacer lo que hizo.

—Claro que no —respondí.

Mi abuela y yo hablamos durante unos diez minutos más. Nada más colgar, cogí el portátil y escribí en la barra del buscador: «Everly Vaughn boda desastrosa».

No le había prestado mucha atención al vídeo cuando lo había visto por todas partes a principios de año, pero la chica que apareció en el primer vídeo al pulsar «Intro» era, sin duda, Evie. Y el puto vídeo tenía millones de visualizaciones. En la imagen salía el rostro de la chica, que hablaba delante de un micrófono con un vestido de novia. Le di a «reproducir» y vi el vídeo entero boquiabierto. No me creía que la mujer de las imágenes fuera la misma a la que había entrevistado sin ningún entusiasmo, la misma del probador. El vídeo terminó, y yo me lo puse otra vez. Sin embargo, cuando la novia apareció en la pantalla, pausé el vídeo y la observé con atención.

Evie, la doctora Everly Vaughn, estaba guapísima en un vestido palabra de honor de encaje blanco y ajustado. Llevaba el pelo como las mujeres de los años cuarenta, con el precioso rostro enmarcado por ondas rubias. Las sensuales gafas de bibliotecaria que había llevado las dos veces que habíamos coincidido habían desaparecido, y sus ojos grandes y azules parecían aún más grandes. Madre mía... Era una chica despampanante.

Agité el hielo del vaso casi vacío sin despegar los ojos de la pantalla. La primera vez que había visto el vídeo, me había fijado en el novio para saber si se imaginaba la que se le venía encima. Era evidente que no, y eso hacía aún más divertido verlo recibir su merecido. Sin embargo, la segunda vez me fijé en la novia, que, aunque estaba muy guapa, tenía los ojos cargados de dolor. Eso me recordó el momento en el que le había confesado aquella tarde por qué le habíamos concedido una segunda entrevista, claro que el dolor del vídeo era mucho mayor.

Le di a «reproducir» y contemplé cómo Evie se hacía con el micrófono y les pedía a todos que la escucharan. Me fijé en que le temblaban las manos. Unos meses atrás, cuando salió por las noticias, había atribuido el vídeo a una novia loca, pero en ese momento lo veía todo de otro modo. Me acabé el líquido de color ámbar del vaso y reconocí el valor que había tenido al no dejarse pisotear. Mi abuela tenía razón. Había que tenerlos cuadrados para hacer lo que había hecho, para mostrarse vulnerable en una sala llena de gente y plantarles cara a dos personas a las que quería. Cuando el vídeo llegó a la parte en la que el prometido y la mejor amiga empiezan a montárselo, cerré el portátil y contemplé Manhattan por la ventana.

Evie Vaughn. La chica que se casó solo para hacerlo volar todo por los aires en el banquete. No parecía que se le diera muy bien controlar su propio estrés. Por no mencionar que parecía una mujer terremoto: atrevida, inteligente, el tipo de mujer que le cantaba las cuarenta a alguien cuando le parecía necesario, ya fuera en su boda o en una entrevista con su posible futuro jefe. Estaba buenísima, sobre todo cuando no le temía a nada. Sí, la doctora Vaughn era exactamente el tipo de empleada que no necesitaba, ni siquiera en un puesto que no quería. Ya teníamos tozudos de sobra en la empresa.

Y a pesar de eso, no había podido quitármela de la cabeza en los últimos días.

Cosa que me pareció una tontería.

Una tontería enorme.

Sabía lo que tenía que hacer para cortar el asunto de raíz. Así que abrí el correo electrónico que me habían mandado los de Recursos Humanos al acabar las entrevistas con los candidatos seleccionados y lo volví a leer antes de responder.

> *Señor Crawford:*
>
> *Me he reunido con las dos candidatas que ha seleccionado para la segunda entrevista. Las dos estuvieron bien, compartieron conmigo diferentes técnicas que emplearían para lidiar con el estrés y demostraron que habían hecho los deberes y se habían informado sobre la industria. Dicho esto, la doctora Wexler tiene más experiencia en el tratamiento del estrés y la ansiedad en terapia individual que la doctora Vaughn. Por eso recomiendo que le hagamos una oferta a la primera.*
>
> *Avíseme si quiere que hablemos más del tema o, por lo contrario, si prefiere que reabramos el proceso de selección y busquemos a más posibles candidatos.*
>
> *Atentamente,*
> *Joan Davis*

Me quedé sentado otros veinte minutos mirando fijamente la pantalla del ordenador. La lista de razones por las que no debería contratar a Evie Vaughn era infinita. El equipo de Recursos Humanos había recomendado a la otra candidata. Sin embargo…

Yo siempre me guiaba por mis instintos más que por la lógica. Y en general, me había ido bastante bien. Por algún motivo, no dejaba de pensar que rechazar a Evie Vaughn era un error, y no solo porque haría enfadar a mi abuela. Aunque, para ser sincero, no podía decir que el hecho de que me decantara por la candidata menos preparada se debiera a motivos puramente profesionales. Había algo en ella que me había calado hondo. Una razón más por la que debería haber seguido el consejo de la jefa de Recursos Humanos. Sin embargo, en lugar de responder al correo, regresé a la página de YouTube y volví a ver el vídeo. Dos veces más.

Al final, negué con la cabeza. «Esto no tiene ningún sentido». ¿Por qué narices perdía el tiempo dándole vueltas a quién contratar para un puesto en mi empresa que yo ni siquiera quería?

Así que pulsé «responder» y empecé a escribir.

Joan:
Por favor, hazle una oferta a...

CAPÍTULO 4
Evie

—¡Joder! —dije entre risas antes de darle un trago al café—. ¿En serio?

—¿Qué pasa?

Levanté la vista del ordenador y miré a Greer.

—Acabo de abrir un correo de la empresa de inversiones con la que tuve la entrevista hace un par de días, la del nieto de Kitty. Ya sabes, el tío que básicamente me dijo que era una incompetente.

—¿El tío *sexy* que quiero que me done esperma?

Asentí.

—El mismo.

—¿Y qué dice el correo? ¿Quiere que le lleve un vaso de recogida esterilizado?

—No, es incluso más raro que eso. Me han ofrecido el puesto.

—¡Madre mía! ¡Qué bien!

Me mordisqueé la uña.

—No estoy segura. ¿De verdad quiero trabajar en un sitio donde el jefe piensa que mi puesto es inútil y que no valgo para él?

—Depende. ¿Cuánto te pagan? ¿Y puedes negociar días de vacaciones extras y una donación de esperma?

Volví a la pantalla del ordenador. Solo había leído las primeras líneas en las que decían que me habían seleccionado para el puesto. Había un contrato adjunto en el correo. Ojeé el documento de nueve páginas y me sorprendió ver que el sueldo era mayor que el de mi último trabajo y que además no era proporcional a la experiencia que Merrick Crawford creía que tenía. Las vacaciones también eran muy generosas, por no mencionar la posibilidad de una bonificación considerable.

—Uf. Es un muy buen sueldo, tiene cuatro semanas de vacaciones y participación en los beneficios a partir del primer año.

—Y entiendo que tu «uf» implica que preferirías tener un sueldo de mierda, menos vacaciones y que no te dieran parte de los beneficios.

Negué con la cabeza.

—Es que me resultaría más fácil rechazarlo si el sueldo fuera una mierda.

—¿Por qué lo quieres rechazar?

—Porque el propietario de la empresa me quiere contratar porque soy la candidata menos competente. Me lo confesó. Y dijo que la junta directiva lo ha obligado a crear el cargo.

—¿Y qué? ¿Qué más te da lo que él opine? ¿Qué piensas tú?

Pensé un momento.

—Estoy segura de que hay gente con más preparación y conocimiento de la industria que podría empezar directamente sin tener que aprender nada. Pero soy una buena psicóloga y creo que lo haría bien, una vez entienda un poco más qué es lo que causa el estrés en el trabajo. Bueno, aparte del jefe, que es más que evidente que tiene una manera de dirigir la empresa bastante peculiar.

—Entonces ¿cuál es el problema?

—¿Que piensa que soy una incompetente?

Se encogió de hombros.

—Demuéstrale que se equivoca. ¿Qué hiciste cuando mamá te dijo que no podrías entrar en el equipo de voleibol porque eras muy bajita?

—Conseguí entrar y el año siguiente me convertí en la capitana.

—¿Y cuando la gente te dijo que mandaras la solicitud del doctorado a universidades alternativas porque las tres que tú querías tenían una tasa de aceptación inferior al diez por ciento?

Sonreí.

—Conseguí que me aceptaran en las tres.

—¿Hace falta que siga? Porque todavía no he superado que te colaras en el *backstage* de Justin Timberlake a los dieciséis años y que yo no te acompañara porque suponía que no lo lograrías —añadió mientras negaba con la cabeza—. ¿Quieres que te diga cuál creo que es el verdadero problema?

—No lo sé. ¿Quiero saberlo?

—El jefe. Temes que él te suponga un mayor reto que el trabajo en sí y puede que tengas razón. Pero ¿qué más da? Plantéatelo como si él fuera un proyecto independiente al puesto de trabajo. Es «El proyecto jefe». Tiene un nombre pegadizo, ¿verdad?

Me mordí el labio inferior.

—No sé. Me puso nerviosa por algún motivo. Tuve la sensación de que me intentaba leer la mente o algo por el estilo.

Greer se mofó.

—Créeme. No te habrían ofrecido el trabajo si hubieran visto lo que tienes ahí dentro. Yo me lo imagino como algo parecido al Circo del Sol, aunque los artistas están un poco borrachos y hacen problemas matemáticos complicados mientras adoptan formas de *pretzels* con el cuerpo.

Me eché a reír.

—No sé. Lo pensaré luego. —Me terminé el café y me levanté para enjuagar la taza en el fregadero—. Ahora me tengo que vestir para reunirme con el abogado por lo de la demanda, pero no te preocupes, a las cinco estaré en la tienda para cubrirte, como te prometí.

—Gracias. La cita es a las seis, así que, si lo prefieres, puedes venir a las cinco y media. ¿Y cuándo has contratado a alguien para que te represente? No me lo habías dicho.

—Todavía no he contratado a nadie. Aunque creo que por fin he encontrado al hombre perfecto para el trabajo.

—¿De dónde lo has sacado?

—Hace años que lo conozco.

Mi hermana arrugó la nariz. Conocía a todos mis amigos.

—¿Quién es?

—Simon.

Puso los ojos como platos.

—¿Es una broma?

—No.

—He de admitir que me sorprende bastante que aceptara el caso. Es decir, es buen tío, pero siempre trató a Mia como si fuera de la realeza.

—Bueno, es que todavía no sabe qué caso es.

Greer se echó a reír.

—Madre mía, esto va a ser interesante. Compraré una botella de vino extra para esta noche.

—Gracias, hermanita.

Negó con la cabeza y añadió:

—Me parece increíble que Christian te haya demandado. Qué cojones tiene.

—Ya. Es una pena que no tuviera el pene del mismo tamaño.

—¿Evie? ¿Qué haces aquí? —preguntó Simon.

Miré a la recepcionista, que me acababa de acompañar a la sala para la reunión de las once de la mañana. Parecía confundida.

—Evie es la abreviatura —le dije.

Arrugó la nariz y preguntó:

—¿La abreviatura de Ada?

Simon le hizo un gesto con la mano para que lo dejara.

—No importa. Entra, Evie o Ada.

Salió de detrás del escritorio y me dio un beso en la mejilla.

—¿Entonces tú eres mi cita de las once? ¿A qué viene lo del nombre falso?

—Me sorprende que todavía no hayas descifrado el código. Menudo patinazo.

—¿Código? ¿A qué te refieres?

—Al nombre.

Simon volvió detrás del escritorio y miró el calendario impreso que tenía arriba del todo.

—El apellido me había parecido un poco raro. «Planta».

—Dilo todo seguido.

Volvió a bajar la mirada.

—Ada Planta.

—Ahora repítelo varias veces.

—Planta-Ada. Qué mono. Supongo que soy un poco lento con estas bromas de niños de sexto de primaria. La próxima vez prueba con «Elba Gina» o «Lazo Rita». Pero ¿por qué has pedido una cita?

—Tengo problemas legales y he pensado que podrías ayudarme.

—Vaya, lo siento mucho. ¿De qué se trata? Oye, espera un momento. —Negó con la cabeza—. No, ni lo sueñes. Si has venido por lo que creo, no puedo ayudarte.

—Por favor, Simon. Sé que te molestó que no te avisara de lo que iba a decir en el discurso de la boda, pero pensaba que ya lo habías olvidado.

Simon se pasó una mano por el pelo.

—No estoy enfadado porque no me lo contaras. Es solo que... estoy intentando pasar página.

—Y yo. Por eso necesito que me ayudes con la ridícula demanda.

—Puedo recomendarte algunos compañeros.

—Vamos, Simon. ¿No hay ni un trocito de ti que quiera devolvérsela a Christian?

Respiró hondo.

—Hay una gran parte de mí a la que le encantaría darle una paliza. Pero le prometí a Mia que intentaría olvidarlo.

Eché la cabeza hacia atrás.

—¿A Mia? ¿Por qué le has prometido nada?

Simon me miró con indecisión.

—No sabes que hemos vuelto, ¿verdad? Mia y yo estamos intentando arreglarlo.

Se me crispó el rostro.

—¿Cómo? ¿Por qué quieres arreglarlo?

Se quitó las gafas y las dejó en el escritorio antes de frotarse los ojos.

—Es complicado.

Sentí que me ardía el rostro.

—No es complicado. Pillar a tu novia tirándose al prometido de su mejor amiga tiene una solución bastante sencilla. ¿Cómo has podido volver con ella?

Simon suspiró y se pellizcó el puente de la nariz.

—La quiero. Ha cometido un error.

—No ha cometido un error. Se acostaron varias veces. No es que se emborracharan una noche, acabaran en la cama y se arrepintieran al día siguiente. Tuvo una aventura de meses con el prometido de su supuesta mejor amiga. ¡Siempre salíamos a cenar los cuatro juntos! Seguro que le tocaba la polla por debajo de la mesa con nosotros allí delante como unos pardillos.

—Sé que estás enfadada, pero… Mia está muy arrepentida de lo que te hizo.

—Se acostaron en la *suite* nupcial la noche antes de la boda. Mi vestido estaba a pocos metros de donde se abrió de piernas. ¡Veía el vestido de novia de su mejor amiga mientras Christian le daba por culo, Simon! ¡Le daba por culo! ¡Y me había dicho que a ti no te dejaba que lo hicieras!

Miró por encima de mi hombro.

—Por favor, baja la voz. Trabajo aquí.

—Lo siento. —Negué con la cabeza y continué—: No debería haber venido. Pensaba… pensaba que éramos amigos y necesitaba un abogado y… no sé. Supongo que creía que nos podíamos vengar los dos juntos.

Simon frunció el ceño.

—Claro que somos amigos, Evie.

45

—No, no puedes ser amiga de alguien al otro lado de la línea enemiga. No tengo nada contra ti, pero seamos realistas. No volveremos a quedar. Puede que me felicites el cumpleaños por Facebook y yo te escribiré algún «ja, ja, ja» en alguna foto y ya.

Simon hizo una mueca triste con la boca. Daba igual lo que dijera, porque sabía que yo tenía razón. Y la verdad es que me sentía mal por él. Mia lo había traicionado a él y a su mejor amiga. No había sido un error; era un defecto de su personalidad. Y volvería a hacerle lo mismo al pobre imbécil.

Me puse de pie y alargué el brazo hacia él.

—Adiós, Simon. Buena suerte.

Se puso de pie.

—¿Quieres que te dé el contacto de algún compañero?

—No. —Sonreí tristemente—. No hace falta, muchas gracias.

Cuando salí del despacho, me sentí como si la herida se hubiera vuelto a abrir. Ya sabía que venir a hablar sobre lo que había pasado no sería fácil, pero no me esperaba eso. Habían pasado seis meses y parecía que yo era la única que no había avanzado. Christian había colgado una foto el otro día con una chica y Mia... había recuperado a su novio y su vida de antes. Mientras tanto, yo había perdido mi trabajo y mi casa, me había convertido en la burla de mil millones de personas y me habían demandado por una cantidad que tardaría diez años en ganar. Bueno, si encontraba trabajo, claro.

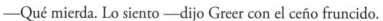

—Qué mierda. Lo siento —dijo Greer con el ceño fruncido.

Había llegado a la tienda de vinos un poco antes de lo necesario para contarle lo de Simon y Mia. No había dejado de darle vueltas a la conversación con Simon y así había acabado en Brooklyn, donde, antes de dirigirme a la tienda, había dado un largo paseo por la playa a la que siempre iba a buscar vidrios marinos.

—Imaginaba que me rechazaría. A Simon nunca le ha ido mucho el drama, eso era más cosa de Mia. Pero no pensé que sería porque volvieran a estar juntos.

Mi hermana negó con la cabeza, acabó de desempaquetar una caja de vino y colocó las botellas en un estante.

—Me cuesta creer que alguien tan inteligente como Simon sea tan idiota para volver con ella.

—Ya. He intentado entenderle. Él y Mia solo eran novios, no estaban comprometidos como Christian y yo. Aunque, si te soy sincera, creo que habría sentido lo mismo si me hubiera puesto los cuernos sin estar comprometidos. Hay diferentes niveles de infidelidad. Emborracharse y acostarse con alguien es un tres en la escala del cuernómetro. Tener una relación paralela con otra persona es un seis y medio, y si es con una amiga o familiar de tu pareja es un diez como una catedral. A lo mejor podría perdonar un tres, pero el resto ya no son simples errores, son decisiones que uno toma. Este tema me enfada tanto que… —Levanté la barbilla y recorrí con los ojos las vitrinas de cristal de detrás de mi hermana—. A lo mejor abro un par de botellas de tu armario especial.

Señaló las estanterías que quedaban detrás de mí.

—El vino barato emborracha igual.

Me coloqué detrás del mostrador.

—No te preocupes, me gusta elegir el alcohol según cómo me sienta en ese momento, así que me basta con el barato y malillo. —Abrí un cajón y metí el bolso—. Venga, vete de una vez. No quiero que llegues tarde a la cita para elegir al benefactor genético de mi futuro sobrino o sobrina. Bueno, espera un momento… —Metí una mano en el bolsillo y me saqué un vidrio de mar rojo. Me incliné por encima del mostrador y se lo ofrecí—. Llévate esto.

Greer me dio un beso en la mejilla y lo aceptó.

—Tú y tus vidrios marinos de la suerte. Nos vemos luego en casa. Si no hay mucha gente puedes cerrar a las siete y media, no hace falta que esperes a las ocho. —Tomó dos botellas de vino que estaban expuestas—. Las vamos a necesitar para seguir hablando de lo idiota que es Simon cuando llegue. Ben tiene que volver al trabajo cuando acabemos, así que estaremos las dos solas.

—Últimamente no pasa mucho tiempo en casa.

—Ahora que la empresa trabaja a nivel mundial necesitan a un informático disponible las veinticuatro horas. Los dos trabajadores que tenían para el turno de noche dimitieron la misma semana, por eso está a tope de trabajo. Menos mal que nos van a ayudar con el tema de la fertilidad, porque nunca pasamos el suficiente tiempo juntos para concebir.

Sonreí con desánimo.

—Te quiero. Buena suerte.

—Gracias. Yo a ti también.

Durante la siguiente hora y media ayudé a los clientes, limpié el cristal del escaparate y busqué en el móvil sitios de comida basura a un radio de tres manzanas. Como eran las siete y media y hacía media hora que nadie llamaba o entraba a la tienda, decidí hacerle caso a mi hermana y cerrar antes. Tenía que alimentarme el alma para sentirme mejor (literalmente, no en el sentido figurado). Así que apagué el cartel de neón en el que ponía «Abierto», cerré con llave y caminé una manzana hacia Gray's Papaya para comerme uno de los mejores perritos calientes de la ciudad. Hacía mucho que no me comía uno, porque había estado controlando mucho lo que comía para tener el mejor aspecto posible en el vestido de novia. Además, todavía no había comido nada, solo me había tomado un café, ya que había perdido el apetito después de la reunión de la mañana. Empecé a salivar cuando vi que la chica que me había atendido le añadía el chili y el queso a mi perrito. Cuando acabó, tenía tantas ganas de empezar a comer que cogí la bolsa y me di media vuelta para irme.

—Disculpe. Son nueve dólares con sesenta y dos centavos, por favor.

Me giré hacia la chica y negué con la cabeza.

—Madre mía, lo siento mucho. Me he emocionado tanto que se me ha olvidado pagar. —Saqué la tarjeta de crédito porque después de haber pagado el café en la paradita de la calle, ya no me quedaba efectivo—. Aquí tienes.

La mujer pasó la tarjeta y frunció el ceño.

—Tarjeta denegada.

—Qué raro. Tengo crédito disponible de sobra. —Señalé hacia el datáfono—. ¿Puedes volver a intentarlo?

La chica hizo lo que le pedí, pero el resultado fue el mismo.

—Vaya. Vale. Pues no sé qué pasa. —Saqué otra tarjeta de la cartera—. Prueba esta.

La cajera pasó la tarjeta y suspiró.

—Esta tampoco me la acepta.

—¿Qué quieres decir con que no te la acepta?

Señaló la pantalla y respondió:

—Me pone tarjeta denegada.

—Es imposible. La máquina debe de estar rota. —Miré a mi alrededor y me fijé en que la mujer que había a mi lado estaba pagando. No tuvo ningún problema al usar la tarjeta. Señalé la otra máquina y dije:

—¿Puedes probar en esa?

La cajera adolescente ni siquiera se molestó en esconder su cara de exasperación.

—Claro.

Volvió a ocurrir lo mismo en la otra caja registradora. Además, se empezaba a formar cola porque estaba impidiendo que la gente de las dos filas pagara.

—Eh… disculpa. No sé qué pasa. ¿Puedes apartar un momento mi pedido mientras llamo al banco? Debe de haber algún error.

Como había mucho ruido en la tienda, salí a la puerta. Después de demasiadas preguntas y de pulsar, enfadada, el número cero cinco veces, por fin conseguí hablar con una persona de carne y hueso.

—Hola. Me acaban de rechazar la tarjeta de crédito, pero no entiendo por qué, tengo crédito disponible de sobra.

—¿Su número de cuenta?

Después de darle el número y de responder a unas preguntas de verificación, la mujer me hizo esperar un momento. Cuando regresó, yo me moría de hambre y estaba frustrada.

—¿Señorita Vaughn?

—Sí.

—Parece ser que han cancelado su tarjeta.

—¿Cómo? Yo no la he cancelado.

—Es una cuenta conjunta. La canceló su cotitular.

—¿Una cuenta conjunta...? —Madre mía. Sentí que el rostro me ardía más que el delicioso perrito caliente que me debería estar comiendo. Christian. Se me había olvidado que habíamos pedido la tarjeta juntos, aunque yo era la única que la usaba.

Cerré los ojos. «La cuenta conjunta que ahora utilizo de cuenta personal». Supongo que eso también explicaba que no hubiera podido sacar dinero del cajero automático. Me iba a cargar a Christian.

Respiré hondo.

—¿Podría volver a abrirla a mi nombre?

—Por supuesto. Si quiere, puedo hacer la solicitud con usted por teléfono. Y, si la aprueban, le mandaremos las tarjetas a casa en un período de tres a cinco días laborables.

Me había quedado sin Gray Papaya, así que no tenía sentido hacerlo en ese momento.

—Ya llamaré mañana.

—De acuerdo. ¿Puedo ayudarla con algo más?

—¿Puedes comprarme un perrito caliente?

—¿Disculpe?

Negué con la cabeza.

—Nada. —Solo me apetecía irme a mi casa y hacerme un ovillo. Aunque, claro, no tenía casa, vivía en la de mi hermana.

Me dirigí al piso de mi hermana con los hombros caídos y el estómago vacío. De camino, volví a pasar por delante de la tienda de vinos y cuando me acerqué, pensé que podría tomar prestados diez dólares de la caja registradora para comprar algo de comida y dejarle una nota a mi hermana. Eso fue lo que hice. Abrí la puerta, introduje una compra de un centavo para que la caja registradora se abriera, saqué un billete de diez y en su lugar puse una nota por si se me olvidaba comentarlo cuando llegara a casa.

Cerré el cajón, me guardé el billete en el bolso y me dirigí a la salida. Antes de marcharme, cogí otra botella de vino del expositor que Greer había vaciado antes.

CAPÍTULO 5

Evie

A pesar de que le había dado vueltas durante las últimas cuarenta y ocho horas, el domingo seguía sin haber decidido si iba a aceptar el trabajo en la empresa del nieto de Kitty. Mi hermana pensaba que era una locura rechazar la única oferta que había recibido en bastante tiempo, pero no me convencía la idea de aceptar un trabajo donde no me querían. Le había preguntado a la mujer de Recursos Humanos si podía responderle al cabo de unos días y habíamos acordado que le diría algo el lunes por la mañana. Pensé que en algún momento vería las cosas con claridad, pero en ese instante estaba convencida de que nunca volvería a tener nada claro en la vida. Era curioso, la persona con la que hablaba cuando tenía dudas sobre algo era la abuela del hombre que me hacía dudar sobre si debía aceptar el trabajo o no.

Además, siempre hablaba con ella los domingos, puede que aquello no fuera una casualidad. Cogí el móvil y llamé a mi inusual amiga.

—Hola, Kitty.

—Hola, cariño. ¿Cómo se ha portado el mundo contigo esta semana?

«Como con ese pobre señor de noventa y ocho años de la canción de Alanis Morissette que murió el día después de ganar la lotería».

—Bastante bien. ¿Y contigo?

—No puedo quejarme. A mi edad puedes tomarte los dolores y molestias como una carga o como un recordatorio de que sigues viva y te quedan muchas cosas por hacer. Yo prefiero la segunda opción.

Apenas llevábamos diez segundos hablando y ya me encontraba mejor de lo que había estado los últimos días. Kitty miraba la vida de una forma muy sencilla y a mí no me venía mal que me lo recordara. Las cosas siempre podían ir peor.

—¿Has hablado con algún pariente nuevo esta semana?

—Pues sí. Es una historia muy curiosa, de hecho. Me ha salido una prima segunda, una señora a la que su hija le regaló el paquete de ADN en Navidad. En los resultados le salió que su tío era hermanastro de su padre, así que se puso a investigar y resultó que su abuela había tenido una aventura y se había quedado embarazada. Había fingido que el hijo era de su marido durante toda la vida. La abuela ya estaba muerta, pero el abuelo todavía no, así que indagaron un poco y descubrieron que la abuela se había acostado con uno del pueblo. Cuando el abuelo se enteró, se fue a la tumba de su esposa a hablar con ella y resultó que la habían enterrado al lado del tío con el que le había puesto los cuernos. La señora había comprado las parcelas en el cementerio y nunca había dicho nada. Eso sí que es llevarse un secreto a la tumba.

—Vaya. Los cotilleos que descubres con la genealogía son más entretenidos que las telenovelas.

—Y mira que yo pensaba que las tramas eran demasiado exageradas. Parece ser que más de uno tiene algún secreto que le pondría la vida patas arriba si se descubriera.

«A mí me lo vas a contar».

—Hoy en día ya no existen los secretos con internet.

Kitty se rio y me contó todos los detalles del viaje que estaba organizando con el nuevo hombre con el que salía. Iban a lanzarse en tirolina por primera vez. Me di cuenta de que la vida de una mujer de setenta y ocho años era mucho más interesante que la mía.

—¿Estás segura de que soy yo la que tiene veintinueve años? —pregunté.

—La edad no es más que un número, amor. ¿Has hecho algo emocionante últimamente?

—Bueno, el otro día crucé la calle cuando el semáforo estaba en rojo.

Kitty chasqueó la lengua.

—Niña, tienes que volver a vivir. Ya sé que el cabrón de tu ex te hizo daño, pero hay un mundo enorme esperando sacarte una sonrisa. Acepta lo que te ofrece el día con los brazos abiertos y no te amargues pensando en lo que se llevó el ayer.

Suspiré.

—Lo sé. Tienes razón, es solo que… no sé cómo empezar de cero. Es como si el resentimiento pesara tanto que me impidiera mantener la cabeza fuera del agua.

—Eso es un problema, pero tiene una solución simple.

—Ah, ¿sí?

—Pues sí. Tienes que decidir ser feliz y dejar que eso guíe tu futuro. Luego tomas el camino de la izquierda en lugar del de la derecha y en lugar de hacer zig, haces zag. A veces, esa es la única manera de encontrar un nuevo camino.

—¿Cómo lo hago?

—Haz lo contrario a lo que harías normalmente. No me refiero a que quedes con un asesino que acaba de salir de la cárcel ni que saltes a una piscina vacía. Eso son solo tonterías. Sin embargo, si un hombre guapo de sesenta y ocho años te propone tirarte en tirolina, pues te lanzas. El rumbo de tu vida ha cambiado y no encontrarás uno nuevo si te quedas sentada en casa. Si crees que puedes hacerlo, lo harás. Juégatela.

La idea sonaba bien, aunque sentía que estaba atascada, no que no sabía qué camino tomar. Pero Kitty me estaba intentando ayudar, así que no quería hacerla sentir mal.

—Gracias, Kitty, tienes razón. Lo intentaré.

—Así se hace. Y dime, ¿qué hay del tema profesional? ¿Conseguiste el trabajo en la empresa de mi nieto?

—Pues la verdad es que sí. Aunque todavía no lo he aceptado. No estoy convencida de ser la persona indicada para el trabajo.

—¿Tienes otras ofertas?

Fruncí el ceño.

—No.

—Pues nada. Haz lo que quieras, pero yo pienso que esta puede ser la primera oportunidad que tienes para hacer zag en vez de zig.

Puede que tuviera razón… Pero todavía no estaba segura.

Después de colgar, me quedé sentada un rato más en la sala de estar. Greer y su marido habían salido a cenar con unos amigos, de forma que la casa estaba en silencio. Pensé en lo que me había dicho Kitty; no tanto en lo de ir hacia un lado en lugar del otro, como en qué le diría a un paciente al que le costara aceptar los cambios. Le diría que se centrara en las oportunidades y no en las pérdidas. ¿Y el trabajo en la empresa del nieto de Kitty no era una oportunidad para mí? Era una oportunidad y creía que se me daría de maravilla. Entonces, ¿por qué me costaba tanto tomar la decisión? Era todo por una cosa… o un hombre, mejor: Merrick Crawford. Él era un reto. ¿Sería capaz de superar el reto que suponía el jefe?

Abrí el portátil y me mordí el labio. Tenía que responderle a Joan Davis tanto si aceptaba el trabajo como si no, y mirar fijamente a la pantalla no me iba a ayudar a aclarar las ideas. Sin embargo, me pasé otros veinte minutos ahí plantada. Luego, abrí el correo electrónico, respiré hondo y decidí hacer zag en vez de zig.

CAPÍTULO 6
Evie

Una semana después, llegué a mi nuevo trabajo con mariposas en el estómago.

«¿El edificio era tan alto el día de la entrevista?».

Me quedé de pie en la entrada y levanté la mirada para contemplar el rascacielos, que me hizo sentir diminuta como una hormiga. Todavía estaba oscuro, pero, como dice el dicho, «Nueva York nunca duerme»; había tantas luces encendidas en el edificio como si fuera mediodía. La gente entraba y salía rápidamente en sus trajes, aunque no eran ni las seis de la mañana.

Había querido llegar pronto, aunque en ese momento me di cuenta de que quizá me había pasado un poco. Pensé en volver a la cafetería donde me había tomado un café de camino desde el metro. Me podría sentar a una mesa y mirar unos cuantos vídeos de TikTok para pasar el rato hasta las siete, pero entonces un hombre pasó corriendo por mi lado. No le di mucha importancia hasta que se detuvo unos pasos más adelante y retrocedió.

—¿Evie?

Parpadeé.

—¿Merrick?

Se quitó el auricular de una oreja y me miró de arriba abajo.

—Sí que has venido pronto.

—Eh… sí, pensé que me iría bien llegar un poco antes.

Mi nuevo jefe se miró el reloj.

—Son las seis menos diez.

—Parece que me he pasado de entusiasta.

Sonrió. Madre mía, sí que era guapísimo, sí. Siempre había sentido una debilidad por los hombres a los que les quedaban bien los trajes, pero ahora llevaba ropa de deporte: unos pantalones cortos negros y una camiseta ceñida de manga larga. Tenía la frente empapada de sudor y el cuello le brillaba por las luces.

—No abrimos la oficina hasta las siete.

—Ah. Pues iré a una cafetería o algo por el estilo.

Merrick se fijó en el gran vaso que tenía en la mano.

—¿Qué te parece si te enseño donde está tu despacho y así te vas instalando?

—No, no. No hace falta. No quiero interrumpirte.

—De todos modos, ya estaba dando la última vuelta. —Inclinó la cabeza hacia la puerta—. Venga.

En el vestíbulo, Merrick se detuvo en el puesto del guardia de seguridad.

—Hola, Joe. Ella es Evie Vaughn. La doctora Everly Vaughn. —Se volvió hacia mí y me guiñó un ojo—. Los de Recursos Humanos mandarán el papeleo luego para hacerle la identificación de acceso al edificio. He pensado que sería mejor que te la presentara y te advirtiera de que tienes que llamarla doctora.

—No hay problema, jefe.

Merrick alargó un brazo para pedirme que pasara yo primero hacia el ascensor. Esperé hasta que ya no nos oía nadie para hablar:

—Para que lo sepas, no me importa en absoluto que me llamen doctora. El título me da totalmente igual. Lo que pasa es que el día de la entrevista me estabas haciendo la vida imposible y sacaste la peor parte de mí.

Las puertas del ascensor se abrieron, Merrick las sujetó y sonrió.

—¿Cuál es esa parte? ¿Es tu lado cabrón?

Parpadeé.

—¿Acabas de llamarme cabrona el primer día? Creo que ya he descubierto la causa del estrés de tus empleados. El trabajo va a resultar más fácil de lo que pensaba.

Merrick sonrió con suficiencia.

—Yo jamás he afirmado no ser parte del problema. Tu trabajo es enseñar a los demás a lidiar con ello.

—O a lo mejor… podrías ser más profesional.

Merrick pulsó un botón del ascensor.

—¿Y eso qué tiene de divertido? —Hizo una pausa—. Por cierto, tu despacho está en otro piso diferente de donde hiciste la entrevista, no sé si Joan te lo comentó.

—Sí, sí que me lo dijo. Los agentes de bolsa estáis todos en una planta y el resto estamos ¿en la planta de abajo?

Asintió.

—No cabemos todos en una, pero repartido de esta forma es mejor. Los agentes se pasan el día gritando en sus cubículos, por lo que el ambiente es bastante caótico y, además, dicen muchas palabrotas cuando las acciones en las que han invertido caen en picado.

—Ya imagino. —Las puertas se cerraron. Sentía la presencia de Merrick a pesar de que nos separaba una distancia apropiada en el ascensor—. Entonces… ¿madrugas todos los días para venir a la oficina corriendo?

—Vivo en el edificio. Las plantas superiores son residenciales.

—Anda. Supongo que eso reduce el tiempo de trayecto hasta el trabajo. Y también explica dónde tienes los documentos y las fotos.

—¿Qué documentos y fotos?

—Tienes el escritorio impecable. He estado dos veces en tu despacho y nunca he visto ni una notita adhesiva, ni una libreta ni archivo, ni ningún documento. Y no tenías ningún objeto personal en el aparador, ni fotos ni pelotas de béisbol firmadas.

—Me gusta tenerlo todo organizado. Tengo los documentos en los cajones y uso notas adhesivas electrónicas.

Solté una carcajada.

—Pues te va a encantar mi despacho.

Merrick arqueó una ceja, pero no dijo nada. La campanita del ascensor nos avisó de que habíamos llegado al vigésimo cuarto piso, y Merrick me guio por los pasillos. No me di cuenta de que todos los despachos eran peceras de cristal hasta que llegué al mío. También era de cristal, pero era un cristal esmerilado, así que no se veía el interior.

Abrió la puerta y la sujetó para que entrara. Las luces se encendieron de manera automática.

Olisqueé un par de veces.

—¿A qué huele?

Señaló el cristal.

—Es del vinilo que hemos utilizado para tapar el cristal. Lo han hecho este fin de semana. Los de Recursos Humanos han pensado que era necesario proteger a tus pacientes de los fisgones.

Asentí.

—Gracias. La privacidad es importante. Sin privacidad, a la gente le cuesta abrirse.

Merrick señaló hacia la puerta con el pulgar.

—La sala de descanso está aquí al lado y a continuación están los lavabos. Diría que te han dejado el material necesario en el escritorio. Tienes un portátil ahí y veo que te han traído los manuales de Recursos Humanos, los tienes detrás de ti, en la estantería. Joan te hará una visita guiada como es debido cuando llegue. Voy a subir a darme una ducha, pero si necesitas cualquier cosa, ya sabes dónde está mi despacho.

—Vale. Genial. Gracias. Me muero de ganas de empezar. ¿Podremos hablar un poco más tarde? Me gustaría conocer los valores de la empresa.

—Estoy seguro de que los de Recursos Humanos te ayudarán con eso.

—Sí, pero preferiría hablarlo contigo. Los valores y las prioridades de una empresa se definen en los niveles más altos y van bajando. También me gustaría hablar de la comunicación que debo tener con dirección, puesto que me enteraré de muchas cosas por los empleados.

Merrick frunció el ceño y bajó la mirada a su reloj.

—Bien. Vendré cuando acabe de arreglarme.

—Gracias.

El señor gruñón se alejó, y yo aproveché para echarle una mirada furtiva por detrás. Los pantalones cortos se le estiraban por encima de los músculos de la retaguardia mientras se alejaba hacia la puerta con pasos largos. Por el amor de Dios, el tío tenía tonificado hasta el culo. Lo tenía tan tonificado que me hizo pensar que tenía que volver al gimnasio, aunque ya no tenía gimnasio al que ir. El piso en el que había vivido con Christian tenía un gimnasio comunitario. Otra cosa que había perdido tras la boda desastrosa.

Estaba sumida en mis pensamientos con la mirada fija en el trasero de mi jefe cuando se dio la vuelta. El atisbo de una sonrisa me confirmó que me había pillado.

—Deberías dejar la puerta abierta para que se vaya el olor. No me gustaría que te colocaras con el pegamento el primer día.

Asentí e intenté no mostrar ni la mínima expresión de vergüenza.

—De acuerdo.

Cuando se fue, respiré hondo y examiné mi nuevo hogar fuera de casa. El despacho era más grande que el que había tenido en la empresa de la familia de Christian y tenía una buena vista de la ciudad por la ventana de la pared del fondo. Después de todo, tuve la sensación de que había tomado la decisión correcta. A lo mejor Kitty tenía razón al decir que debía manifestar mi propia felicidad...

Tenía la nariz enterrada en el manual de empleados cuando oí unos pasos que se acercaban. Levanté la vista y vi a Merrick, con una apariencia muy diferente a la de hacía solo un rato. Llevaba el pelo peinado hacia atrás y todavía lo tenía mojado de la ducha, así que las puntas, que sabía que se rizarían hacia arriba cuando se secaran, le rozaban el cuello de la chaqueta del traje azul marino. El rostro, que hace un momento estaba ensombrecido por una barba incipiente, estaba totalmente afeitado y eso le remarcaba todavía más la pronunciada mandíbula.

Madre mía, era demasiado guapo.

Hasta que abrió la boca, claro…

—Ahora que lo pienso, puede que el olor del pegamento te sea útil. Si algún día el desodorante deja de hacerte efecto, nadie se dará cuenta.

Lo fulminé con la mirada.

—Qué mono.

—Me lo dicen todas las mujeres. Aunque deberías andarte con cuidado. El acoso sexual es una causa de estrés en el trabajo.

Negué con la cabeza.

—Como ya he dicho, los problemas siempre empiezan por arriba y van bajando.

Merrick señaló la puerta con la cabeza.

—¿Por qué no me psicoanalizas en mi despacho y así me pongo cómodo?

Cogí una de las libretas del cajón y me levanté.

—Como quieras.

En su despacho, encendió todos los aparatos electrónicos y se recostó en la silla mientras estos se ponían en funcionamiento.

—No sabía si ibas a aceptar el trabajo.

—Lo medité durante un tiempo.

—¿Qué te hizo decidirte?

—Pues fue algo que dijo Kitty.

—Ay… mi abuela puede ser muy persuasiva.

—Sí. —Ladeé la cabeza—. ¿Por eso me contrataste? ¿Porque soy amiga de Kitty?

Él negó con la cabeza.

—La verdad es que no sabía quién eras cuando viniste a la entrevista; solo que querías el trabajo. Me enteré después.

—Entonces, ¿me contrataste porque era la persona menos competente?

Me miró un momento, luego se irguió en la silla y puso una mano encima de la otra en la mesa.

—Te contraté porque tuve una corazonada y me dejo guiar mucho por mis instintos.

Asimilé sus palabras antes de asentir.

—Vale. Bueno, gracias.

—¿Tienes más preguntas sobre por qué te contraté o podemos comenzar?

Abrí la libreta y el bolígrafo.

—Estoy preparada. Para empezar, ¿por qué no me cuentas por qué la junta directiva decidió que hacía falta contratar a un psicólogo interno? Te lo pregunté en la primera entrevista, pero no te explayaste demasiado. Me sería muy útil tener información más específica.

Merrick suspiró.

—Nos han puesto una demanda civil.

—¿Por qué?

—Por agotamiento emocional. Creo que el término legal era «Aflicción negligente de sufrimiento emocional».

Apunté un par de cosas.

—¿El caso ya está cerrado o la demanda sigue activa?

—Las demandas.

Arqueé la ceja.

—¿De cuántas estamos hablando?

—De cuatro. Hemos ganado dos, en otra llegamos a un acuerdo porque era más barato que ir a juicio y la última todavía va por las primeras fases. Lo que pasa es que esta última es una tomadura de pelo. El tío es un puto vago, pero como era amigo del hombre con el que llegamos a un acuerdo, cree que se puede aprovechar de nuestra generosidad.

—¿Hay algo más que deba saber?

—Supongo que también tendría que comentarte que recientemente hubo una pequeña pelea y unos trabajadores se liaron a puñetazos. Fue uno de los factores determinantes que influyeron en la decisión de la junta de contratar a alguien.

—¿Una pequeña pelea? ¿Qué fueron, dos trabajadores?

A Merrick se le crispó el labio.

—Ocho. Bueno, fueron dos los que lo empezaron todo. Los otros se unieron para defenderlos.

—¿Sabes por qué fue la pelea?

—Por las bonificaciones, por quién tenía las tasas de beneficios más altas o por si una compra era un buen negocio o no. —Negó con la cabeza—. Siempre se pelean por esas cosas y siempre es una cuestión de competitividad. Todos ganan un buen sueldo. La mayoría se podría retirar a los treinta años, si quisiera. No es por el dinero, sino por ser el mejor.

—¿Y qué hace que alguien sea el mejor? No me refiero a quién vende más, eso es una cuestión de números. Pero ¿qué debe tener alguien para ser el mejor bróker?

Merrick asintió.

—Es una buena pregunta. Por supuesto que tiene que ser inteligente. La mayoría de nuestros agentes han estudiado en la Ivy League y eran los mejores de la clase. ¿Qué diferencia a los mejores? Supongo que deben tener nervios de acero. Algunos días deben ser insistentes e ignorar el ruido a su alrededor y otros deben aceptar riesgos que harían que lo perdieran todo. ¿Has oído esa expresión que dice que se usa la misma agua para endurecer un huevo que para reblandecer una patata? —Se dio un golpecito con los dedos sobre el pecho—. Lo importante es lo que hay en el interior, no las circunstancias.

Sonreí.

—Sé que estabas en contra de contratar a un psicólogo, pero lo que acabas de decir es totalmente compatible con la idea de tener a alguien que ayude a la gente a lidiar con el estrés, ya que todos procesamos las cosas de un modo diferente.

—O podría limitarme a despedir a las patatas blandengues y quedarme con los huevos duros.

Solté una risita.

—Ahora que lo comentas, ¿qué índice de retención de empleados tienes?

—La industria de los servicios financieros tiene una de las tasas de deserción más altas. Y la nuestra está un poco por encima de la media.

—¿Un poco?

—Entre un diez y un quince por ciento. No es casualidad que nuestros beneficios también estén por encima de la media. Hemos sido la empresa con mayor rendimiento tres años consecutivos porque solo contrato a los mejores.

—¿Eso quiere decir que despides a mucha gente?

Merrick se encogió de hombros.

—La mayoría dimite porque no puede mantener el ritmo.

Anoté unas cuantas cosas más en la libreta y asentí.

—De acuerdo. ¿Y cuántas horas dirías que trabajan tus empleados de media?

—La mayoría llegan a las siete y se van sobre las siete u ocho, a no ser que haya algo.

—¿Todos los días?

—Entre semana, cuando el mercado está abierto.

—¿Trabajan los fines de semana?

—Normalmente sí. Pero no como entre semana. Los analistas trabajan más que los agentes los fines de semana. Los segundos hacen media jornada el sábado y luego desconectan hasta la noche del día siguiente. Por lo general, vuelven a empezar el domingo por la noche, que es cuando empiezan a abrir los mercados internacionales.

—Eso son jornadas de doce a trece horas cinco días a la semana y luego unas cinco o seis horas el sábado y el domingo. ¿Es correcto?

Hice el cálculo mientras él pensaba. Asintió.

—Entonces, ¿lo normal son entre setenta y ochenta horas a la semana?

Se encogió de hombros.

—Supongo que sí.

—¿Y tú qué?

—¿Yo qué?

—¿Cuántas horas trabajas?

—Siempre soy el primero en llegar y suelo ser de los últimos en marcharse.

—¿Puedo hacerte una pregunta personal?

—Depende.

—¿Estás casado?

—No.

—¿Lo has estado alguna vez?

Merrick negó con la cabeza.

—Estuve prometido, ya no.

—¿No crees que es difícil mantener una relación con esos horarios?

—La tasa de divorcios en el país es del cincuenta y uno por ciento. Considero que a mucha gente le resulta difícil mantener una relación, y la gran mayoría hace horarios de oficina normales. Pero, para responder a tu pregunta, no. No es imposible tener una relación. Aunque las dos partes deben tener unas expectativas reales sobre el tiempo que van a pasar juntos. —Se inclinó hacia mí—. Te diré una cosa sobre este trabajo: todo es cuestión de expectativas. Tienes que saber establecerlas y luego cumplirlas. No es un empleo sencillo. No todo el mundo puede dedicarle tantas horas, se trata de una decisión. ¿Y si no estás a la altura? Pues lo dejas, pero no me demandes porque no eres capaz de mantener el ritmo.

Empecé a dar golpecitos con el boli sobre la libreta, que había cerrado hacía ya diez minutos.

—Entonces, ¿crees que los únicos que necesitan ayuda con el estrés son los que no están a la altura?

—En la mayoría de los casos, sí.

Sonreí.

—Diría que ya hemos encontrado el origen del problema.

—¿Y supongo que estás insinuando que soy yo? ¿Después de una hora aquí?

—Eres el que establece las pautas en la oficina. Debe de ser muy difícil estar a la altura de tus estándares, si no imposible. Eso cala en tus trabajadores de todos los niveles.

—Así que ¿debería rebajar mis estándares para que sea un sitio más agradable en el que trabajar? —Fijó los ojos en los míos—. Yo no me doblego, son los demás los que deben estar a mi altura.

—¿Alguna vez has ido a terapia?

Merrick se recostó en la silla.

—No me tratarás a mí, señorita Vaughn.

—Doctora Vaughn. Pensaba que era obligatorio que todos los empleados vinieran a terapia una vez al mes.

—Yo no soy un empleado, soy el propietario. Y si lees el acta de la junta, verás que me cercioré de que no me incluyeran entre los que debían asistir. —Alargó el brazo hacia los dos monitores que tenía en el escritorio, los encendió y se miró el reloj—. Si ya has acabado con las preguntas, tengo que ponerme a trabajar.

Asentí y me levanté.

—Gracias por tu tiempo.

Sin embargo, cuando llegué a la puerta, Merrick volvió a hablar.

—¿Evie?

Me di media vuelta.

—Por fin me llamas Evie y no señorita Vaughn…

Se le crispó la comisura del labio.

—Solo quería decir que, aunque tengo convicciones férreas, sé reconocer cuándo me he equivocado… Y me he equivocado. No debería haberte contratado.

Mi expresión se entristeció.

—Mi objetivo era contratar a alguien incompetente para demostrar que tenía razón, pero es más que evidente que me he equivocado contigo.

—Es posible que hubiera un cumplido enterrado por ahí, ¿no?

Merrick intentó no sonreír, pero no lo pudo evitar, negó con la cabeza y se giró hacia las pantallas.

—Intenta no ablandar demasiado a mis trabajadores el primer día.

CAPÍTULO 7

Merrick

Cuando acabé de trabajar eran casi las ocho. De camino a la salida, bajé un piso por las escaleras para dejar un paquete en la sala del correo. Las luces de los pasillos se encendían gracias a sensores de movimiento, por lo que a esa hora estaban a oscuras, pues la mayoría de los trabajadores se habían ido. Sin embargo, cuando giré hacia la izquierda, vi una luz que iluminaba el pasillo, que por lo demás estaba a oscuras. Me pareció que provenía del despacho de Evie, así que me desvié para pasar por allí.

Estaba hablando por teléfono; cuando me vio, sonrió y levantó un dedo.

—Así que Dave, ¿eh? ¿Qué ocurrió exactamente? —le preguntó a la persona al otro lado del teléfono. Su sonrisa se volvía cada vez más amplia mientras escuchaba. Le brillaban los ojos—. Madre mía. —Se tapó la boca y se echó a reír—. Qué locura. Y sí, tienes razón, me vendrá bien guardarme lo que me acabas de contar. —Después de otro minuto, añadió—: Tengo que colgar. El jefe acaba de llegar a mi despacho, pero gracias por llamarme. —Se echó a reír una vez más antes de despedirse y lanzar el móvil al escritorio.

—Parecía interesante —comenté.

—Vaya que si ha sido interesante —respondió con una sonrisa de oreja a oreja—. Era Kitty.

Tardé unos segundos en recordar la conversación, pero enseguida me di cuenta de lo que habían estado hablando. «Dave». Cerré los ojos y dejé caer la cabeza.

—No me fastidies.

Evie soltó una carcajada.

—Es la primera vez que oigo que alguien le tiene miedo a Dave Thomas. ¿Se puede saber qué te ha hecho el pobre, más allá de fundar la cadena de restaurantes Wendy's?

—Me voy a cargar a mi abuela.

Sonrió.

—Ahora en serio. ¿Por qué le tenías miedo de pequeño?

—No tengo ni la más remota idea. Simplemente lo vi en un anuncio un día y se ve que me pareció aterrador. Debía de tener unos tres años. Y mi hermana lo empeoró. Siempre me amenazaba y me decía que si no hacía lo que ella me ordenaba, lo llamaría. ¿Por qué narices te lo ha tenido que contar mi abuela?

—Me ha llamado para ver cómo había ido el primer día. Me ha dicho que te conoce lo suficiente para saber que a lo mejor me venían bien un par de consejillos para mantenerte a raya.

—¿Un par de consejillos? ¿En plural? ¿Eso quiere decir que te ha contado más cosas aparte de lo de Dave?

—El resto no era nada malo.

—Cuéntamelo de todos modos.

—Me ha dicho que si quiero salirme con la mía, que haga algún dulce con mantequilla de cacahuete, da igual que sean galletas, tarta, *brownies...*

—Si eres capaz de hacer una tarta con mantequilla de cacahuete como la de Kitty, puede que acabes encajando aquí.

El móvil me vibró en el bolsillo y lo saqué para ver si era algo importante. Negué con la cabeza al ver el nombre de Kitty en la pantalla y se lo enseñé a Evie.

—Solo he escuchado el final de la conversación. ¿Le has contado algo por lo que me pueda querer dar una paliza?

—No. Le he dicho que has sido muy amable conmigo. —Guiñó un ojo—. O sea que le he mentido.

Fingí una expresión de enfado y respondí a la llamada sin moverme de la entrada.

—Hola, mi queridísima abuela.

—¿Qué has cenado?

—No he cenado todavía.

—Bien. Mi querida Everly tampoco. Sigue en la oficina, así que llévala a comer algo. Y pórtate bien con ella, sé que se lo has puesto muy difícil, por mucho que ella intente salvarte el culo.

Levanté la mirada y mis ojos se encontraron con los de Evie.

—¿Cómo sabes que no dice la verdad y que he sido muy majo?

—Porque se ha pasado. Ha dicho que eres encantador, y los dos sabemos que eso no son más que patrañas. Bueno, ¿vas a obedecerme o no?

—¿No tienes algún primo decimocuarto al que molestar?

—Sí, y si me sigues hablando con ese tonito, lo tendré en cuenta en mi testamento. Ah, y mientras cenáis, dale a Everly el nombre del abogado despiadado ese. Necesita uno.

—Adiós, yaya.

—Hasta luego, pajillero.

El teléfono se quedó en silencio, me lo aparté de la oreja y negué con la cabeza.

—¿No se supone que la gente se vuelve más tranquila cuando envejece?

—Tu abuela no, y te daría una buena paliza si te oyera decir que es mayor.

Sonreí y me guardé el móvil en el bolsillo.

—¿Qué tal el primer día?

—Ha ido bien. Creo que he logrado muchas cosas. He conocido a todo el mundo, he empezado a leer los expedientes de los empleados y he organizado las primeras sesiones.

—Bien. —Asentí y señalé con el pulgar por encima de mi espalda—. Tengo que irme. No te quedes hasta tarde.

—No lo haré. Ya estaba recogiendo.

—Nos vemos mañana. —Me di media vuelta, pero la voz de Evie me hizo detenerme en cuanto di el primer paso.

—Y me aseguraré de decirle a Kitty que no me has llevado a cenar.

Entrecerré los ojos.

—¿Lo has oído?

Evie se encogió de hombros.

—Habla muy alto por teléfono.

—¿Me estás chantajeando a cambio de comida?

Abrió un cajón, sacó su bolso y bajó la tapa del portátil.

—Me muero de hambre y estoy sin blanca. Además, tengo preguntas sobre la jerarquía de la empresa y sobre el plan de compensación. Me gustaría entender los diferentes focos de presión.

—¿Y si te digo que no es apropiado que salgamos a cenar juntos?

Puso los ojos en blanco.

—Me has visto en sujetador y me dijiste que me habías contratado porque era la peor candidata. Además, es una cena de negocios, no de placer. No eres mi tipo.

Aunque no lo esperaba, el comentario me ofendió.

—¿Por qué no?

—Porque tienes pene. Bueno, supongo que tienes uno. Y no he perdonado a los de tu especie por todo el mal que habéis causado.

No pude evitar sonreír.

—Bien. Tú tampoco eres mi tipo.

Parpadeó muy rápido.

—¿No te van las tías que están como una cabra?

Sonreí de forma burlona.

—En absoluto.

—Genial. Pues vamos. —Me sonrió con satisfacción y caminó hacia la puerta. Me aparté a un lado para que ella saliera primero, pero se detuvo delante de mí y me dijo—: Si quieres que vayamos a un Wendy's, yo invito.

—Anda, tira, listilla.

***

—¿Y qué te trajo a Nueva York cuando acabaste de estudiar en el sur? —pregunté cuando el camarero nos trajo las bebidas.

Evie se encogió de hombros.

—Mi exprometido... bueno, más o menos. Christian y yo nos conocimos cuando estudiábamos en Emory. Yo solicité una beca en Nueva York porque él quería volver aquí para trabajar en la empresa de su familia, que tiene las oficinas en el centro de la ciudad. Además, mi hermana también vive aquí, así que era un plan perfecto.

—¿Ella sigue aquí?

Evie asintió.

—Vive con su marido en Morningside Heights. De niñas habíamos vivido unos años en Nueva York. Mi madre hizo que nos mudáramos mucho. Para cuando tenía trece años, ya había vivido en trece estados.

—Vaya. ¿Se tenía que mudar por trabajo?

Negó con la cabeza.

—No, solíamos mudarnos cada vez que dejaba a mi padre, cada pocos meses.

Fruncí el ceño.

—¿No se llevaban bien?

—Ay, disculpa. He supuesto que ya lo sabías, como Kitty y mi abuela eran tan amigas... Kitty fue la que consiguió que mi madre dejara a mi padre de una vez por todas. Hace casi treinta años que mi madre se hospedó por primera vez en el refugio de mujeres de tu abuela. Mi padre la maltrataba. Por aquel entonces, mi abuela no sabía qué pasaba, mi madre se lo escondió a todo el mundo hasta que Kitty la animó a contárselo a su familia. Cuando lo hizo, mi abuela fue al refugio a buscar a mi madre e hizo buenas migas con Kitty. Se hicieron amigas y uno o dos años después, la casa al lado de la de Kitty se puso a la venta. Mi abuela llevaba tiempo buscando una casa de una planta, así que la compró. A partir de ahí, se volvieron inseparables.

«Joder. ¿La madre de Evie había estado en el refugio de violencia doméstica que mi abuela había dirigido durante tantos años?».

—Sabía que tu abuela era vecina de la mía y que eran muy amigas, pero nunca mencionó nada sobre el hecho de que...

—Maltrataran a mi madre —dijo con una sonrisa triste—. No pasa nada por decirlo. Es una de las cosas que Kitty me enseñó cuando viví con mi abuela mientras estudiaba. No es algo de lo que me avergüence. Kitty me ayudó a darme cuenta de que cuanta más gente hable abiertamente de la violencia doméstica, más víctimas entenderán que no es nada por lo que deban esconderse. La cuestión es que hubo un periodo de nueve meses, cuando yo tenía diez años, en los que vivimos con mi abuela. Hacía años que intentaba que mi madre dejara a mi padre, pero fue Kitty quien consiguió hacerla reaccionar y que se separara de una vez por todas. Ese verano fue una de las mejores épocas de mi vida, así que cuando me aceptaron en el doctorado, decidí ir a Emory para quedarme con mi abuela. En mi tercer año, le diagnosticaron un cáncer metastásico muy agresivo y falleció a los pocos meses. Tu abuela y yo siempre nos habíamos llevado bien, pero después de eso nos hicimos muy buenas amigas.

Asentí.

—Me ha hablado mucho de ti durante estos años. Aunque, claro, te llama Everly, por eso no caí cuando entrevisté a Evie.

Dio un trago al vino con una sonrisa.

—A lo mejor, si lo hubieras sabido habrías sido más majo en la entrevista.

—O puede que si no nos hubiéramos conocido en el preciso instante en el que te olías el sobaco en el probador de hombres… —Intenté contener una sonrisa.

—Todavía no he tenido ocasión de explicarte qué pasó. Se me cayó una cereza en la camisa y se me manchó, luego pasé dos horas encerrada en el metro, que parecía una sauna, así que corrí a comprarme una blusa nueva. Mientras me cambiaba, me di cuenta de que debería asearme un poco, pero solo tenía una toallita húmeda. En el momento que abriste la puerta, estaba comprobando si la piel me olía a limón.

—En primer lugar, no echaste el pestillo. Y, en segundo, estabas en el probador de hombres.

Le quitó importancia con un gesto de la mano.

—Eso son nimiedades. Te aprovechaste para reírte de mí. Me hiciste sufrir en silencio mientras yo me preguntaba si me habías reconocido o no.

—No fue uno de mis mejores momentos. Supongo que ambos habíamos tenido un mal día. En mi defensa diré que había tenido una reunión con los de la junta la tarde anterior para intentar convencerlos, una vez más, de que no nos hacía falta un psicólogo. Entonces, ellos me dijeron que les había llegado otra demanda esa misma mañana; si en algún momento había tenido alguna probabilidad de convencerlos, acababa de esfumarse.

—¿Qué te parece si hacemos un trato? Tú no vuelves a mencionar que me viste en el probador y yo no sacaré el tema de Dave Thomas. —Me ofreció la mano—. Será como empezar de cero.

Sonreí, le di un apretón y me gustó mucho sentir su pequeña mano dentro de la mía.

—Trato hecho.

Evie se puso un mechón de pelo detrás de la oreja y eso me permitió ver perfectamente su cuello delgado. El hijo de puta de mi cerebro me imaginó lamiéndole la piel suave. Tuve que obligarme a mirar a otro sitio antes de aclararme la garganta.

—Por cierto, mi abuela me ha dicho que te recomiende un abogado despiadado. ¿Necesitas uno?

Suspiró.

—Pues sí.

—¿Qué tipo de abogado?

—Necesito alguien que me represente en un proceso civil. Mi ex me ha demandado.

—¿Quiere que le devuelvas el anillo de compromiso?

—No, ya se lo di. De hecho, se lo lancé. Pero hice algo y él afirma que ha dañado su reputación.

—¿Te refieres al vídeo que enseñaste en la boda?

Frunció el ceño.

—¿Lo has visto?

No iba a admitir que lo había visto varias veces hacía poco, solo me encogí de hombros.

—He visto algunos trozos.

Respiró hondo y exhaló.

—Vale, bueno, así es más fácil. Por lo menos, no tengo que explicar tantas cosas. Mi ex, Christian, y su familia me han demandado por fraude y difamación. Dice que hacía tiempo que yo sabía lo de su aventura y que inflé las facturas de la boda a propósito. Además, me ha acusado de dañar su reputación porque el vídeo se hizo viral.

—¿Cuánto tiempo hacía que sabías que estaban liados?

—Unas doce horas como mucho. Lo descubrí en la víspera de la boda. Nos alojábamos en el hotel donde celebramos la ceremonia. Cuando nos prometimos, el padre de Christian le dio el clip para billetes que le había regalado su esposa el día de su boda. Tenía grabada una frase muy bonita y la fecha de la boda. Yo lo saqué de su cajón a escondidas y encargué que grabaran nuestra fecha de boda y una frase debajo de la de sus padres. Pensé que se convertiría en una reliquia familiar, ya sabes, un detalle bonito que se seguirían regalando durante generaciones y al que irían añadiendo las fechas. Bueno, quería grabar su reacción en el momento que se lo diera, así coloqué una cámara en la *suite* nupcial y quedé allí con él. Pero mientras lo esperaba, mi hermana me dijo que un taxista se había subido a la acera y le había atropellado el pie a su marido. Me marché con ellos al hospital para hacerles compañía durante unas horas y me olvidé por completo de que había dejado la cámara grabando. Aquella noche, al volver, le di el clip y nos despedimos, ya que íbamos a pasar la noche en camas separadas, porque el novio no puede ver a la novia antes de la boda.

—Puso los ojos en blanco—. Como si eso me hubiera traído peor suerte. Bueno, se me olvidó lo de la cámara hasta que Christian se marchó. Se me ocurrió que a lo mejor hacía horas que había dejado de grabar, aun así lo comprobé de todas formas y me llevé la sorpresa de mi vida: Christian se estaba tirando a Mia, mi mejor amiga y dama de honor.

—Qué barbaridad. —Negué con la cabeza—. ¿Y hasta ese momento no sabías que se estaban acostando?

—No. Bueno, no lo supe hasta entonces, pero ahora me doy cuenta de que pasé por alto algunas cosas. Por ejemplo, un día, Mia le mandó un mensaje y vi que le decía algo de quedar. Cuando le pregunté a Christian, me respondió que no fuera tan cotilla porque me iba a arruinar las sorpresas de mi despedida de soltera. Y en otra ocasión me encontré el móvil de Mia entre los cojines del sofá de nuestra casa y hacía semanas que no venía. Me dijo que se le debía de haber caído la última vez que nos habíamos visto y que llevaba tiempo buscándolo. Sí que me pareció extraño que no me lo hubiera mencionado antes si el móvil había desaparecido después de haber venido a mi casa. Todos estamos enganchados a los teléfonos y uno nuevo vale más de mil dólares. —Suspiró y puso cara de enfado—. Aun así, nunca, ni siquiera remotamente, me habría imaginado que me harían lo que hicieron. Ni siquiera después de ver el vídeo. Al principio, no quería creérmelo. Pensé que era una broma.

—Menudo par tiene el tío para demandarte después de lo que te hizo. Incluso aunque lo hubieras sabido y no hubieras cancelado la boda para inflar las facturas. Se lo merece. ¿Y cómo se atreve a demandarte por difamación? La defensa en este tipo de denuncias es la verdad.

Sonrió con desánimo.

—Supongo que intenta devolvérmela por haberlo avergonzado en público. Su familia tiene un equipo de abogados, de modo que a él no le cuesta nada. Y a mí me costará una fortuna que no tengo. Lo más irónico de todo es que yo ni siquiera quería una boda por todo lo alto. Eso fue cosa suya y de su familia. Entre los invitados había más socios que parientes y amigos.

—Lo siento. Qué mierda. Bueno, te puedo recomendar a un buen abogado, y me debe un favor o dos. Lo llamaré mañana para ver qué puede hacer.

—Muchas gracias, de verdad.

Asentí.

—No hay de qué.

La camarera nos trajo la cena. Yo había pedido el salmón y Evie, un plato de pollo *piccata*. Miró mi plato y se relamió.

—El tuyo tiene muy buena pinta. ¿Quieres compartir?

Negué con la cabeza y solté una carcajada.

—Claro. ¿Quieres algo más?

Evie alargó el brazo y se sirvió de mi plato. Sonrió mientras se cortaba un trozo de salmón que luego reemplazó con un pedazo de su pollo.

—Pues ahora que lo dices, sí.

—¿Por qué no me sorprende…?

—Corta el rollo. Solo quiero preguntarte unas cosas de la oficina.

Recuperé mi plato.

—¿Qué quieres saber?

Durante la siguiente media hora, me acribilló a preguntas relacionadas con comercios, sobre todo acerca de cómo funcionaba todo y qué estaban autorizados a hacer los trabajadores y qué no. Parecía conocer bastante bien la terminología de la industria.

—No has trabajado nunca en agencias de corredores —dije—, pero parece que entiendes cómo funcionan muchas cosas.

—Me leí un montón de libros cuando me ofrecisteis el trabajo.

Asentí.

—¿Quieres saber algo más?

—Pues… —Tamborileó con los dedos sobre la mesa—. Cuando investigaba la empresa, encontré un viejo artículo del año que abristeis. Decía que tenías una socia. Pero he leído los últimos documentos y su nombre dejó de aparecer en la sección de inversores hace un par de años. Diría que era una tal Amelia… ¿Evans?

Aparté la mirada.

—Sí.

—¿Qué pasó con ella?

Miré a mi alrededor en busca de la camarera. Cuando me vio, levanté la mano para llamarla antes de centrarme otra vez en Evie.

—Creo que no es relevante para tu trabajo.

La chica se acercó y le pedí la cuenta. Ella se sacó una carpetita del bolsillo del delantal y la dejó en la mesa.

—Vendré a cobrar cuando estén listos.

—Ya lo estamos. —Saqué la cartera y dejé la tarjeta en el portacuentas antes de entregárselo.

—De acuerdo. Ahora vuelvo.

Evie esperó hasta que la chica se marchó, pero no perdió ni un segundo en volver al tema en cuanto desapareció.

—Lo pregunto porque, a veces, los cambios en la dirección pueden tener un gran efecto en los trabajadores.

—Cuando Amelia dejó de trabajar en la empresa, el estrés disminuyó, no aumentó. Se encargaba de la división de salida a bolsa y hacía que las empresas cotizaran en bolsa por primera vez. La presión que conllevan ese tipo de transacciones es muy alta. Ya no nos encargamos de eso.

—Ah… vale. ¿Cuánto tiempo hace que dejó la empresa?

—Tres años.

—¿Se llevó a algún trabajador con ella?

—No —respondí, negando con la cabeza.

—¿Fue una separación amistosa? ¿Abrió otra empresa?

La camarera volvió con el recibo de la tarjeta de crédito y lo firmé. Levanté la vista, Evie seguía esperando una respuesta. Así que se la di:

—No hubo ninguna separación. Amelia Evans murió.

CAPÍTULO 8

Merrick

Nueve años antes

—¿Quién va a cubrir a Decker hoy? —Rompí el cartón de la caja de cervezas y me agaché para llenar la mininevera (que siempre estaba en el comedor, al lado de la mesa de juego, porque éramos demasiado vagos para dar los diez pasos que nos separaban de la cocina).

—Una de mi clase de estadística —respondió Travis—. Se llama Amelia. Me dejará copiar en el examen trimestral del martes si la dejamos jugar.

Levanté la cabeza.

—¿Una? ¿Has invitado a una chica a jugar a cartas con nosotros?

Travis se encogió de hombros.

—Es que tengo que aprobar el puto examen. Además, no tenemos ninguna norma que diga que las chicas no pueden jugar.

Tal vez tuviera razón. Claro que, desde primer curso y durante esos tres años y medio, los cuatro habíamos quedado una vez por semana y siempre había sido una noche de chicos. Cuando uno de nosotros no podía venir, invitábamos a alguien para que lo sustituyera. Hasta ese día, siempre habían sido solo tíos. Uno de los participantes de nuestro cuarteto se había ido a pasar el trimestre al extranjero, así que nos habíamos ido turnando para traer a un sustituto cada semana.

—Supongo que no habíamos establecido una norma porque lo dábamos por sentado.

Nuestro amigo Will Silver entró. Dejó una botella de Jack Daniels en el centro de la mesa.

—Oye, Will —le dije—, ¿cómo es que nunca has invitado a una chica a jugar a cartas con nosotros?

—No lo sé. —Se encogió de hombros—. Es noche de chicos.

Miré a Travis.

—¿Lo ves?

Le quitó importancia con la mano.

—Deja de refunfuñar. Seguro que se le da fatal y ganas algo de pasta fácilmente. Deberías darme las gracias.

Will señaló las cervezas que yo estaba metiendo en la nevera.

—Pásame una.

—Están calientes. Las frías están en la cocina.

—¿Es que no te has dado cuenta estos últimos tres años? Me la suda que no esté fría. Pásame una.

Le lancé una cerveza caliente.

Will abrió la lata, y esta emitió un fuerte chasquido.

—¿Tiene buenas tetas, por lo menos?

—Sí, tiene un buen par —dijo por detrás una voz que no esperábamos—. Dime, ¿qué tal tienes tú la polla?

Los tres giramos la cabeza hacia la mujer y la habitación se quedó en silencio. Me llevé la cerveza a los labios y me di cuenta de que no mentía: tenía un buen par. Sin embargo, a diferencia de Will, yo fui lo bastante listo para no decir lo que pensaba.

La mujer arqueó una ceja.

—¿Y bien?

Esperaba una respuesta sobre el pene de Will. Señalé hacia su paquete con la lata y dije:

—Yo se la he visto. Es bastante triste.

—Que te den —dijo Will—. La tengo de sangre, no de carne.

La mujer me miró. Estaba seria, pero vi el atisbo de una sonrisa en las comisuras de sus labios y en el brillo de sus ojos. Ladeó la cabeza.

—¿Y la tuya qué tal?

Me encogí de hombros.

—Espectacular. ¿Quieres que te la enseñe?

La sonrisa salió a la luz.

—Tal vez luego. Primero quiero dejaros sin blanca.

Habría estado dispuesto a entregarle la cartera en ese mismo momento si hubiera sido necesario. Tenía el pelo rojo como el fuego, la piel pálida y unas pecas por la nariz pequeña y respingona. Por no mencionar que la camiseta verde que llevaba hacía que fuera imposible no quedarse embobado mirándola.

—Me parece un buen plan —respondí—. Aunque creo que seré yo el que te deje sin un centavo.

Sonrió todavía más.

—¿Quieres que apostemos algo?

—¿Quieres apostar a que vas a ganar sin haber echado una partida?

—Sí.

—¿No deberías esperar, por lo menos, para ver cómo juegan los demás?

—No, porque entonces no aceptarás la apuesta.

—¿Tan buena eres?

Puso los ojos en blanco.

—¿Hay trato o no?

—Vale. ¿Por qué no? ¿Cuánto quieres apostar?

—¿Cien dólares?

Mis amigos silbaron. Siempre jugábamos con cincuenta, a veces con un poco menos cuando alguien iba justo de dinero. Pero yo trabajaba y tenía pasta de sobra. Además, podía contar con una mano las noches que había perdido. Lo más normal era que ganara las partidas. Se me daba bien jugar a las cartas, porque eran, en esencia, números. Y era el mejor con los números. Aunque yo no quería su dinero.

Me froté el labio inferior con el pulgar.

—Si ganas, te daré cien dólares. Y si gano yo, quiero un beso.

A la chica le brillaron los ojos.

—Trato hecho. Vamos a jugar.

Dos horas después, me recosté en la silla y me pasé una mano por el pelo. Travis y Will habían dejado las cartas sobre la mesa y habían salido a fumarse un porro.

—¿Se puede saber dónde has aprendido a jugar así? —pregunté.

Habíamos jugado al *Texas Hold'Em,* al póker tapado y al ocho loco, e incluso al Sevens Take All, y Amelia había ganado casi todas las manos.

Se inclinó hacia delante para acercar lo que quedaba del bote a su lado de la mesa.

—A mi padre le encantaba jugar al póker. Me enseñó a contar cartas cuando tenía cuatro años, y se me da muy bien leer a la gente.

—¿Cuentas cartas? Eso es trampa.

—No lo es. Es una manera de usar el cerebro en tu beneficio. Haces trampas si te escondes un par de ases debajo de la mesa y ganas la partida. O si miras las cartas de los demás jugadores.

—Pero no has dicho que sabías contar cartas antes de empezar.

Se encogió de hombros.

—Te he dicho que se me daban bien las cartas y que te iba a dejar pelado. No me has creído. —Amelia extendió una mano hacia mí con la palma hacia arriba—. Por cierto, me debes cien dólares.

Negué con la cabeza y busqué en el bolsillo.

—Por lo menos podrías darme el beso que me he apostado después de la paliza que me has dado.

—No te lo has ganado.

Conté cinco billetes de veinte y se los ofrecí, pero cuando los cogió, no le solté la mano. Su mirada fue de los billetes a mis ojos.

—Deja que me lo gane de otro modo —dije—. ¿Por qué no sales conmigo?

Me arrancó los billetes de la mano y se los guardó en el bolsillo delantero de los vaqueros.

—No, gracias.

—¿Por qué no?

—Te resultaría demasiado fácil. —Recogió el bolso, se pasó la tira por encima de la cabeza y se lo cruzó en el cuerpo—. Pero te daré un premio de consolación.

—¿Cuál?

—Puedes ver cómo me voy. —Se giró y empezó a caminar hacia la puerta, luego dijo por encima del hombro—: Tengo el culo más bonito que las tetas.

No se equivocaba. Aunque yo seguía muy confundido sobre lo que había pasado esa noche.

—Un momento, ¿qué tengo que hacer para que salgas conmigo?

Se detuvo con la mano en la puerta, sin volverse hacia mí.

—Si te lo dijera, todo lo que hagas el resto de tu vida te resultará demasiado fácil, ¿no crees? Buenas noches, Merrick.

CAPÍTULO 9
Evie

—¡Andrea!

El grito llegó desde detrás de la puerta cerrada del despacho de Merrick. Yo acababa de subir a la planta de arriba para hablar con su ayudante y organizar una cita, pero Andrea no estaba detrás del escritorio. Miré a mi alrededor y no la vi por ninguna parte, así que me acerqué al despacho de Merrick y saludé con la mano para que me viera antes de asomar la cabeza por la puerta.

Dos personas discutían a voces al otro lado del altavoz del teléfono, pero Merrick me hizo un gesto para indicarme que pasara y pulsó un botón, que deduje que era para silenciar el teléfono.

—Disculpa, acabo de ver que estabas hablando por teléfono —dije—. Como te he oído llamar a Andrea, he venido a avisarte de que no está en su puesto. Yo también había venido a hablar con ella.

—Mierda.

—¿Qué pasa?

—Tenía esta llamada programada para la tarde, no a las ocho de la mañana. Creo que es posible que se equivocara con los clientes cuando las organizó.

—Ostras. Bueno, ¿necesitas algo?

—Necesito que Andrea vaya a mi piso y me traiga el documento que necesito para la llamada.

—Puedo traértelo yo.

83

Dudó un momento.

—¿Estás segura de que no está por aquí?

Miré por encima del hombro.

—Yo no la veo por ningún lado. Pero, si quieres, puedo comprobar en la sala de personal, y si no la encuentro, voy a buscar yo el documento.

—¿No te importa?

—Claro que no. No me cuesta nada.

Merrick asintió.

—Si no la encuentras, diría que el documento está en la mesa de la sala de estar. Puede que haya algunos papeles fuera de la carpeta, así que trae todos los que veas. —Me pasó un manojo de llaves—. Es en el ático, la puerta número dos.

—Vale, ahora vuelvo.

Me apresuré a mirar en la sala de personal y en el lavabo de mujeres, pero, como la ayudante no aparecía, me dirigí al ascensor y pulsé el botón del piso más alto del panel.

Nada más llegar, me di cuenta de que el número dos era en realidad el ático segundo. Entré en la casa y me quedé boquiabierta. Era una vivienda enorme, de planta abierta, que iba desde la cocina *gourmet* hasta la sala de estar y el comedor, que estaban separados solo por un par de escalones. Me dirigí hacia donde me había indicado que estaba la carpeta mientras salivaba al contemplar la cocina con electrodomésticos de acero inoxidable y las encimeras de mármol. Cuando vi las vistas desde la sala de estar, olvidé por completo a qué había ido. Tenía una pared llena de ventanales que iban del suelo al techo y daban al río y al puente. En la pared contigua se veía el perfil de los edificios. Estaba convencida de que la vista de noche debía de ser increíble.

Me podría haber pasado allí todo el día, mirando, pero el jefe necesitaba el documento (y yo necesitaba treinta segundos para cotillear el resto del piso). Al otro lado de la sala de estar había un largo pasillo, que asumí que llevaba a las habitaciones. Cogí la carpeta que había ido a buscar y los papeles que había alrededor y eché un vistazo al resto de la casa.

En la primera habitación había un despacho con unas estanterías empotradas preciosas, con unas escaleras enganchadas en la parte de arriba que se mueven de una punta a la otra de la librería. Dios, siempre había querido una estantería con escaleras.

En la siguiente había un cuarto de baño, y delante una habitación. Al final del pasillo veía una puerta doble. Puede que soltara un grito ahogado al abrir las puertas y ver el dormitorio principal. El tío tenía hasta una terraza en la habitación y era lo bastante grande para dar una pequeña fiesta. ¿Y la cama? Debía de ser del tamaño California King, aunque parecía más grande. ¿Existían las camas más grandes? Los cuatro postes tallados de madera oscura eran muy masculinos y, sin duda, pegaban con el hombre sobrio que estaba en la planta inferior.

Eso me recordó... que tenía que salir pitando. Me habría encantado tener un ratito más para husmear, para echar un vistazo al armario y al cuarto de baño principal, pero no me iba a arriesgar. Al cerrar las puertas de la habitación, me llamó la atención un destello de color que provenía de la mesilla de noche al otro lado de la cama.

«¿Peces dorados?».

No sé por qué, pero me pareció raro que hubiera dos peces dorados corrientes en una pequeña pecera sobre la mesilla de noche. O sea, no me habría extrañado haberme encontrado un enorme acuario lleno de peces exóticos. Pero ¿dos simples pececitos que probablemente costaran un dólar? Allí, de pie, mientras intentaba que la pieza encajara en el rompecabezas, me sonó el teléfono. El número me resultó familiar, aunque no supe de quién era hasta que respondí la llamada y oí la voz.

—¿Dónde estás?

«Mierda. Merrick».

—Estoy... esperando el ascensor.

—Es que es lento de cojones. Baja por las escaleras, por favor. Necesito los putos documentos.

—Vale. Ahora mismo voy.

Colgué y salí rápido del apartamento. Me aseguré de que la puerta se cerraba detrás de mí y busqué las escaleras. Sin embargo, de camino, la campanita del ascensor sonó, así que corrí hacia él y me preparé para entrar en cuanto se abrieron las puertas. Estuve a punto de chocar con la mujer que salía.

—Ay, lo siento muchísimo.

La mujer medía por lo menos un metro ochenta con los monumentales zapatos de tacón. Era toda piernas.

Me miró de arriba abajo.

—¿Qué haces en esta planta?

—Yo, eh… —Señalé por encima del hombro hacia el ático segundo—. Merrick me ha pedido que viniera a buscar unos documentos.

Ladeó la cabeza y entrecerró los ojos.

—¿Quién eres?

—Trabajo en Inversiones Crawford.

—Ah. —La mujer me recorrió con la mirada una última vez y pareció perder el interés. Pasó por mi lado y dijo—: Debería haberlo imaginado.

«¿Qué quería decir eso?». Estaba convencida de que era un insulto, pero cuando las puertas del ascensor empezaron a cerrarse, me acordé de que no tenía tiempo para preocuparme. Entré en el ascensor de un salto y miré por encima del hombro hacia donde se dirigía la señora Piernas Largas. Parece que vivía en el ático primero o, por lo menos, tenía una llave.

Andrea volvía a estar en su escritorio cuando regresé. Le expliqué lo que había pasado y ella enseguida le llevó los documentos al jefe.

El resto del día fue bastante normal. No volví a ver a Merrick hasta que su voz me hizo pegar un bote a las siete de la tarde. Yo estaba leyendo y no lo había oído acercarse a la puerta de mi despacho.

—¿Esta mañana has vuelto a llegar antes de que amaneciera? Sonreí.

—Un poquito más tarde.

Llevaba una correa de cuero cruzada a través del torso y el maletín a rebosar le colgaba por detrás. Miró el reloj.

—¿Por qué no te vas a casa? No tienes que hacer jornadas de doce horas.

—Gracias. Iba a recoger ya. —Señalé el maletín con la barbilla—. Parece que tú sí vas a trabajar más de doce horas.

Asintió.

—Debería ponerme al día con muchas cosas. Por desgracia, antes tengo una cena de negocios.

Le sonó el móvil. Se lo sacó del bolsillo, miró la pantalla y gruñó al contestar la llamada.

—Estoy de camino. —La otra persona dijo algo que no escuché, pero hizo que Merrick pusiera cara de exasperación—. Lo evitaré. Gracias. Nos vemos ahora.

Colgó la llamada y negó con la cabeza.

—No te conviertas en una neoyorquina molesta de las que siempre dicen a los demás qué ruta tomar para ir a los sitios.

—No creo que eso me suponga un problema. Apenas diferencio la derecha de la izquierda.

Merrick sonrió. Me pareció que fue la primera sonrisa espontánea real que me había regalado. Le señalé el rostro.

—Deberías hacer eso más a menudo.

—¿El qué?

—Sonreír. No pareces un ogro si sonríes.

—¿O sea que soy un ogro?

—Bueno, creo que tienes que medir casi tres metros para ser un ogro, así que eres un miniogro.

Unas arruguitas le enmarcaron los ojos al sonreír otra vez, aunque intentó ocultarlo.

—Por cierto —dijo—, eso me recuerda que nunca te di las gracias por no chivarte a mi abuela.

—¿A qué te refieres?

—Me comentó que le habías dicho que fui educado y profesional en la primera entrevista, aunque puede que fuera un poco borde.

—¿Solo un poco?

Merrick sonrió otra vez. El móvil le vibró en la mano y bajó la mirada antes de negar con la cabeza.

—Se supone que ahora debería evitar pasar por la calle Ciento cuarenta y cuatro con Convent Avenue, vete a saber por qué.

Asentí.

—Sí, está a dos calles de donde me alojo y han cortado toda la manzana. Están grabando algo. He intentado ver qué hacían esta mañana cuando venía.

—¿Vives en el centro?

—Mi hermana. Estoy viviendo con ella hasta que encuentre piso.

Hizo un gesto con la cabeza hacia el pasillo.

—Vamos, te llevo. Me queda de camino.

—No, no te preocupes. Puedo ir en metro.

—Pero si voy justo al lado. El conductor me está esperando fuera.

—¿Seguro?

Asintió.

—No me supone ningún problema.

Bajamos juntos en el ascensor, subimos al coche y le di la dirección de mi hermana al chófer. Esta vez fue mi móvil el que sonó en cuanto nos alejamos de la acera.

—¿Me disculpas un momento? Es mi hermana.

—Claro, no te cortes. —Merrick estaba sentado al otro lado y miraba el móvil mientras yo contestaba.

—Hola —me saludó Greer—, solo quería decirte que he aprovechado que tenía que sacar a Buddy a pasear para sacar al perro de la señora Aster. Últimamente llegas muy tarde a casa, así que he pensado en avisarte por si tenías pensado pasar por su piso al llegar.

—Vale, muchas gracias. No hacía falta. ¿Qué haces en casa tan pronto?

—Los martes y los jueves viene el nuevo empleado a tiempo parcial, ¿recuerdas? Así que, si quieres, puedo pasear al perro de la señora Aster el jueves también.

—Gracias, pero la señora Aster vuelve mañana. Ha ido a ver a su hermana.

—Tú y tus trueques locos. ¿Y qué te da ella a cambio?

—Golosinas para gatos.

—¿Para gatos? Pero si no tienes gato.

—Ya, pero los intercambio con el chico que diseña páginas web. Me está haciendo una para el tema de los alquileres. Si alquilo a través de mi propia web, me ahorraré la tasa de Airbnb.

Greer suspiró.

—¿Por qué no me consigues esperma de primera con uno de tus trueques?

Por el rabillo del ojo vi que Merrick me miraba un instante. Frunció el ceño y volvió a centrarse en su móvil.

—¿Sigues en la oficina? —me preguntó.

—Estoy de camino a casa.

—Ve con cuidado en el metro.

—Voy en coche. Mi jefe iba de camino al centro y se ha ofrecido a llevarme.

—¡Anda! ¿Es el jefe cañón?

Esta vez fui yo la que le echó un vistazo rápido. Si lo había oído, no reaccionó.

—Tengo que colgar. Gracias por el favor. Nos vemos en un rato.

—¡Consígueme esperma del jefe cañón!

Merrick puso los ojos como platos. «¿Era necesario que gritara eso?». Cerré los ojos.

—Adiós, Greer.

Noté que el hombre que tenía al lado me miraba. Suspiré.

—Has oído lo que ha dicho, ¿verdad?

—¿Quieres que finja que no he oído nada?

Asentí.

—Sería un detalle. Gracias.

Alzó la comisura del labio y volvió a mirar el móvil. Tras unos minutos de silencio incómodo, me rendí:

—Mi hermana y mi cuñado tienen problemas de fertilidad y están buscando un donante. Desde que hice la entrevista contigo, no hace más que bromear con que quiere tu esperma.

—¿Por qué?

—Porque quiere alguien con buenos genes, ya sabes, alguien inteligente, guapo y con éxito.

—¿La conozco?

Negué con la cabeza.

—No.

—¿Ha visto alguna foto mía por algún lado?

—Que yo sepa, no.

Los labios de Merrick formaron una sonrisita arrogante.

—Entonces, la información que tiene sobre mi aspecto la ha sacado de…

«Mierda». Puse los ojos en blanco.

—No hace falta que seas tan repelente. Sí, eres guapo. ¿Y qué? Hay muchos hombres guapos.

Merrick soltó una risita.

—¿Y el trueque de golosinas para gatos a cambio de que te diseñen una página web?

—Veo que lo has oído todo, ¿eh?

Sonrió.

—A lo mejor deberías bajar un poco el volumen del móvil.

—O tú podrías meterte en tus asuntos y fingir que no nos has escuchado.

—¿Por qué iba a hacer eso si estabas absorta en una conversación de lo más fascinante? ¿Tu hermana hace trueques a cambio de esperma?

Reí.

—No, lo de los trueques no tiene nada que ver con lo del esperma, bueno, no del todo. Cuido al perro de la vecina de mi hermana. La mujer hace golosinas orgánicas con CBD para gatos y me paga con ellas. Yo no tengo gato, pero el chico que me está diseñando la página web para el alquiler de mis propiedades tiene uno con mucha ansiedad: todos salimos ganando.

Merrick sacudió la cabeza.

—Solo por curiosidad, ¿qué podría conseguir a cambio de mi esperma con tus chanchullos?

—Por desgracia, ahora no puedo ofrecerte nada más que golosinas orgánicas para gatos. Estoy empezando a crear el sistema aquí, en Nueva York. Dejé de hacerlo durante unos años porque Christian, mi ex, lo detestaba.

—¿Por qué?

Me encogí de hombros.

—Creo que le daba vergüenza. No le gustaba que la gente pensara que no tenía dinero. Pero me lo pasaba bien organizando todos los trueques y recibiendo cosas gratis. Me parecía emocionante. Debería haber intercambiado a Christian por un poco de agallas y haber hecho lo que me hace feliz.

Merrick me observó y sonrió.

—¿Qué otras cosas has conseguido con tus intercambios?

—De todo. —Me encogí de hombros—. Puedes obtener lo que quieras. He hecho de canguro a cambio de puntos para comprar billetes de avión, me han cambiado el aceite del coche por ayudar a la hija del mecánico a estudiar matemáticas. Una vez incluso hice cientos de galletas a cambio de que pintaran un mural de Pete el Gato en la habitación del bebé de uno de mis amigos.

—¿Qué es Pete el Gato?

—Un dibujo animado.

—¿Y quién quería tantas galletas?

—Una pareja que se iba a casar y quería dar cajitas de galletas caseras con la bandera italiana como regalo de despedida.

—¿Y tú sabes hacerlas?

Asentí.

—Hago muchos postres. Mi abuela tenía una panadería cuando yo era pequeña.

—¿Tu abuela Milly? No tenía ni idea.

—Pues sí. La vendió un año o dos después de que mi abuelo muriera. Decía que no era lo mismo sin él. Pero seguía preparando muchos dulces y los hacíamos juntas cada vez que iba a verla. No recuerdo haber entrado a su casa y que no oliera a galletas recién hechas o a tarta. No me considero una aficionada a la repostería, sino que hago postres según mi estado de ánimo. Si las cosas marchan bien, no preparo pasteles, pero si estoy contenta o triste, siento que tengo que entretenerme con algo, así que acabo en la cocina. También pico mucho cuando estoy nerviosa, y cocinar y comer van de la mano. Y… —Me eché a reír— no tengo ni idea de por qué te estoy soltando este rollo.

Merrick sonrió.

—Ya ni siquiera recuerdo de qué estábamos hablando.

—Ah… —Levanté un dedo—. Mi hermana quiere tu esperma.

A Merrick le vibró el móvil.

—Creo que es un buen momento para que nos interrumpa una llamada. A saber por dónde habría ido la conversación si no.

Deslizó el dedo hacia un lado sobre la pantalla y se acercó el teléfono a la oreja.

—¿Qué pasa, Bree?

A diferencia de cuando él había escuchado mi conversación, yo solo oía una palabra o dos de la suya. Pero la voz al otro lado de la línea era, sin duda, de una mujer. Al cabo de un minuto, negó con la cabeza.

—Lo siento. No estaré por aquí la semana que viene. Tengo un viaje de negocios.

Se quedó callado, escuchando. Esta vez, me miró antes de decir:

—Gracias por la oferta, pero no estoy en casa.

Silencio.

—No creo. Llegaré bastante tarde. Muchas gracias de todos modos.

Colgó y se quedó en silencio. No pude evitar decirle:

—Tienes el volumen tan bajo que solo he podido oír tu parte de la conversación.

—Es porque bajé el volumen el otro día, cuando escuchaste toda la conversación con Kitty.

Me giré en el asiento para estar de cara a él.

—¿Entonces no me vas a decir a quién acabas de rechazar?

—¿Cómo sabes que he rechazado a alguien si no has oído a la otra persona?

—Una mujer sabe esas cosas, tanto si le han dado calabazas a ella como a otra. Es un don innato.

La comisura del labio se le curvó.

—Bree es mi vecina.

—¿Es altísima?

—Sí, ¿por qué?

—Diría que me la he cruzado cuando he ido a por los documentos esta mañana. Tengo la sensación de que me ha insultado, pero no estoy del todo segura.

Merrick sonrió.

—Aunque no sé lo que te ha dicho, estoy convencido de que era un insulto. A Bree no le gustan mucho las mujeres.

—¿Ninguna?

Negó con la cabeza.

—Es modelo y parece que es muy competitiva.

—Es una modelo muy guapa y con unas piernas despampanantes. ¿Por qué la has rechazado?

—Porque no cago donde como, doctora Vaughn. —Me miró los labios una fracción de segundo. Si hubiera parpadeado, me lo habría perdido. Nuestras miradas volvieron a encontrarse—. Liarse con una vecina es casi tan mala idea como liarse con una compañera de trabajo.

Me sorprendió sentirme decepcionada.

—Ah... Claro, tiene sentido.

Al doblar la esquina de donde vivía, mi hermana salía de la puerta del edificio con Buddy atado a la correa. Me incliné hacia delante para decirle al conductor qué edificio era y nos detuvimos justo al lado de donde estaba Greer. Tenía la leve sospecha de que mi hermana había bajado solo para verme llegar y echar un vistazo al hombre que me acompañaba, porque me había dicho que ya había paseado a los perros.

—Muchas gracias por traerme a casa.

Merrick asintió.

—No hay de qué.

Agarré la manilla de la puerta, pero Merrick me detuvo.

—Espera. No salgas por ese lado. Es una carretera muy ajetreada y los coches pasan muy deprisa. Sal por aquí.

—Eh… Creo que es mejor que me arriesgue. —Señalé a mi hermana, que sonreía como una lunática—. Es mi hermana, Greer, la que quiere tu esperma. No sé si es buena idea que salgas.

Merrick soltó una carcajada.

—Será interesante. —Se bajó del coche y me ofreció la mano para salir.

Greer contemplaba la escena con ojos brillantes. No tuve más remedio que presentarlos.

—Eh, Merrick, ella es mi hermana, Greer. Greer, él es mi jefe, Merrick Crawford.

Se estrecharon las manos y Greer examinó a Merrick de arriba abajo.

—Qué alto eres.

Él sonrió de forma educada.

—¿Cuánto mides, poco menos de metro noventa?

—Pues sí. Qué buen ojo.

Ella asintió.

—Me alegro de conocerte. Conozco a tu abuela. Es una cachonda.

—Sí que lo es, sí.

Supe que mi hermana tramaba algo.

—¿Cuántos años tiene? Nació el mismo año que nuestra abuela, por lo que debe de rondar los ochenta.

—Tiene setenta y ocho. Pero no le diría que ronda los ochenta a la cara ni aunque tuviera setenta y nueve y trescientos sesenta y cuatro días.

Greer sonrió.

—En tu familia vivís muchos años. Debes de tener buenos genes. ¿Tienes algún antecedente familiar de alguna enfermedad grave?

94

«Madre mía». Empujé a mi hermana hacia el edificio y me despedí de Merrick con la mano.

—Tenemos que irnos ya. Muchas gracias por traerme, jefe.

Soltó una risita.

En el vestíbulo, negué con la cabeza y dije:

—No me creo lo que acabas de hacer.

—¿A qué te refieres?

—Lo has interrogado como si fuera un candidato a donante de esperma de verdad. Es mi jefe, Greer.

—Lo siento. Me he entusiasmado. Aunque debo decir que es mejor de lo que me habías dicho. Y menudas pestañas tiene. Yo pago ochenta dólares al mes y no las tengo ni tan pobladas ni tan oscuras. Si yo no puedo obtener su esperma, creo que tú deberías intentarlo.

—Ni hablar.

—¿En serio? ¿Vas a ignorar cómo te mira?

Fruncí el ceño.

—¿De qué hablas?

—Solo he pasado un minuto con él y ya me he dado cuenta de que le atraes.

—Estás como una cabra.

Me di media vuelta y miré por la puerta principal. Merrick seguía de pie al lado del coche, observándome.

Pero eso no significaba nada, ¿verdad?

CAPÍTULO 10
Evie

El lunes siguiente tuve mi primera sesión de terapia privada en la oficina. Era evidente, al menos para mí, que estaba emocionada y nerviosa. Había estado despierta desde las tres de la madrugada horneando galletas, y en ese momento llegaba a la oficina, que todavía estaba cerrada.

Había decidido llevar unas cuantas galletas para ponerlas en una bonita bandeja al lado del sofá de los pacientes. Joan, de Recursos Humanos, me había advertido de que algunos de los agentes habían expresado su descontento al verse obligados a hacer terapia, así que se me ocurrió que las galletas lo harían un poco más llevadero.

Caminé de la estación de metro a la oficina cargada con tres botes de galletas, una garrafa de leche, vasos y utensilios reutilizables de cartón, varias carpetas de documentos que había leído en casa la noche anterior y el bolso, que era innecesariamente grande. Al llegar a la puerta del edificio, me cargué todo en una mano para poder abrirla; justo en ese momento, alguien a mi lado extendió el brazo y me la abrió.

—Muchísimas gracias… —Me giré hacia la persona para darle las gracias y me di cuenta de que era el jefe—. Otra vez tú.

Me ofreció esa media sonrisa, que era medio mueca, tan característica.

—Qué entusiasmo…

Merrick volvía a llevar la ropa de deporte negra, aunque ese día con una camiseta de manga corta. Levantó la mano para quitarse un auricular de la oreja y me fijé en cómo se le marcaba el bíceps. «Bueno, puede que sí me atraiga un poco». Por suerte, no pareció darse cuenta de que lo había devorado con la mirada.

—¿Se puede saber por qué llevas tantas bolsas? —Me quitó todo lo que tenía en el lado derecho.

—Gracias. He hecho galletas, pero luego he pensado que no podía servirlas sin leche. Y como todavía no sé qué tenemos en la sala de personal, también he traído utensilios y vasos de cartón.

—¿Has hecho galletas?

Asentí.

—Oh, oh. ¿He sido yo?

—¿A qué te refieres?

—Dijiste que haces dulces cuando estás enfadada.

Me reí.

—No, dije que hago repostería cuando estoy nerviosa. Preparé las galletas porque estaba emocionada.

Merrick echó un vistazo a la bolsa.

—Hay galletas para alimentar a un regimiento.

—Pues he dejado más de la mitad en casa. —Sonreí—. Es que estoy muy nerviosa.

Llegamos al ascensor y Merrick pulsó el botón.

—¿Por qué estás nerviosa?

—No lo sé... Por el hecho de empezar a hacer terapia con un montón de millonarios superinteligentes de la Ivy League que opinan que no la necesitan.

—¿Quieres que te cuente un secretito para mantenerlos a raya?

—¡Claro! ¿Qué clase de pregunta es? Por supuesto.

Las puertas del ascensor se abrieron y Merrick alargó la mano para indicarme que pasara. Aunque solo estábamos nosotros dentro, Merrick bajó la voz y dijo:

—De acuerdo, este es el secreto. Si consideras que ponen en duda lo que les dices o cuestionan tu autoridad, imita la postura de Superman.

—¿Cuál es la postura de Superman?

—Tienes que enderezar la espalda, poner los brazos en jarras y separar los pies. Y saca un poco de pecho.

—Creo que a ti te funciona porque mides casi un metro noventa e intimidas de verdad.

Merrick se dio unos toquecitos con el índice en la sien.

—No es una cuestión de tamaño. Lo que cuenta es lo que tienes aquí. Confía en mí, lo harás bien.

No estaba convencida de que tuviera razón, pero agradecí que intentara ayudarme. Bueno, pensé que lo agradecía... A no ser que...

—Oye, no lo estarás diciendo para sabotearme porque sabes que establecer una postura de poder hará que se vuelvan locos, ¿verdad?

Merrick sonrió.

—No.

Suspiré.

—Vale. Pues gracias por el consejo.

Asintió y respondió:

—De nada.

Cuando llegamos a mi planta, me di media vuelta hacia él.

—Dame las bolsas. Tú vas a tu piso ahora, ¿no?

Usó la mano que le quedaba libre para que la puerta del ascensor no se cerrase y levantó la barbilla para indicarme que saliera.

—No pasa nada. Tengo que ir a por un documento de uno de los analistas de esta planta.

Me siguió hasta mi despacho y dejó las bolsas en la mesa de centro del área de los pacientes. A continuación, recogió una esquirla de cristal que no me había acordado de recoger el viernes por la noche. Miró a su alrededor.

—¿Se ha roto algo?

—No, es mío.

Lo hizo girar en la mano.

—¿Es un vidrio marino?

Asentí.

—Qué color más raro.

—El turquesa es el segundo color más raro de vidrio marino, por detrás del naranja.

Merrick arqueó una ceja.

—¿Eres experta en el tema?

—Un poco. Los colecciono. —Me acerqué a él y le quité el cristal de la mano—. No debería darte más motivos para que pienses que soy una psicóloga de tres al cuarto, pero es uno de mis amuletos. Lo iba a guardar en el cajón del escritorio el otro día antes de irme, para tenerlo controlado.

Sonrió con suficiencia.

—Vaya, entonces tienes un vidrio marino como amuleto, ¿eh?

Le apunté con el dedo y le dije:

—No seas malo.

—¿Quiénes son tus primeros pacientes hoy?

—Eh… Deja que lo compruebe. —Fui al escritorio y saqué la agenda del cajón—. Empiezo con los veteranos. Tengo a Will Silver a las nueve, a Lark Renquist a las once y esta tarde tengo a Collette Archwood y a Marcus Lindey.

—Will es un capullo arrogante, pero con motivos. Tiene mucho talento. A Lark lo ascendieron el año pasado. Es joven, y a los más mayores no les gusta tener que rendirle cuentas porque creen que no se ha ganado el cargo. El hecho de que parezca más joven de lo que es no ayuda. Además, no le sale barba ni aunque se pase cuarenta y ocho horas encerrado en el despacho. Colette me odia a muerte. Y Marcus está en un proceso de selección con nuestro mayor competidor, pero no sabe que lo sé.

—Vaya. Gracias por la información. ¿Por qué te odia Colette?

—Es una larga historia. —Merrick señaló con la cabeza las bolsas que había dejado sobre la mesa—. ¿Me he ganado una galleta?

Sonreí.

—Adelante. Hay algunas con pepitas de chocolate y otras de mantequilla de cacahuete.

Metió la mano en la bolsa y sacó una galleta de cada uno de los botes superiores. Se comió media galleta de mantequilla de cacahuete de un bocado y la movió delante de mí.

—La mantequilla de cacahuete es mi perdición.

Puede que lo hubiera tenido en cuenta cuando decidí qué preparar. Eso no se lo dije.

Se comió el resto de la galleta y habló con la boca llena.

—Creo que no deberías haberme dicho que haces postres cuando estás emocionada o enfadada. Estas galletas están de muerte, y a mí se me da muy bien hacer que los trabajadores se cabreen conmigo.

Solté una risita.

—También me puedes pedir que las prepare, sin más.

Merrick asintió y sacó un par más de las de mantequilla de cacahuete y me guiñó un ojo antes de irse. Justo antes de que saliera, lo llamé:

—Oye, Superman.

Se giró para mirarme.

—¿Qué opinas? ¿También me serviría una postura de Wonder Woman?

Me recorrió el cuerpo rápidamente con los ojos y sonrió de forma lasciva.

—Estaba enamorado de Wonder Woman cuando era pequeño. Quien diseñó su traje era un genio.

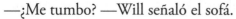

—¿Me tumbo? —Will señaló el sofá.

—Si quieres, pero no hace falta.

Dio un salto en el aire y se dejó caer en el asiento. Estiró las largas piernas, se puso las manos detrás de la cabeza y la apoyó en un cojín.

—Ah… No está nada mal. No sé por qué todo el mundo se queja de que estés aquí. Esto es mucho mejor que estar en una guardería. Hay leche y galletas y luego viene la siestecita.

Sonreí.

—Bueno, puedes tumbarte como si fueras a echar una siesta, pero la idea no es dormirse.

—No te preocupes. No me dormiría durante el día ni aunque me fucra la vida en ello. —Will se señaló la cabeza e hizo círculos con el dedo—. Cuando le das al interruptor de encendido, esto no para hasta que se queda sin energía, normalmente sobre las dos de la madrugada.

—¿Las dos? El otro día te vi por aquí a las siete de la mañana.

—Es que no necesito dormir demasiado.

—¿A tus padres les pasaba lo mismo?

Will asintió.

—A mi madre. Le bastaba con dormir cuatro o cinco horas. Mi padre siempre decía que era porque le daba miedo perderse las conversaciones de los demás mientras dormía.

—En muchos casos es genético —dije—. Hace unos años, encontraron una mutación genética que podría ser hereditaria. Es el gen ADRB1. Hace que el ciclo de sueño sea más corto.

—¿Lo dices en serio? Siempre he sabido que era un mutante.

Solté una carcajada.

Will se incorporó de un bote y apoyó los pies en el suelo.

—Se me hace raro hablar contigo sin mirarte. ¿Por qué en las películas siempre lo hacen así?

—Freud creía que el hecho de que los pacientes no establecieran contacto visual hacía que se sintieran más libres y que era más probable que dijeran lo que pensaban si estaban relajados y tumbados en lugar de pendientes de que los observaban.

—¿Y es cierto?

—En algunos casos, sí. Depende de con qué te sientas más cómodo.

Will asintió.

—¿Cómo funciona esto, entonces? ¿Por dónde empezamos?

—Me gustaría ir poco a poco, que nos fuéramos conociendo.

—Vale. Pregunta. ¿Qué quieres saber?

Cogí la libreta y el bolígrafo que había dejado en la mesilla a mi lado y fui a la primera página.

—¿Has ido a terapia alguna vez?

—¿La terapia de parejas cuenta?

Asentí.

—Sí. ¿Sigues haciendo terapia de parejas?

—No. —Levantó la mano para enseñarme que no llevaba alianza—. Estoy felizmente divorciado.

—¿Cuánto tiempo hace que te divorciaste?

—El proceso terminó hace unos dieciocho meses.

—¿Y durante cuánto tiempo hicisteis terapia?

—Asistimos a seis sesiones.

—Ah. ¿No os pareció que funcionara?

—No, es el tiempo que tardó mi ex en admitir que se estaba acostando con el vecino.

—Lo lamento. ¿Te sientes cómodo hablando del matrimonio?

Will se encogió de hombros.

—No es mi tema de conversación favorito, pero no me importa.

—¿Puedo preguntarte si teníais problemas conyugales antes de su aventura?

—Yo pensaba que no, aunque parece que sí. Trabajo muchas horas y Brooke se quejaba, aunque le gustaba el estilo de vida que conlleva este tipo de empleo. La animé a buscar un pasatiempo y eso hizo: tirarse al vecino.

Sonreí con tristeza.

—¿Cuántas horas trabajas a la semana?

—Pues lo más normal es que esté en la oficina de siete de la mañana a siete de la tarde. Y los sábados hago media jornada desde casa.

—Por la noche, después del trabajo, ¿qué haces?

—Ahora que estoy soltero, juego a ráquetbol dos veces por semana. Aparte de eso, pido comida a domicilio o compro algo de camino y leo el *Journal* mientras como. A veces miro la tele, respondo a un par de correos electrónicos e investigo mientras me tomo algo. Además, dejo los calcetines tirados por el suelo, el asiento del váter levantado y ronco sin que nadie me grite.

—O sea, que trabajas unas sesenta horas a la semana en la oficina y unas cinco o seis más los sábados. Y además, te pasas las noches leyendo noticias relacionadas con el trabajo o investigando y respondiendo a correos electrónicos. Eso serían unas cuantas horas más al día. ¿Podríamos decir que trabajas unas ochenta horas a la semana?

Will se encogió de hombros.

—Me encanta mi trabajo. No me molesta hacerlo.

—¿Y qué hay de los trabajadores que rinden cuentas ante ti? ¿Hacen tantas horas como tú?

—Algunos. Solo los buenos.

—¿No se puede ser bueno en este trabajo si solo haces cincuenta horas, por ejemplo?

—No he dicho eso. Pero hay que estar muy bien informado para dedicarse a esto: sobre el mercado, las tendencias, las industrias independientes y las corporaciones. Y esa información cambia constantemente.

—¿Y puedes hacer que alguien se encargue de obtener toda esa información y te mande una versión resumida?

Will sonrió.

—Eso es lo que hacen los analistas. Pero sería imposible que una persona ahondara en todos los temas. Además, echar un vistazo a los resúmenes de cada analista de los diferentes sectores requiere mucho tiempo.

—¿Cuánto tiempo llevas trabajando en Inversiones Crawford?

—Desde el primer día. Merrick y yo somos amigos desde el primer año de universidad. Fuimos juntos a Princeton.

—No lo sabía.

Asintió.

—Los dos empezamos a trabajar en Sterling Capital después de graduarnos. A los tres años, él ya era el vicepresidente y yo seguía currando de analista. La gente no se convierte en vicepresidente en tres años. Pero Merrick era el más inteligente y trabajaba más que los dueños de la empresa, así que lo fueron ascendiendo para que no se marchara. El día que les dijo que se iba, le ofrecieron ser socio de la empresa. Todavía no había cumplido los veinticinco.

—¿Y no aceptó el cargo?

Will negó con la cabeza.

—No. Y todo le habría resultado más fácil si lo hubiera hecho. La cosa es que a los propietarios no les caía bien Amelia, que también trabajaba allí, por eso decidieron montárselo ellos por su cuenta.

—¿Por qué no les gustaba Amelia?

—Por aquel entonces, Merrick decía que se debía a que Sterling era un club de tíos y las mujeres no tenían las mismas oportunidades en la empresa. Si se lo preguntáramos hoy, puede que tenga una opinión diferente. Amelia era buenísima, aunque muy temeraria. Para este trabajo hay que tener un buen par de cojones, perdona la expresión, pero se podría dar el caso de que alguien los tuviera demasiado grandes.

«Qué interesante».

—Hablé un poco con Merrick de Amelia —le dije—. Él pensaba que el hecho de que ella dejara la empresa no afectó a los trabajadores. ¿Estás de acuerdo?

—¿Hablaste con él de Amelia? ¿Te refieres a que mencionó su nombre?

Junté las cejas.

—Vaya. Pues sí que eres buena en tu trabajo. Yo no lo he oído pronunciar ese nombre en tres años.

—¿En serio? Bueno, no entramos en detalles, solo me comentó que era su compañera y que falleció. A menudo, los cambios en la dirección causan estrés entre los trabajadores. —Sospechaba que Merrick y Amelia habían tenido algo más que una relación laboral, pero no estaba en posición de preguntar—. Entonces, si no habla de ella, imagino que no fue una separación amigable.

Will asintió.

—No le afectó tanto a nivel laboral como personal. Estaban comprometidos.

—¿Qué pasó?

Aunque la pregunta no era apropiada, no pude evitar hacerla. Al oírla, el rostro de Will cambió. Se le formó una arruga entre las cejas e hizo una mueca triste con los labios.

—No me corresponde a mí contártelo. Digamos que lo destrozó por completo.

No sonaba muy bien. Por supuesto, eso solo me hizo sentir más curiosidad, pero no quería pasarme de poco profesional en la primera consulta; volví a dirigir la conversación hacia el terreno laboral. Will parecía abierto a hablar de cualquier aspecto del trabajo, y eso era bueno. El hecho de que cooperara conmigo me ayudó mucho a tranquilizarme y agradecí que hubiera sido mi primer cliente del día.

Sonó la alarma que había puesto para marcar el fin de la sesión y Will puso las manos sonoramente en los muslos.

—Bueno, ¿he ganado algún premio?

—Pues sí. Ya hemos acabado la primera sesión, así que eres libre durante un mes.

—Qué bien. No ha sido para tanto.

Teniendo en cuenta que nos habíamos pasado una hora hablando, sobre todo, de cosas del trabajo y no de sentimientos, me alegró que pensara que no había sido una experiencia demasiado dolorosa. Yo tenía que aprender e ir poco a poco con esta gente para ganarme su confianza y respeto. Sin embargo, tenía la sensación de que, con Will, podía ir más allá, pues era una persona de trato fácil y amigable.

—¿Puedo hacerte una pregunta más, Will?

—Claro.

—¿Si pudieras empezar de cero en tu matrimonio, intentarías trabajar menos y pasar más tiempo en casa?

Me miró a los ojos y sonrió tristemente.

—Sí, es probable que sí.

No podía creer que ya fueran las siete. Entre las citas con los primeros pacientes, la reunión con Recursos Humanos para hablar de la organización de la empresa y el tiempo que había dedicado a hacer los resúmenes de las consultas, el día se me había pasado volando. Apagué el portátil y cogí el móvil para mandarle un mensaje a Greer y preguntarle si quería que comprara algo de camino a casa.

Antes de que le diera tiempo a responderme, Merrick apareció delante de mi puerta. Sus visitas a última hora eran cada vez más recurrentes, y como trabajaba en otra planta, no podía evitar preguntarme si bajaba solo para verme. Colgado del hombro, llevaba el maletín de siempre, de cuero, desgastado y repleto de papeles.

—¿Y bien? Has sobrevivido a las primeras sesiones con los empleados. —Me miró de arriba abajo—. Y no parece que tengas golpes ni moretones.

Saqué el bolso del cajón y lo dejé sobre el escritorio.

—Creo que he conseguido salir ilesa.

—¿Cómo ha ido?

—Pues bastante bien, la verdad. Solo ha cancelado la sesión una paciente. Bueno, la ha pospuesto.

—¿Una paciente? Debe de ser Colette, ¿no?

Asentí.

—Se ha ido antes de tiempo a recoger a su hijo del colegio porque estaba enfermo.

—¿Y los otros no te lo han hecho pasar mal?

—No, han sido muy amables. Hemos hablado mucho.

—Entonces, ¿puedo decirles a los de la junta que estamos curados? ¿Qué ya no nos van a demandar más?

Me eché a reír.

—No te pases. Oye, hablando de demandas, he llamado al abogado que me recomendaste y he quedado con él mañana por la noche.

—Perfecto. Espero que vaya bien. Barnett es un buen tío, pero es un abogado muy agresivo.

—¿No conocerás por casualidad a un agente inmobiliario también?

Merrick asintió.

—Sí. Nick Zimmerman. Lo más seguro es que no le guste la zona en la que quieras vivir, pero es un agente fantástico. Si te parece bien, puedo enviarle un correo electrónico para presentaros.

—Sería genial. Muchas gracias. Aprovecho que estás tan dispuesto a todo para pedirte que nos veamos unos minutos mañana por la mañana.

—No puedo. Tomo el avión a primera hora.

—Ah. ¿Cuánto tiempo estarás fuera?

—Cinco días. ¿Es algo importante?

—No, no especialmente. Estoy intentando entender la cultura empresarial, y no puedo dar mi opinión a los trabajadores. Debo mostrarme neutral y conseguir que sean ellos los que hablen. Joan de Recursos Humanos me ha ayudado mucho, pero no tiene experiencia en el campo de batalla como tú.

Merrick se miró el reloj.

—¿Quieres que lo hagamos ahora?

Levanté las manos.

—No. Se supone que tengo que ayudar con el estrés. No quiero ocupar el poco tiempo libre que tienes.

—No me importa. —Señaló con la cabeza hacia el pasillo—. Deja que vaya un momento al apartamento a dejar el maletín y a cambiarme. ¿Has cenado ya?

—No, todavía no.

—¿Te apetece que vayamos a cenar a un bar?

Asentí.

—Me parece perfecto.

—Hay un sitio aquí al lado que está bien. Puedes interrogarme mientras comemos.

—Genial. Muchas gracias. —Sonreí—. Míranos, siendo amables con el otro, sin más. No me ha hecho falta amenazarte con llamar a tu abuela.

Merrick sacudió la cabeza.

—Nos vemos en el ascensor en unos diez minutos, listilla.

—Vale.

Quince minutos después, ya estábamos sentados a la mesa. La camarera nos trajo las cartas y nos preguntó si queríamos beber algo. Me apetecía mucho una copa de vino, pero Merrick pidió agua y yo hice lo mismo.

—Entonces, ¿los agentes te han confirmado que soy el ogro que creías?

Negué con la cabeza.

—No. Todo lo que se habla en las sesiones es confidencial, así que no te puedo dar información más específica. Solo te diré que tus trabajadores te respetan mucho.

—Ah… Deben de creer que eres un topo y por eso te dicen lo que quiero oír.

Solté una risa.

—No es por eso.

Merrick se recostó en la silla y apoyó los brazos de forma informal por encima del banco.

—Bueno, pero te cuentan cosas, ¿no? ¿Nadie te lo está poniendo difícil?

—Bueno, los de hoy no. La terapia va poco a poco, así que no pregunto por los asuntos personales de inmediato. Primero tenemos que conocernos un poco.

—A Will le has caído bien.

—¿Ah, sí?

—Comemos juntos un par de veces por semana. Me ha dicho que era fácil hablar contigo.

—Me alegro. Me ha caído muy bien. Es muy ingenioso y tiene un sentido del humor muy irónico.

—Y que lo digas. Le gusta hacer apuestas de lo más raras. El día de Año Nuevo, que no había nadie en la oficina, sacó todas las fotos personales de los empleados, las escaneó y puso su cara sobre los rostros de todos los hijos, esposos, esposas y perros. Me hizo apostar a ver quién sería el último en darse cuenta.

—Madre mía. —Me desternillé—. ¿Y quién fue?

Merrick se encogió de hombros.

—Te lo diré cuando tengamos un ganador. Todavía hay dos personas que no se han dado cuenta y ya han pasado casi siete meses.

—Qué bueno.

La camarera se acercó y nos preguntó si ya sabíamos lo que queríamos, pero ni siquiera habíamos mirado la carta. Merrick le pidió que volviera en un par de minutos.

—¿Me recomiendas algo en especial? —pregunté, con la mirada en la carta.

—Casi siempre me pido la hamburguesa o el sándwich club de pavo.

—Mmm... Me gusta cómo suenan los dos. —Dejé la carta en la mesa—. ¿Quieres que pidamos uno de cada y los compartamos?

Merrick sonrió.

—De acuerdo. —Bebió agua—. Bueno, ¿qué te parece el trabajo de momento?

—Sin duda, es mejor de lo que esperaba.

—¿Tan malo pensabas que iba a ser?

—Pensaba que sería un infierno. El hombre que me había contratado me había dicho que me ofrecía el puesto porque era incompetente, que había habido una pelea entre los trabajadores y que no querían hablar con una psicóloga. No es una imagen muy agradable.

Merrick ladeó la cabeza.

—Y aceptaste el trabajo de todos modos.

—Pensé que a lo mejor podía cambiar las cosas.

—Debe de ser genial tener un empleo que te dé esa satisfacción.

—¿Tu trabajo no te parece satisfactorio?

—Es un tipo de satisfacción diferente. Me encanta la adrenalina. Me encanta buscar entre la paja para encontrar esa pequeña empresa que va a marcar la diferencia; empezar a trabajar con ellos en las primeras fases y ver cómo despega. Tener independencia económica es muy satisfactorio, pero conseguirle más dinero a la gente rica no te hace pensar que le has cambiado a vida de alguien.

—¿Qué te llevó a escoger esta carrera?

—Para ser sincero, entré en el mundillo por el dinero, y me encanta que sea tan emocionante. ¿Y tú por qué decidiste ser psicóloga?

—Fui a uno de pequeña y me ayudó muchísimo. Cuando mi madre por fin dejó a mi padre, me hizo ir a terapia.

—Lo siento, no quería meterme en tus cosas.

—No pasa nada. No me avergüenza, bueno, ya no. De pequeña, me avergonzaba porque pensaba que la gente que iba al psicólogo tenía problemas. En cambio, a medida que fui creciendo, me di cuenta de que recibir ayuda no te hace más débil, sino al contrario. Es algo que la gente sigue sin entender de la terapia. Todavía está muy estigmatizado que la gente necesite ayuda con la salud mental y eso hace que muchos no se atrevan a ir al psiquiatra o al psicólogo. Es como si solo debiéramos preocuparnos de ciertas partes del cuerpo.

—Ya. Pero también es cierto que no te habría preguntado por la cita con el cardiólogo. Me he disculpado porque era un tema personal, no porque fueras al psicólogo.

—Ay. —Sonreí—. El discurso no era necesario.

La camarera regresó y tomó nota del pedido. En cuanto se fue, nuestra conversación volvió a centrarse en la oficina; le pedí que me explicara el nivel de autoridad que tenía cada uno de los agentes y los diferentes niveles de aprobación que había. También le pedí que me explicara quién tenía autoridad para despedir a quién y cuáles habían sido los últimos ascensos. Intentaba reunir todas las posibles causas de estrés para saber cómo controlarlas.

—¿Hay algo más que quieras saber?

—Ahora que lo dices, tengo otra pregunta. Aunque es más personal que estructural.

—Vale...

—¿Cuántas semanas de vacaciones tuviste el año pasado?

—No lo sé. ¿Por qué?

—Una de las cosas que he preguntado a los trabajadores hoy ha sido dónde fueron de vacaciones el año pasado. Quería hablar de algo agradable para que la gente se abriera a mí. Me ha sorprendido mucho oír que nadie fue a ningún lado, solo un fin de semana o dos. Tu equipo recibe una muy buena compensación y la gente con sueldos de siete cifras o más suele gastarse dinero en vacaciones lujosas y casas en la playa.

Merrick asintió.

—Para tomarte unas vacaciones tienes que desconectar del trabajo. Eso quiere decir que debes confiar lo suficiente en otra persona para que lleve tus cuentas mientras no estás y eso no es nada fácil. O puedes trabajar durante las vacaciones, pero eso no suele ser compatible con los viajes en familia.

—Entiendo, lo que pasa es que, entonces, los trabajadores nunca descansan de tanto estrés, y sabemos que el estrés crónico causa disfunciones de la memoria. Si no desconectas, con el tiempo, te vuelves menos productivo en el trabajo. Me he tomado la libertad de pedirle a Joan de Recursos Humanos una lista de los días de vacaciones que se han tomado los empleados este último año para compararlo con los días que tienen. ¿Qué porcentaje de los días que les corresponden dirías que se toman de vacaciones?

Merrick se encogió de hombros.

—No sé. ¿El cincuenta… o el sesenta por ciento?

—El diecinueve por ciento.

—Joder. No pensaba que fuera tan bajo.

—La media de los trabajadores que tienen cinco semanas de vacaciones no llegan a hacer ni una.

—¿Qué se supone que debo hacer? No puedo obligarlos a irse por ahí.

—No. Pero puedes obligarlos a tomarse los días libres. Puedes crear una política que haga que los trabajadores disfruten de la mayoría de sus días de vacaciones. Incluso podrías hacer que tuvieran el acceso restringido al sistema de la empresa durante ese tiempo.

—Lo de restringirles el acceso no me convence. Creo que la mayoría perderían la cabeza si lo hiciera. Sin embargo, puede que obligarles a tomarse los días de vacaciones sí que funcione.

—Es un muy buen comienzo. Claro que, como con otras muchas cosas, deberías dar ejemplo. No puedes esperar que tus trabajadores piensen que desconectar una semana o dos de vez en cuando está bien si el jefe no lo hace.

Merrick asintió.

—Tomo nota.

—¿Puedo hacerte una pregunta personal?

Negó con la cabeza y respondió:

—Preferiría que no lo hicieras.

—Ah… vale.

—Te estoy tomando el pelo. Solo quería ver cómo reaccionabas.

Entrecerré los ojos.

—¿Como cuando fingiste que no sabías que era la chica del probador para reírte un rato?

Sonrió.

—¿Qué quieres saber?

—¿Sales con alguien?

—¿Me lo preguntas porque estás interesada en salir conmigo si digo que no?

Sentí que me ardían las mejillas.

—No, no… no quería insinuar….

—Relájate, lo he dicho de broma. Te estás sonrojando, doctora Vaughn.

Me molestaba que mi rostro siempre me delatara. Me toqué la mejilla cálida y negué con la cabeza.

—A ver, es que da un poco de vergüenza que tu jefe piense que le estás tirando los trastos cuando llevas dos semanas en la empresa. —Merrick se estaba divirtiendo mucho—. Te gusta verme sufrir, ¿eh?

Se tomó un momento para pensar antes de responder:

—Por extraño que parezca, sí.

—¿Lo haces con todos los empleados?

Merrick negó despacio con la cabeza.

—Solo contigo.

—¿Por qué?

Se encogió de hombros.

—No tengo ni idea. Pero la respuesta a tu pregunta es no formalmente.

—Madre mía, ya ni siquiera recuerdo la pregunta.

Sonrió levemente.

—Me has preguntado si salgo con alguien.

—Ah, sí. —Sacudí la cabeza—. Lo preguntaba porque nunca te tomas vacaciones y has comentado que te cuesta desconectar. Y bueno, yo diría que eso no ocurre cuando tienes a alguien que capta tu interés de verdad. Todos necesitamos algo que nos distraiga del trabajo.

Los ojos de Merrick se posaron en mis labios y sentí un cosquilleo en la parte baja del estómago. Se llevó el vaso de agua a la boca.

—Lo tendré en cuenta.

Por suerte, en ese momento llegó la comida. Le cambié la mitad de mi bocadillo por la mitad de su hamburguesa. Al parecer, era yo la que necesitaba una distracción para no pensar en cómo me hacía sentir mi jefe.

—Si decides tomarte algunos días libres, sé de un campamento de lujo genial.

Me guiñó el ojo.

—Creo que soy más de casas del árbol.

—Ahora en serio, sé que no estás obligado a hacer terapia, pero a todos nos viene bien tener tiempo libre para relajarnos. ¿Cómo te desestresas si no te tomas unos días de descanso?

—Hay muchas maneras de desestresarse sin tener que tomarse unas semanas libres. Aunque dudo que a los de Recursos Humanos les haga gracia que te cuente mis favoritas.

—Supongo que esas se me han olvidado del tiempo que hace que no las pongo en práctica.

Un rato después, salimos juntos del restaurante. Yo tenía que ir a la izquierda, hacia el metro, y Merrick a la derecha, para volver al edificio en el que vivía y trabajaba.

—Muchas gracias, otra vez, por molestarte en contestar a mis preguntas. Y por la cena —le dije.

—No hay de qué.

—Bueno, que vaya bien. —Señalé con la cabeza hacia el metro—. Yo me voy por allí.

—Ni hablar. —Merrick alzó la barbilla—. Vienes por aquí.

Arrugué la nariz y miré donde señalaba. El coche oscuro que me había llevado a casa la otra noche estaba esperando junto a la acera. El conductor salió del vehículo y me abrió la puerta.

—Son las ocho pasadas. Mis trabajadores piden un coche cuando trabajan hasta tan tarde.

—Es una oferta muy generosa, pero no me importa ir en metro.

—Seguro que no, lo que pasa es que yo prefiero que uses el coche.

Entorné los ojos.

—Veo que vuelves a ser el mandón de siempre.

—Y tú tan tocapelotas como siempre. —Intentó mantener la expresión seria, pero no pudo evitar que se le reflejara la diversión en los ojos—. Buenas noches, señorita Vaughn.

—Doctora Vaughn.

Se le crispó el labio, pero no dijo nada más, así que me dirigí al coche. Antes de subirme, me volví para darle las buenas noches y lo pillé mirándome el culo. Esperaba que pusiera cara de arrepentimiento o, como mínimo, que fingiera estar avergonzado, como cuando me pilló él a mí el otro día. Sin embargo, no vi un atisbo de ninguno de los dos.

CAPÍTULO 11
Merrick

—Está como un tren —dijo Will, aunque yo apenas lo oí. Tenía la mente en otro lado, algo que se había vuelto muy común esas dos últimas semanas.

—¿Qué?

Hizo un gesto con la barbilla hacia Evie, que estaba en el pasillo a unos metros de mi puerta, hablando con Joan.

—La doctora. Está muy buena. A mí me van más las tías que muestran sus encantos. Ya sabes cuál es mi tipo: rubias teñidas con un buen par y mucho maquillaje. Las que saben que están buenas y no se cortan a la hora de mostrarlo. ¿Pero la doctora? Tiene un rollito de bibliotecaria muy *sexy*. Le arrancaría la ropa y le dejaría solo las gafas de pasta y los zapatos.

—No seas capullo. Trabaja aquí, por el amor de Dios.

—¿Lo dices en serio? Te la estabas comiendo con los ojos. Y me ignoras cada vez que pasa por delante. ¿Sabes a qué me recuerda? A cuando mi hermano tenía dos o tres años y nos compramos un perro, un *husky* con un ojo de cada color. Era precioso. Bueno, estaban enseñando a Jared a ir solo al baño y él estaba obsesionado con el perro. Total, que cuando tenía que ir al váter, se ponía delante y yo oía el chorrito de pipí. Si en ese momento el perro pasaba por allí, el ruido de la orina al caer al agua se detenía hasta que el perro desaparecía. Entonces volvía a oírlo. Así todo el rato. El tío se distraía tanto que dejaba el suelo lleno de meado.

Will tomó una patata frita y señaló con ella hacia el pasillo.

—Ella es tu *husky*. Doy las gracias porque no la podamos ver desde el lavabo de hombres, porque tendría los zapatos empapados de pis si estuvieras en el urinario de al lado.

Puse cara de asco.

—¿Pero qué narices dices?

—Solo he dicho lo que estabas pensando.

—No sabes lo que dices.

—¿Ah, no? Entonces, ¿no te importaría que la invitara a salir?

Se me tensó el músculo de la mandíbula.

—No me importaría. Aunque hay una política de la empresa que lo prohíbe.

Will sonrió con picardía.

—¿No te importa? Espera un segundo. —Evie y Joan habían acabado de hablar y se alejaban caminando. Will se puso las manos a ambos lados de la boca y gritó—: Oye, Joan.

La jefa de Recursos Humanos miró hacia mi despacho, Will le pidió con la mano que se acercara y ella entreabrió la puerta.

—¿Querías algo?

Will asintió.

—Refréscame la memoria, por favor. ¿Qué política tiene la empresa respecto a las relaciones sentimentales entre trabajadores?

—Está prohibido salir con los subordinados.

—¿Y por qué tenemos esa regla?

—Para evitar poner al trabajador en una situación incómoda. Puede que alguien se sienta obligado a decir que sí por miedo a las consecuencias de rechazar a un superior. Y, por el otro lado, ¿qué pensaría la gente si un trabajador que tiene una relación con el jefe recibiera un ascenso?

—Entonces, no es una política que afecta a toda la empresa, ¿verdad? ¿Si los trabajadores fueran de distintos departamentos, podrían salir juntos?

Joan se encogió de hombros.

—No veo por qué no. Allison, la mujer de John Upton, trabajaba en contabilidad. Él es agente y ella se encarga de ges-

116

tionar los pagos de las cuentas, así que no había conflicto de intereses. De hecho, muchas parejas se conocen en el trabajo.

Will se reclinó en la silla y cruzó las manos detrás de la cabeza en un gesto petulante.

—Gracias, Joan.

—De nada. ¿Algo más?

Will negó con la cabeza.

—No. Has sido de gran ayuda.

La sonrisa victoriosa de Will se volvió más grande cuando Joan cerró la puerta.

—Bueno, como iba diciendo… ¿No te importa que quede con ella? Este viernes tenemos el evento benéfico para recaudar fondos y no tengo acompañante.

—Como quieras —refunfuñé—. Pero cállate ya y acaba de comer que tengo cosas que hacer.

El viernes por la tarde ya se me había olvidado lo que me había dicho el tocapelotas de Will. Me había convencido a mí mismo de que solo lo hacía para molestarme. Bueno, hasta que Evie llamó a la puerta de mi despacho.

—Hola, ¿tienes un minuto? —preguntó.

—Sí, los mercados acaban de cerrar.

Sonrió.

—Lo sé. Estaba esperando.

—¿Qué pasa?

—Esta semana he tenido sesión con varios trabajadores y algunos temas recurrentes parecen ser la falta de confianza y la inaccesibilidad de los altos directivos.

—¿Qué quieres decir?

—Algunos de los trabajadores creen que sus supervisores no confían en ellos. Por ejemplo, cierran una operación y al cabo de unos minutos el encargado cuestiona la decisión que han tomado. Eso hace que sientan que no se respeta su criterio.

—Los supervisores deben controlar las transacciones y comentar los posibles problemas.

—Lo que pasa es que cuestionar a alguien por algo que ya está hecho solo sirve para empezar la conversación con un tono negativo.

—¿Y qué propones? El trabajo de los encargados no tiene sentido si no lidian con estos asuntos.

—¿Podrían hacer lo mismo con un tono positivo? A lo mejor sería buena idea que los supervisores y los trabajadores quedaran a primera hora para hablar de las transacciones que están considerando. Entonces, cuando el supervisor vea algo cuestionable, entenderá a qué se debe y no tendrá que poner en duda la decisión del empleado. El resultado será el mismo, pero en lugar de sentirse controlado e insignificante, el trabajador se sentirá escuchado e importante.

—Deja que lo adivine. Todas las quejas son sobre el mismo supervisor: Lark Renquist. Ya te dije que a los más veteranos no les gusta rendir cuentas ante un chico que podría ser su hijo. No les supondría el mismo problema que los cuestionara uno de los agentes que llevan más tiempo en la empresa.

—No estoy aquí para señalar a nadie y tampoco quiero dar detalles que violen la confianza de los pacientes, pero lo he oído las veces suficientes para pensar que es algo que está causando estrés innecesario.

—De acuerdo. Hablaré con los agentes. ¿Algo más?

—Creo que la gente siente que los altos directivos no sois accesibles.

—Estoy aquí todo el día y el resto de mi equipo también. Tengo la puerta de cristal, por el amor de Dios. La gente puede ver si estoy ocupado y acercarse si no lo estoy.

—A lo mejor accesible no es la palabra adecuada.

—¿Cuál es, entonces?

—¿Fácil de tratar? —Asintió—. Igual esta expresión lo define mejor. Puede que estés en el despacho, pero no me parece que la gente se sienta cómoda para venir a hablar contigo o los demás directivos.

—¿Y es culpa mía? No puedo leer las mentes de los demás y saber cuándo quieren hablar conmigo para entablar una conversación.

—En realidad, no creo que sea culpa tuya. Simplemente, intimidas bastante.

Negué con la cabeza.

—Eso es su problema, no el mío.

Se echó a reír.

—¿Qué te parecería si hicierais una reunión mensual como las que hacen en los ayuntamientos? A lo mejor podríais reuniros en el área de los trabajadores y tener una charla grupal. Informarlos de las últimas novedades y que ellos os pregunten lo que quieran. También sería buena idea hacer alguna especie de taller fuera de la oficina para fomentar el compañerismo entre todos.

—¿Te refieres a una de esas clases en las que uno se deja caer y la otra persona lo tiene que atrapar?

—Algo así.

—¿Y crees que eso va a evitar que la gente me demande por no hacerse al trabajo o que los empleados se peleen a puñetazos porque están tensos?

Evie se encogió de hombros.

—Venga, dame ese gusto. Puedo hablar con Joan y prepararlo todo.

Suspiré.

—¿Algo más? ¿Quieres que bese a un bebé o que rescate a algún gatito de un árbol?

Evie se puso en pie.

—Gracias, jefe.

—Sí, sí, no hay de qué.

Se dirigió hacia la puerta.

—¿Nos vemos luego? —me preguntó.

Antes de que hubiera entrado, yo ya tenía pensado irme, así que me levanté.

—La verdad es que ya me marchaba. Tengo que prepararme para el evento benéfico.

—Sí, a eso me refería. Yo también me voy ya para preparar-me. Como no me dé prisa, Will llegará a mi casa antes que yo.

Me quedé helado. Qué hijo de puta. Al final había quedado con ella.

Estaba en medio de una conversación con Erin Foster, la en-cargada del programa Home Start para el que recaudábamos fondos esa noche, cuando Evie y Will entraron. Ya hacía más de una hora que el evento había empezado y, al no verlos, pen-sé que Will se había compinchado con ella para tomarme el pelo (no tenía sentido, pero tampoco lo tenía cómo me sentía cuando los imaginaba juntos).

Evie y Will estaban frente a la barra, donde esperaban a que les sirvieran unas bebidas. Desde la distancia, observé que Will buscaba por la sala. Cuando me encontró, curvó los labios en una sonrisita diabólica y puso una mano sobre la espalda de Evie. Como ella llevaba un vestido rojo con la espalda abierta, los dedos de Will le tocaron la piel. Los miré fijamente con tanta intensidad que cualquiera que me viera pensaría que in-tentaba hacerle un truco jedi a Will.

—¿Merrick? —preguntó Erin. Se giró para mirar por en-cima del hombro, hacia donde yo miraba—. ¿Va todo bien?

Pestañeé un par de veces y sacudí la cabeza.

—Sí, perdona. Solo estaba… discúlpame. ¿Qué decías?

—Te estaba comentando nuestra nueva iniciativa. Nos ha ido muy bien pedir a nuestras empresas patrocinadoras que añadan una sección para hacer donaciones en sus páginas web. Nosotros nos encargamos del texto, los diseños y el HTML, lo que hace que todo sea muy sencillo para vuestro administra-dor de página web. Así, los clientes ven que tu empresa tiene conciencia social y nos da una oportunidad de contar quié-nes somos y qué hacemos a nuevos posibles donantes. Uno de nuestros socios de gestión financiera añadió una sección para hacer donaciones en su web y, además, puso un botoncito en la página principal donde se registran los clientes. Ha sido uno de los meses con mayores contribuciones de capital a pesar de que nosotros no contactamos a nadie directamente. ¿Crees que Inversiones Crawford podría hacer algo así?

Asentí.

—Seguro que sí. Hablaré con el informático y te diré qué podemos hacer.

Erin aplaudió en silencio.

—¡Muchísimas gracias!

Volví la mirada a la zona del bar. Evie y Will hablaban con un banquero con el que me había encontrado un par de veces. Ella se había vuelto hacia mí, aunque miraba a Tom, Tim o Tucker, como se llamara el tío. No conseguía despegar los ojos de ella el tiempo suficiente para recordar el nombre del señor. El vestido que llevaba tenía un escote en forma de V que le marcaba las curvas. Sin duda, mostraba más carne que en la oficina, aunque seguía teniendo un aspecto sofisticado y elegante. Cuando se inclinó hacia delante para estrechar la mano de alguien que se le había acercado, el muslo le asomó ligeramente por la raja del vestido. Joder. Tenía unas piernas de infarto.

Creía que había sido discreto, pero cuando conseguí despegar los ojos de Evie y volví toda mi atención a Erin, vi que sonreía.

—Es preciosa. ¿Cómo se llama?

Me hice el tonto y me llevé la copa a los labios.

—¿Quién?

—La mujer del vestido rojo a la que no dejas de mirar.

Miré a mi alrededor como si tuviera que adivinar de quién me hablaba. Exageré demasiado y resulté poco convincente.

—No sé de quién hablas.

Sonrió.

—Ya. —Señaló a Will y a Evie—. Bueno, ahora verás de quién te hablaba, porque viene hacia aquí.

En efecto, Evie y Will atravesaban la sala y se dirigían hacia nosotros. Will seguía sonriendo como un imbécil.

—¿Qué tal, jefe? —Se balanceó sobre los pies.

Los saludé con un gesto rápido de la cabeza.

—Will. Evie.

—Diría que no nos conocemos. —Erin alargó el brazo hacia Evie—. Soy Erin Foster, la directora de Home Start.

Evie le estrechó la mano.

—Encantada de conocerte. De camino, Will me ha contado a qué os dedicáis. Mi madre fue víctima de violencia doméstica y pasamos muchos años en varios alojamientos. Es muy importante ayudar a las supervivientes a encontrar algo permanente, como hacéis vosotros, para que puedan echar raíces.

—Así es. Entendemos que muchas ONG prioricen la seguridad de las víctimas al principio, pero nosotros nos encargamos de lo que viene después de eso. Las supervivientes de abuso que tienen su propia casa tienen un noventa y tres por ciento de probabilidades de no regresar. Por eso, nuestro objetivo es contribuir a que puedan comprar casas. Las ayudamos con los anticipos y a conseguir préstamos con intereses bajos con nuestros bancos asociados.

—Es genial. No sé qué puedo hacer para ayudar, pero contad conmigo.

—¿Eres bróker?

Evie negó con la cabeza.

—No, qué va. Soy psicóloga.

—Qué bien. Pues tengo que presentarte a Genie. Trabaja con un grupo que ayuda a las mujeres a hacer la transición a vivir solas en sus nuevos hogares. Estoy convencidísima de que le vendrías de perlas.

Evie sonrió.

—Vale.

Erin miró a Will y luego a mí.

—Espero que no te importe que te la robe unos minutos.

Los dos nos encogimos de hombros, pero fue Will quien contestó:

—Adelante.

Erin entrelazó el brazo con el de Evie y se fueron charlando. Will y yo vimos que se dirigían hacia una mesa llena de mujeres.

Will se inclinó hacia mí.

—Oigo el chorrito.

Lo miré como si tuviera dos cabezas.

—¿Qué coño dices?

—Es lo mismo que le pasaba a mi hermano con el pis y el perro. —Will dio un trago a la bebida con una sonrisa de oreja a oreja.

Puse los ojos en blanco.

—Aunque no te culpo —continuó—. Mi cita está *super-sexy* hoy, ¿verdad?

—No seas capullo.

—¿Qué he hecho?

Lo ignoré.

—¿Por qué habéis llegado tan tarde?

Su sonrisa de capullo era tan grande que parecía que se le iba a romper la cara.

—Evie necesitaba ayuda para ponerse el vestido.

Lo fulminé con la mirada. Por suerte, la voz de la maestra de ceremonias sonó por los altavoces para pedir a todo el mundo que se sentara. Habíamos reservado una mesa con doce asientos para el evento, así que no podía no sentarme con Will. Cuatro personas más de la empresa y sus citas o esposas ya estaban allí. Saludé a todo el mundo antes de unirme a ellos. La silla entre la de Will y la mía estaba vacía cuando Evie se acercó al cabo de unos minutos. Me puse de pie y la aparté para que se sentara, ya que su acompañante estaba demasiado ocupado coqueteando con una mujer de la mesa de al lado para darse cuenta de que su cita había regresado.

—Gracias —me dijo Evie después de que le acercase la silla.

La maestra de ceremonias salió al escenario y durante la siguiente media hora escuchamos discursos sobre los hitos de Home Smart del último año. Bueno, la mayoría de los presentes los escuchamos, Will estaba demasiado ocupado escribiendo en el móvil. Por las miraditas que se echaban, yo estaba bastante convencido de que se estaba enviando mensajes con la mujer de la otra mesa. Por suerte, su cita no pareció darse cuenta. Cuando por fin acabaron los discursos, abrieron la pista de baile y anunciaron que pronto se serviría la cena.

Will no tardó ni un segundo en echar la silla para atrás y ponerse de pie.

—Me voy a bailar.

Se me tensó la mandíbula porque asumí que lo haría con la que era su acompañante de la noche. Sin embargo, se acercó a la otra mesa y tomó la mano de la mujer con la que había estado coqueteando.

Fruncí el ceño, pero a Evie le dio igual. Sonrió y observó cómo Will montaba un espectáculo y hacía girar a la mujer por la pista de baile. Cuando empezó la segunda canción y se acercó todavía más a su pareja, me sentí incómodo, así que intenté distraer a Evie.

—Debería haberte avisado de lo de Erin. En cuanto alguien le presta un poco de atención, consigue que le abra la cartera o que trabaje para ella.

—No pasa nada. No me importa hacer de voluntaria. Home Smart es una ONG increíble y necesito algo así en mi vida. —Sonrió—. Gracias por invitarme.

Pensé que era raro que me diera las gracias, pero imaginé que habría asumido que la empresa pagaba los asientos, y era cierto.

—Fue mi abuela quien me comentó lo del programa —confesé—. Algunas de las mujeres con las que trabajaba consiguieron sus hogares gracias a Home Smart.

—Ah. Debería haber sabido que Kitty estaría involucrada de un modo u otro.

Sonrió.

—Siento que hayamos llegado tarde por mi culpa. A Will le sabe fatal haberme roto el vestido.

—¿Te ha roto el vestido?

—Ay, pensaba que ya lo sabías. Me ha dicho que te mandaría un mensaje para avisarte de que llegaríamos tarde. Yo estaba lista y preparada, solo tenía que ir al lavabo antes de marcharnos. La cremallera se me ha quedado atascada y le he pedido a Will que me ayudara. Y en el proceso, me la ha arrancado de cuajo. Solo tenía este vestido en casa de mi hermana, porque todavía tengo toda la ropa en un almacén, así que he tenido que esperar a que llegara y lo reparara. No tengo ni idea de coser y mucho menos una tela de un vestido así. Greer me lo ha arreglado en cuanto ha llegado, pero antes de salir se me ha caído una lentilla. —Negó con la cabeza—. Al final, me ha ido bien que le pidieras a Will que pasara a recogerme. Si no, habrías llegado tarde por mi culpa.

—¿Yo le he pedido a Will que pasara a buscarte?

Al oír mi pregunta, Evie hizo una pausa y me examinó. Frunció el ceño y dijo:

—Will me ha dicho que tú vendrías por tu cuenta porque tenías que llegar antes.

Me había perdido algo. Primero me había dicho que yo la había invitado y ahora que yo le había dicho a Will que la recogiera. Había algo que no encajaba, pero conocía a Will lo suficiente para saber que la mejor opción era seguirle el rollo. Así que asentí.

—Claro. Algunos de los patrocinadores llegan antes para recibir a la gente y saludar junto al equipo de Home Start.

Cuando la segunda canción terminó, Evie se disculpó y fue al lavabo. Will se acercó a la mesa al cabo de un minuto. Se sentó a mi lado, en la silla de Evie en lugar de en la suya, se inclinó hacia mí y me dijo al oído:

—Me voy a marchar antes de lo que pensaba.

—¿Qué dices?

Señaló por encima del hombro a la mujer con la que había bailado, que lo esperaba, de pie, con el bolso en la mano.

—Carly me ha sugerido que vayamos a otra sala para no tener que gritar y poder hablar. Y yo le he dicho que podíamos ir a mi casa. Ha respondido que se apunta, así que me piro.

—¿Y qué pasa con tu cita?

—¿Qué cita?

—Has venido con Evie, ¿no?

Will sonrió.

—Los amigos antes que los líos. ¿En serio creías que iba a salir con la tía que te gusta?

—¿De qué hablas? Me ha dicho que la has ido a buscar y os he visto entrar juntos.

—Le he dicho a Evie que la habías invitado tú. —Se encogió de hombros—. Que todos los ejecutivos estarían aquí y que me habías pedido que compartiéramos un coche y le presentara a gente porque tú tenías que venir antes.

—¿Por qué has hecho eso?

—Pues porque tú eres idiota y no se lo ibas a pedir.

—¿Y no se te ha ocurrido que a lo mejor es porque no quería pedírselo?

—Ni por un momento. Te gusta, y los dos lo sabemos. Lo que pasa es que crees que no es buena idea porque trabaja para ti.

—O porque realmente no es una buena idea.

—Muchos de los mejores momentos en la vida empiezan con una mala idea, amigo.

Will se dio una palmada en la rodilla y se levantó.

—Hablando del rey de Roma. —Le ofreció una mano a Evie, a quien no había visto regresar—. Me largo de aquí. Merrick te llevará a casa.

—Ah, vale. Aunque no hace falta, puedo pedir un Uber.

Will me miró con una sonrisa pícara.

—Estoy convencido de que el jefe no lo permitirá. Pasadlo bien.

Evie parecía confundida por lo que acababa de suceder, pero no le importó ni lo más mínimo que Will se marchara. Se echó a reír y dijo:

—Tú también, Will. Y gracias por romperme el vestido.

Will le guiñó el ojo antes de irse y le dijo:

—El placer ha sido mío, preciosa.

CAPÍTULO 12
Evie

Ni siquiera me había dado cuenta de que me lo había quedado mirando hasta que una sonrisa lenta y seductora le cruzó el rostro.

Merrick estaba en el centro de la sala, hablando con dos hombres. En mi defensa diré que lo tenía justo delante, ¿cómo no iba a mirarlo? No tenía nada que ver con lo guapo que estaba en ese esmoquin negro ni en cómo metía la mano en el bolsillo del pantalón y dejaba el pulgar fuera. Y, por supuesto, tampoco tenía nada que ver con lo anchos que se le veían los hombros con el traje, ni con la camisa que se le ajustaba en la estrecha cintura. Nada en absoluto. Era casualidad que estuviera justo allí donde yo estaba mirando. O, bueno, había estado allí, porque ahora se acercaba hacia mí.

Puso una mano en el respaldo de la silla vacía de Will.

—No has bailado en toda la noche.

—Tú tampoco.

Me ofreció la mano y dijo:

—Eso tiene fácil solución.

Dudé un instante, y luego me di cuenta de que era ridículo. Muchos compañeros de trabajo habían bailado juntos. Era una cena de trabajo, no una cita, así que puse la mano sobre la suya y sonreí:

—De acuerdo.

Merrick me guio hasta la pista de baile y me acercó a su cuerpo. De repente, me di cuenta de que era el primer hombre

127

con el que bailaba desde la noche de mi boda desastrosa. Había tenido que bailar con Christian en la ceremonia, después de que nos proclamaran marido y mujer, diez minutos antes de que se armara la de Dios.

Creo que Merrick me lo vio en la cara, porque relajó la postura y se apartó.

—No tenemos que bailar.

—No, no. —Negué con la cabeza—. Quiero bailar, es solo que tenía la cabeza en otra parte.

Me miró a los ojos.

—¿Estás segura?

Asentí.

—Segurísima.

No me pareció que me creyera, pero asintió y volvimos a bailar. Después de un minuto de silencio incómodo, suspiré y dije:

—La última vez que bailé fue en la boda. —Sonreí con tristeza—. Me encanta bailar, pero he pensado en ese día. Eso es todo.

Una expresión de comprensión le atravesó el rostro y asintió. Abrió la boca para decir algo, la cerró y apartó la mirada.

—¿Qué? —pregunté.

—Nada.

Supuse que iba a hacer un comentario sobre la boda, así que insistí:

—No, ibas a decir algo, y te has callado. Quiero saber qué era.

Merrick frunció el ceño.

—Solo iba a decir que estás muy guapa hoy.

No era lo que esperaba, para nada.

—¿Y por qué te has callado?

—Porque no quería ser poco profesional.

—¿Tengo que recordarte que me confesaste que me habías contratado solo porque no estaba cualificada para el puesto?

—No me lo vas a perdonar nunca, ¿verdad?

—Lo dudo —respondí con una sonrisa—. Y gracias por el cumplido. Tú tampoco estás nada mal.

Los ojos de Merrick resplandecieron.

—¿Por eso me estabas mirando todo el rato?

—Madre mía. —Reí—. Qué creído. Estabas justo delante de mí.

—Ya.

—¡Y pensar que te iba a elogiar también por el perfume! Pensarías que quiero casarme contigo.

Merrick me hizo girar en la pista.

—Qué va. Eso solo significa que quieres liarte conmigo, no que quieras casarte conmigo tan pronto.

Nos echamos a reír.

Sus provocaciones eran perfectas para hacerme olvidar mi último baile.

—Por cierto, gracias por presentarme a Nick, tu agente inmobiliario. Pronto me llevará a echar un vistazo a un par de pisos. Es graciosísimo, y tenías razón. Le dije qué zonas me gustaban y las descartó todas menos dos.

Merrick asintió.

—No tiene miedo a expresar su opinión, pero no te hará perder el tiempo enseñándote nada que no te interese. Aunque puede que se ponga duro e intente disuadirte de algunas cosas que él no considere importantes, así que debes mantenerte firme. Se obcecó en que no debería vivir en el mismo edificio en el que trabajo, pero a mí me gusta.

Asentí.

—Ya. Tuve que insistir en que quería un edificio donde aceptaran mascotas. Le expliqué que era crucial para mí, porque en el futuro quiero tener un perro, y me mandó un artículo titulado «Noventa y nueve razones por las que no deberías tener un perro en Nueva York». Le dije que eso no era negociable.

Merrick sonrió.

—Yo le comenté que tenía una mascota cuando le pedí que me buscara piso y me mandó una lista de protectoras en las que acogían, y no mataban, a las mascotas de la gente que se mudaba a pisos en los que no podían tenerlas.

—¿Los peces se consideran mascotas?

Me di cuenta de que había metido la pata en cuanto las palabras salieron de mi boca. Merrick ladeó la cabeza y me miró. Cerré los ojos y pregunté:

—¿Podemos… fingir que no he dicho nada?

—Ya te gustaría.

Por lo menos percibí un toque de humor en su voz y no de enfado. Abrí un ojo para ver si su expresión coincidía con el tono, y él arqueó la ceja. Su sonrisa de satisfacción era mucho más evidente de lo normal: era la sonrisa de un gato que acababa de pillar a un ratón e iba a jugar con él antes de decidir si soltarlo o arrancarle la cabeza de un bocado.

Sacudí la cabeza y suspiré.

—Ni siquiera se me ocurre una excusa que yo me tragaría, y tengo la sensación de que soy mucho más inocente que tú. Así que admitiré que cotilleé tu piso y aceptaré las consecuencias.

Merrick sonrió de oreja a oreja.

—Estuviste en mi habitación.

Sentí que me ardía el rostro.

—Lo siento. En realidad no entré, te lo juro. Yo solo… no sé. Solo fueron unos treinta segundos o menos. Tienes un apartamento precioso y no pude contenerme.

Merrick no dejaría que me fuera de rositas. No hacía más que mirarme, en silencio, lo que me hizo sentir que tenía que decir algo para llenar el silencio.

—¿Cuánto mide tu cama, por cierto? Es más grande que la de tamaño King. Pensé que sería un colchón California King, pero es incluso más grande. Podrías montarte una buena fiesta en esa cama. —Cerré los ojos otra vez—. Por favor, dime que no he insinuado que mi jefe tiene a varias personas en la cama a la vez.

—Lo acabas de decir.

Negué con la cabeza.

—Voy a mantener la boca cerrada hasta que acabe la canción. Que, por cierto, ¿cuánto le falta? Así puedo ir a esconderme por algún rincón.

Merrick sonrió y me acercó a él.

—No pasa nada. Siempre y cuando no miraras en la mesita de noche.

Arrugué la nariz y pregunté:

—¿Por qué, qué tienes?

Soltó una carcajada y le di una palmada de broma en el pecho.

—Te estás quedando conmigo, ¿no?

Sonreí.

—Por supuesto, aunque ahora te mueres de ganas de ver qué tengo, ¿verdad?

Sonreí.

—Claro que sí. Pero te propongo un trato… no volveré a mencionar que me contrataste porque era la candidata menos competente si tú olvidas la conversación que acabamos de mantener.

—¿No habíamos hecho ya un trato en el que yo no puedo comentar lo del probador y tú no puedes mencionar al fundador de cierto restaurante?

—Sí. Este es otro trato.

Merrick volvió a acercarme a él.

—Como quieras.

Unos segundos después, la canción terminó y la maestra de ceremonias anunció que era la hora del postre. Aunque había quedado en ridículo y quería esconderme, sentí una punzada de decepción cuando Merrick me soltó.

Al volver a la mesa, entablamos conversaciones con diferentes personas, y al cabo de un rato, cuando la gente empezó a marcharse, Merrick se inclinó hacia mí.

—Cuando quieras nos vamos —dijo.

—No te preocupes. Yo tengo que ir al centro y tú hacia el otro lado. Pediré un Uber.

—No pasa nada, te llevo.

Decidí no oponerme.

Fuera, esperaba el coche negro de siempre. Le hizo un gesto con la mano al conductor, que iba a salir del coche, y me abrió la puerta él mismo. Había ido a la fiesta en una limusina con Will, pero el jefe iba en un sedán normal y corriente.

—El coche en el que he venido con tu empleado era mucho menos discreto —bromeé, y me eché a un lado para que Merrick se sentara.

Se subió al coche y cerró la puerta.

—¿Y eso te sorprende, después de haber conocido a Will?

—Supongo que no.

—En mi opinión, los coches de la gente combinan con su personalidad. A Will le pega mucho una limusina, y si puede ser, una con techo corredizo y *jacuzzi*.

Me reí.

—Le gusta llamar la atención y tiene mucha personalidad. —Me vino a la mente algo gracioso—. Madre mía, me acabo de acordar del coche de tu abuela. Kitty tiene un Dodge Charger rojo descapotable y trucado. Siempre pensé que era una elección de coche rara para una mujer mayor, pero ahora que lo pienso, tienes razón. Encaja con su personalidad al cien por cien.

—Cuando lo compró, no vendían la versión descapotable. Lo llevó al taller para que se lo hicieran especialmente para ella. Antes de ese tuvo un Ford Mustang. Siempre ha tenido coches potentes y de colores llamativos. —Se encogió de hombros—. Le van mucho.

—Mierda. —Me eché a reír y me tapé la boca—. Antes de venir a Nueva York y tener que venderlo, tenía un Prius.

Merrick sonrió.

—Económico y práctico. Le pega mucho a una mujer que hace trueques, ¿no crees?

—Supongo que sí… Pero los Prius son feos y no tienen nada de *sexy*.

Merrick se fijó en mis piernas antes de volver a mis labios y detenerse en ellos más tiempo del necesario. Tragó.

—Van acorde con la personalidad. No con el aspecto físico.

Noté que me ruborizaba y agradecí que estuviéramos a oscuras.

—¿Tienes algún coche además de este con chófer?

—Sí.

—¿Qué modelo es? —Negué con la cabeza—. No, no me lo digas, deja que lo adivine.

—Esto va a ser interesante.

Me llevé un dedo a los labios.

—Em… a ver… Diría que es un coche caro, pero nada cantón como un Ferrari o un Lamborghini. Eso le pega más a Will.

—Se compró un Ferrari rojo en cuanto cobró su primera comisión.

Reí.

—Cómo no. Pero ese no es tu estilo. Te pegaría más un Mercedes o un BMW o algo lujoso. Aunque no sé por qué, creo que no tienes uno de esos. ¿Me equivoco?

Negó con la cabeza.

—No vas nada mal.

—Prefiero que me digan que no estoy nada mal, pero lo acepto. Bueno, no es un coche para conducir por la ciudad, porque para eso tienes este. Así que el coche que tengas debe de tener algún significado. —Hice una pausa—. ¡Ah, ya lo sé! Tienes un coche clásico.

—Continúa…

Me froté las manos.

—No entiendo de coches, por lo que no puedo decirte la marca ni el modelo. Pero te imagino en uno de esos coches que salen en las pelis antiguas en los que la gente va a dar una vuelta por California un domingo. Ya sabes, uno de esos en los que la mujer lleva unas gafas de sol enormes y un bonito pañuelo y parece una estrella de cine. Puede que sea descapotable. De un color oscuro y con el interior de cuero marrón.

Merrick se puso de lado para sacarse el móvil del bolsillo. Escribió algo y me enseñó la pantalla.

—¿Algo de este estilo?

Señalé la foto y dije:

—Exacto. ¿Qué modelo es?

—Un Jaguar descapotable de 1957.

—Vale. Pues yo te veo en uno de esos.

Sacudió la cabeza.

—El de la foto es mi coche. Lo tengo en un garaje cerca de la oficina.

Puse los ojos como platos.

—Venga ya.

Abrió la aplicación de las fotos y pasó varias antes de volver a enseñarme la pantalla. Parecía el mismo coche, solo que la imagen era en blanco y negro. Dos hombres posaban orgullosos delante de él con los brazos cruzados.

—Son mi abuelo y un amigo.

Le quité el teléfono de la mano.

—¿Es Redmond, el de Kitty?

—Sí. ¿Te ha hablado de él?

—No hace más que hablar de él.

—Mi abuelo le compró el coche a mi abuela como regalo de boda. Era un coche usado y estaba hecho polvo, pero a ella le encantó. Mi abuelo falleció muy joven y mi abuela no tenía garaje. Como antes usaban acero en los coches, se oxidó con el paso de los años. Un hombre llamó a su puerta hace treinta años y le ofreció más de lo que valía, así que se lo vendió. Da la casualidad de que ese fue el dinero que utilizó para el primer refugio de mujeres que abrió. Me explicó que, unas semanas antes, había decidido qué quería hacer con el siguiente capítulo de su vida. Escribió sus planes en su diario, aunque no sabía cómo se lo iba a permitir. —Merrick negó con la cabeza—. La mujer no está para tonterías, pero dice que lo manifestó y que por eso el tío llamó a su puerta.

Sonreí.

—Me ha dicho que manifieste mi destino un par de veces.

Merrick soltó una risita.

—Seguro que sí. Bueno, pues yo sabía que el coche existía porque había visto la foto que te acabo de enseñar y porque mi abuela lo había mencionado. Pero nunca lo había visto.

Miró la foto unos segundos.

—Hace diez años, cuando cobré mi primera comisión importante, fui a un local de intercambio de coches. No buscaba nada en particular, solo fui a ver si había algo que me gustara. Tenían un Jaguar descapotable de 1957 expuesto y estaba impecable. Parecía nuevo. Intenté comprarlo, pero ya lo habían vendido. El dependiente era muy majo y nos pusimos a hablar y me comentó que un amigo suyo vendía el mismo coche, aunque no estaba en tan buenas condiciones, así que lo tendría que restaurar. Un par de semanas después, fui a verlo. —Sacudió la cabeza—. No es que el coche necesitara unos arreglos, estaba hecho un desastre. Estaba a punto de decirle al chico que no me interesaba cuando mencionó que se lo había comprado a una mujer de Atlanta hacía un par de décadas.

Abrí los ojos de par en par.

—¡No me digas!

Merrick asintió.

—Resultó ser el mismo coche. Me pareció una coincidencia muy grande para dejarla pasar, por eso lo compré. Arreglarlo me costó más de lo que lo habría hecho uno ya restaurado, pero me encanta mi coche. Quise regalárselo a mi abuela para su septuagésimo quinto cumpleaños, pero ella insistió en que mi abuelo habría querido que me lo quedara. Luego me dijo que, si quería gastar dinero, a su refugio para mujeres víctimas de violencia doméstica no le iría nada mal un revestimiento nuevo.

Me eché a reír. Era un comentario típico de Kitty.

—Vaya. Qué historia más bonita. El coche estaba destinado a ser tuyo.

Asintió.

—¿Qué te ha hecho pensar que ese modelo de coche encajaba con mi personalidad?

—No lo sé. Supongo que es un coche esnob que tendría un tío rico, pero también es sutil y discreto.

—¿Así que esnob?

Sonreí.

—¿Cómo crees que me siento yo? ¡Soy un Prius!

Nos echamos a reír y, al cabo de unos minutos, el coche se detuvo delante del piso de mi hermana.

Merrick le dijo al conductor que esperara y me acompañó hasta el ascensor.

Pulsé el botón.

—Gracias, otra vez, por haberme invitado —dije—. Hacía mucho tiempo que no me arreglaba y salía.

Se miró los pies con una timidez extraña.

—Deberías hacerlo más a menudo, estás muy guapa.

—Gracias. Te diría lo mismo, pero, sinceramente, estás guapo siempre.

Merrick alzó las cejas y yo puse los ojos en blanco.

—Que no se te suba a la cabeza. Ya sabes que eres guapo.

—¿Siempre dices lo que se te pasa por la cabeza o qué?

Me encogí de hombros y saqué las llaves.

—Supongo que sí. Siempre y cuando no haga daño a alguien. ¿Tú no?

Merrick bajó la mirada de golpe a mis labios antes de volver a mis ojos. Sentí un leve aleteo en el estómago. «Ay, dios».

—Supongo que filtro algunas cosas para no pasarme de inapropiado —dijo.

Ladeé la cabeza con modestia fingida.

—Pues es una pena, porque a veces las cosas poco inapropiadas son las más interesantes.

Tras acabar de hablar, se abrieron las puertas del ascensor. Entré, me giré hacia Merrick e intenté disimular los nervios.

—¿Nos vemos el lunes?

—No nos veremos, no. Vuelvo a estar fuera toda la semana.

—Ah.

Merrick me guiñó un ojo.

—A mí también me decepciona saber que no te veré.

—No he dicho que esté decepcionada.

—No ha hecho falta. Me lo ha dicho tu cara.

Puse los ojos en blanco, como si estuviera loco. Por suerte, las puertas se empezaron a cerrar a los pocos segundos. Moví los dedos y dije:

—Buenas noches, jefe. Dulces sueños.

—Sí que serán dulces, doctora Vaughn.

La mañana siguiente preparé tantos dulces como para abrir una pastelería. Mi hermana salió despacio de la habitación con los ojos entrecerrados, como si el sol que entraba por la ventana de la cocina fuera su archienemigo.

—¿Por qué siempre abres las cortinas de par en par?

—A ver… ¿para que entre la luz? ¿Qué eres, un vampiro? Ya son casi las diez.

Greer se acercó a las cortinas y las cerró antes de dirigirse al otro lado de la encimera. Cogió el plato de las magdalenas que se estaban enfriando, pero le di un golpe en la mano.

—Son para el señor Duncan.

—¿Quién es ese, y acaso te deja que vivas con él gratis?

—Vale, cómete una y ya. El señor Duncan vive en el cuarto B y tiene una hija monísima de cuatro años que siempre lleva una gorra hacia atrás y trenzas.

Arrugó la cara y preguntó:

—¿Y yo vivo en el mismo edificio que tú?

Reí.

—¿No conoces a nadie?

—Vivimos en Nueva York. Aquí la gente no es amiga de los vecinos. Nos ponemos los auriculares y evitamos todo tipo de contacto visual si nos encontramos con alguien en el pasillo.

—Bueno, pues yo no. He coincidido unas cuantas veces con él en el ascensor. Es padre soltero y tiene una tienda de reparación de móviles aquí al lado. Pues resulta que mañana es el cumpleaños de su hija y la niña quiere llevar magdalenas a la guardería y me contó que no se le daba nada bien la repostería, así que le dije que yo le haría unas cuantas a cambio de una reparación de pantalla.

—¿A ti también se te ha roto el móvil?

—No, porque yo uso funda, no como tú. Va a reparar el tuyo, tonta. Me dijo que le llevaría unos diez minutos. Pásate por la tienda y dile que eres mi hermana.

—Qué bien, gracias. —Suspiró y dejó caer los hombros—. Ojalá tuviera tanta energía como tú. He empezado a hormonarme otra vez para prepararme para la fecundación *in vitro* y estoy reventada.

Puse cara triste.

—Lo siento.

Greer le quitó importancia con la mano.

—No es culpa tuya. Oye, ¿sabes cómo se llaman los espermatozoides cuando eres viejo?

—Ni idea. ¿Cómo se llaman?

—Espermatosaurios.

Solté una carcajada.

—Espero que no le hayas contado el chiste a tu maridito.

Se metió lo que le quedaba de la magdalena en la boca.

—Claro que se lo he contado. Hablando de espermatozoides, ¿qué tal fue la cita de anoche? El Will ese también estaba bueno. ¿No hay ningún tío feo en la oficina o qué?

—Ya te dije que no era una cita.

—Te pasó a buscar y te rompió la cremallera. ¿Prefieres que lo llame «ligue»?

Negué con la cabeza.

—No fue así. La cremallera se quedó enganchada y le pedí que me la bajara, pero me la arrancó. Y solo fuimos a una cena de trabajo juntos. Soy la nueva, así que el jefe le pidió que me acompañara para que me presentara a la gente cuando llegáramos. Una hora después, se largó con una mujer que le había hecho ojitos desde el primer momento. Además, no es mi tipo.

—Ya… —Asintió—. ¿O sea que es fiel y no es un capullo?

—No me recuerdes a Christian. Últimamente no pienso mucho en él.

—Bien, me alegro. Puede que sea hora de que pases página. Ya sabes, de que vuelvas al mercado.

Mi mente regresó a Merrick la noche anterior. Lo había pillado mirándome los labios un par de veces.

—Tengo que preguntarte una cosa. ¿Que un hombre te mire los labios significa siempre que te quiere dar un beso?

—No.

Fruncí el ceño.

—Ah.

—¿Llevabas pintalabios?

—Sí.

—¿Puede que tuvieras un poco en los dientes?

—Diría que no. Me miré en el espejo cuando me lo puse.

Se señaló los dientes.

—¿Comiste espinacas?

Negué con la cabeza.

—¿Es sordo?

Solté una risita.

—No.

Greer se encogió de hombros.

—Entonces sí, se estaba imaginando cómo quedarían tus labios alrededor de su polla.

Me reí.

—Vaya, y yo que pensaba que eso significaba que quería besarme.

—Qué va. Las mujeres se imaginan los besos; los hombres, las mamadas.

Suspiré.

Greer fue a la nevera y sacó el zumo de naranja.

—¿Quién fantaseaba con tu boca?

—No sé si estaba fantaseando o no, pero pillé a Merrick mirándome los labios unas cuantas veces.

—¿Te refieres al capullo *sexy* de tu jefe? ¿Con el que coincidí dos minutos, que me bastaron para darme cuenta de que te devora con los ojos?

Asentí.

—Vaya. Sé que no hago más que bromear sobre lo bueno que está, pero ¿crees que es buena idea?

Negué con la cabeza.

—En absoluto. Es mi jefe. Ya he pasado por eso. Aunque no puedo negar que me atrae. Se ha ablandado mucho desde que nos conocimos. No sé qué es. Más allá de que no se puede negar que es muy guapo, tiene algo que me atrae. Es un poco duro y serio por fuera, pero de vez en cuando deja ver un interior dulce. Estar a su lado despierta algo en mí. Me ha hecho darme cuenta de que mi relación con Christian estaba muerta mucho antes de que él nos enterrara.

—¿Y él qué, tiene novia?

—No que yo sepa. Me ha dicho que no tiene nada serio con nadie. Aunque no habla mucho de su vida personal. Sé que estuvo comprometido con una mujer con la que fundó la empresa. Parece que la chica murió, pero Will me dijo que ella lo había destrozado, vete a saber qué quiere decir con eso. No sé qué pasó.

—Bueno, quiero que salgas y te diviertas. Mereces ser feliz. Pero ándate con ojo con el jefe. Si hay algo más complicado que salir con tu jefe es salir con un hombre al que lo atormenta un fantasma.

CAPÍTULO 13
Merrick

Nueve años antes

—¡Eh, espérame! —Corrí para alcanzar a Amelia. Llevaba una semana buscándola sin parar por el campus.

No aminoró el paso cuando llegué a su lado.

—Eres tú —dijo—. ¿Has vuelto para invitarme a otra partida de cartas o para mirarme el culo mientras camino?

Me encogí de hombros.

—¿Las dos?

Soltó una risita.

—¿Y por qué querrías jugar a las cartas conmigo sabiendo que te daré una paliza y te volveré a desplomar?

—En lugar de eso, ¿por qué no sales conmigo?

Negó con la cabeza.

—Pues por ahora me tendré que conformar con una partida.

—Por ahora, ¿eh? —Puso los ojos en blanco, pero había un brillo evidente en ellos—. ¿Cuándo es la partida?

—Hoy a las siete.

—¿Dónde?

—En mi piso.

Se detuvo en seco.

—Como me presente en el piso y estés tú solo y no haya partida… —Negó con la cabeza—. Llevo una pistola eléctrica en el bolso y la tendré preparada.

—Sí que habrá una partida.

—Vale. —Siguió andando—. ¿Dónde vives?

Recité de un tirón la dirección. Cuando acabé, volvió a detenerse, esta vez con una mano en el aire.

—Tengo clase aquí. Quédate fuera y disfruta de las vistas.

Arrugué la frente, pero, al verla subir las escaleras del edificio Lincoln contoneándose, entendí lo que me había querido decir. Esperé hasta que entró para sacar el móvil y mandar un mensaje a mis amigos:

Yo: Partida de emergencia esta noche. ¿Quién se apunta?

—No me creo que me hagas esto. —Saqué dos billetes de veinte y uno de diez del fajo de billetes que me había sacado del bolsillo y se los di a Travis.

Se encogió de hombros y dijo:

—No tengo dinero para volver a perder. Si tienes tantas ganas de que juegue, me tienes que pagar. —Negó con la cabeza—. No me creo que le estés dando dinero a la gente por esta chica.

—Es que no quiere salir conmigo. El único modo que tenía de verla era volver a invitarla a una partida.

—¿Te has planteado que a lo mejor no quiere salir contigo porque te emasculó jugando a las cartas? A lo mejor volver a jugar con ella solo hace que le gustes menos.

—Entonces, supongo que tendré que darle una paliza y demostrarle quién manda.

La voz de Amelia preguntó a mi espalda:

—¿A quién dices que le vas a dar una paliza?

Miré hacia la puerta, que ahora estaba cerrada detrás de ella. No la había oído llamar. Sonrió.

—Estaba abierta, así que he entrado. He pensado que era mejor tomarte por sorpresa por si tenía que dispararte con la pistola eléctrica. —Amelia miró a Travis y luego a la mesa de juegos—. Me alegro de que lo de la partida fuera cierto.

Travis me señaló con el pulgar.

—Voy a jugar con su dinero. Me lo ha dado porque no tengo pasta para apostar. Está desesperado por quedar contigo.

Amelia me miró con una sonrisa de satisfacción. Cerré los ojos y dije:

—Gracias, amigo. Qué detalle.

Travis se echó a reír.

—De nada. Amelia, ¿quieres una cerveza?

—Claro, muchas gracias.

Unos minutos después, llamaron a la puerta y entró Will. Siempre era el último en llegar a todas partes. Tomó una cerveza y nos sentamos alrededor de la mesa de la cocina. Travis lanzó el dinero que le había dado sobre la mesa para cambiarlo por fichas, y Will se metió la mano en el bolsillo. Sin embargo, Amelia lo detuvo antes de que me pasara los billetes. La chica me señaló y dijo:

—Hoy invita Merrick.

—No es cierto —respondí.

—¿Por qué no? Le has dado dinero a Travis para que juegue.

Will miró a Amelia y luego a mí.

—¿En serio?

—Es que Travis no tenía pasta —argumenté.

—Y solo podía verme si quedábamos para jugar a las cartas. —Amelia se encogió de hombros—. Si no somos cuatro, no podremos jugar y me iré.

Will se guardó el dinero otra vez en el bolsillo.

—Gracias por avisarme. —Levantó la barbilla hacia mí—. Acepto la misma cantidad que le hayas dado a Travis. Si no, creo que no podremos jugar, y Amelia se irá por donde ha venido.

Miré con los ojos entrecerrados a la chica, que parecía muy orgullosa de sí misma. Conocía a Will y sabía que lo más seguro es que hubiera ganado dos mil dólares haciendo operaciones bursátiles entre clase y clase, pero no iba a poner su propio dinero ahora que sabía que lo necesitaba. Gruñí, saqué otros cincuenta dólares y los lancé al montón de billetes.

—Gracias, chicos. Ya veréis el día que necesitéis mi ayuda con una chica…

<hr>

Al cabo de unas horas, no solo había perdido todo mi dinero, sino que había perdido el mío y el que había puesto para mis amigos. Amelia nos había vuelto a dar una buena paliza.

Me recliné en el asiento y negué con la cabeza. Se le daba genial jugar a las cartas. Lo más normal era que siempre ganara yo, pero Amelia había ganado, como mínimo, el setenta por ciento de las manos.

—No lo entiendo. Dijiste que cuentas las cartas, pero lo he buscado y no se pueden contar las cartas en el póker como en el *blackjack*. Tendrías que memorizar la probabilidad de ganar con todas las posibles combinaciones de manos y compararlo con las cartas en la mesa de los otros jugadores.

Se encogió de hombros.

—Exacto.

—¿Y eso es lo que haces?

—No es difícil. Se me dan muy bien los números.

—A mí también. En unos años abriré una agencia de corredores. Puede que te contrate.

Sonrió y respondió:

—A lo mejor te contrato yo a ti.

Los demás se echaron a reír y se levantaron. Tras una breve despedida, Amelia y yo nos quedamos solos. Se guardó el dinero que había ganado en el bolso y parecía dispuesta a marcharse también.

—¿Te quedas un poco más? —pregunté.

—¿Por qué?

—Quiero estar contigo un rato.

—¿Por qué?

—¿Sabes decir algo más?

Se levantó.

—Soy un poco desconfiada.

144

—¿Por qué? —pregunté con una sonrisa burlona.

Intentó contener una sonrisa, pero no lo consiguió. Le cogí la mano y le dije:

—Es evidente que eres inteligente. Te justa jugar a las cartas y te metes con mis amigos tanto como ellos contigo. Y... estás buena.

Amelia me miró a los ojos y los examinó como había hecho mientras jugábamos, para intentar descubrir si alguien se estaba marcando un farol.

—¿Tienes novia?

—¿Te estaría pidiendo que salieras conmigo si la tuviera?

—¿Eso es un no?

—Un no rotundo.

Cruzó los brazos por encima del pecho.

—Tengo problemas de confianza. Como se me meta en la cabeza que me estás mintiendo, te miraré el móvil cuando no te des cuenta. Corroboro todo lo que se me dice: si vas a un sitio, más te vale haber estado allí, porque en caso contrario, me enteraré. Si estoy triste, empiezo peleas. Asumo lo peor de la mayoría de la gente. Mi padre está en la cárcel y ya no sé en qué estado vive mi madre. —Me sostuvo la mirada—. ¿Sigues queriendo salir conmigo?

—Sí —respondí, asintiendo.

Negó con la cabeza, se colgó el bolso del hombro y se fue hacia la puerta. Pensé que había suspendido el examen con el que me había intentado disuadir. Sin embargo, se detuvo a medio camino y, sin darse la vuelta, dijo:

—Me gustan las pelis extranjeras con subtítulos. El viernes a las siete. Nos vemos, aquí, pero en la entrada.

Parpadeé un par de veces, confundido por el giro de los acontecimientos, aunque no iba a dejar que se echara atrás.

—Será un placer. Nos vemos a las siete.

CAPÍTULO 14

Evie

El viernes siguiente por la tarde, en plena sesión de terapia con uno de los agentes, la secretaria llamó a la puerta de mi despacho.

—Siento mucho interrumpir. Tienes una llamada. El hombre ha dicho que es urgente, pero tienes el teléfono en no molestar.

Levanté una mano hacia Derek, el paciente, y dije:

—Lo apago cuando estoy con un paciente. ¿Sabes quién es?

—Marvin Wendall. Ha preguntado por Merrick, y como le he dicho que estaba en el extranjero, me ha pedido hablar contigo.

Arrugué la frente. Pensé que si no podían hablar con Merrick de algún asunto de negocios, preguntarían por Will, aunque bueno...

—Gracias, Regina. —Miré a Derek y le pregunté—: Lo siento. ¿Me disculpas un momento? Solo será un minuto.

Asintió.

—Claro. Tómate el tiempo que necesites.

Cogí el teléfono del escritorio.

—Hola, soy Evie Vaughn.

—Hola, Evie. Soy Marvin, un amigo de Kitty Harrington.

—Ah. Hola, Marvin. ¿Va todo bien?

—Pues no, cariño. Por eso llamo. Estoy un poco preocupado por Kitty. He intentado ponerme en contacto con su nieto, pero me han dicho que está fuera. Me ha hablado mucho de

146

ti, me ha dicho que eres doctora y que ahora trabajas en la empresa, así que he pensado que podría hablar contigo, ya que no puedo contactar con Merrick.

—Está en China por un viaje de negocios. Creo que vuelve mañana o pasado mañana. Dime, ¿qué ocurre?

—Pues que Kitty se ha roto un tobillo y se ha torcido el otro.

—Madre mía. ¿Qué le ha pasado?

—Pues es una historia muy larga. Estábamos patinando y...

—¿Patinando?

—Señorita, somos viejos, no estamos muertos. En fin, un capullo chocó con ella y se torció el tobillo y se cayó. La ayudé a levantarse, pero cuando intentó apoyar el pie, se volvió a caer y alguien le pasó por encima del otro tobillo. Y oí un ¡crac!

Hice un gesto de dolor.

—Dios mío.

—Eso no es lo peor.

—¿Cómo que no?

—Pues no. Fuimos a urgencias y le hicieron una radiografía y un análisis de sangre, procedimientos rutinarios. Ha resultado que tiene anemia. Al parecer, ha sufrido un problema femenino y no ha ido a que se lo miren. Se ve que sangraba mucho. Por eso decidieron traer a un especialista para que la examinara y dijo que la tenían que operar. Querían que se quedara ingresada en el hospital, pero ya la conoces. No hay nada que la retenga. Ha solicitado el alta. Ahora va en silla de ruedas, está coja de las dos piernas y tiene problemas femeninos que no quiere comentar conmigo. No sabía qué hacer. Me matará cuando se entere de que le he quitado el móvil para llamaros, pero como no puede correr, eso me da un poco de ventaja.

Suspiré con fuerza.

—No, has hecho lo correcto, Marvin. Me alegro de que me hayas llamado. Hablaré con ella.

—Esta mujer es una de las personas más fascinantes que he conocido en mi vida. Pero es muy tozuda.

Sonreí.

—Veo que la conoces muy bien.

—Siento soltarte todo esto así. No me lo perdonaría nunca si le pasara algo y yo no hubiera hecho todo lo que estaba en mis manos.

—Por supuesto. Ahora mismo estoy con un paciente; la llamaré en una media hora.

—Gracias, querida.

Nada más terminar la sesión con Derek, me senté al escritorio para llamar a Kitty. Mientras sopesaba cuál sería la mejor manera de abordarla, me di cuenta de que, si conseguía que volviera al hospital, alguien tendría que estar pendiente de ella y ayudarla a tomar decisiones. Si no la convencía, nadie comprobaría sus signos vitales para ver si la anemia empeoraba. Por no mencionar que se había hecho daño en los dos tobillos, así que tendría dificultades para moverse.

Con ese panorama, en lugar de llamar, decidí ocuparme del tema en persona. Pensé en comentarlo con Merrick para ver qué quería hacer. Sin embargo, cuando busqué en internet qué hora era en China, vi que lo que en Nueva York eran las dos de la tarde, por allí eran las tres de la madrugada. Como no sabía a qué hora tomaba el vuelo de vuelta, llamé a su ayudante.

—Oye, Andrea, ¿podrías decirme a qué hora vuelve Merrick de China? Tengo que hablar con él de algo importante.

—Claro, déjame que mire su itinerario. —Oí el traqueteo del teclado antes de que me dijera—: Sale mañana a las nueve de la mañana, hora de China. Pero con las veinte horas de vuelo y el cambio horario, llegará al aeropuerto JFK el sábado sobre las cuatro de la tarde.

«Ostras». Aunque se subiera a otro avión, con veinte horas de vuelo, no llegaría a Atlanta, como mínimo, hasta el sábado por la noche. No me pareció que el tema de Kitty pudiera esperar, así que decidí ir de todos modos. Además, tal vez a ella le resultara más fácil hablar de sus problemas con otra mujer que con su nieto. Y mi abuela habría querido que cuidara de Kitty. Decidí reservar un vuelo y no comentarle nada a Merrick hasta

148

que aterrizara. No servía de nada que se pasara las veinte horas de vuelo preocupado cuando no podía ayudar hasta que llegara. Además, si salía ya, para cuando él llegara también tendría más información.

—¿Quieres que lo llame al hotel o algo? —preguntó Andrea.

—No. —Negué con la cabeza—. Ya hablaré con él cuando llegue, gracias de todos modos.

—No hay de qué. Te mando el itinerario por correo electrónico por si lo necesitas y ya no estoy aquí.

—Gracias. Que tengas un buen fin de semana, Andrea.

—Igualmente.

En cuanto colgué, me puse a buscar vuelos. Había uno a las seis de la tarde, por lo que aterrizaría sobre las ocho y media. Si no facturaba la maleta, llegaría a casa de Kitty una hora después. El resto de los vuelos llegaban demasiado tarde para presentarme en su casa, y no quería perturbar su descanso. También podría esperarme al día siguiente, claro que me quedaría más tranquila si salía ya, así que hice la reserva y le dije a Joan que tenía que irme un poco antes. Me pareció que estaba haciendo lo correcto y esperaba que Merrick estuviera de acuerdo.

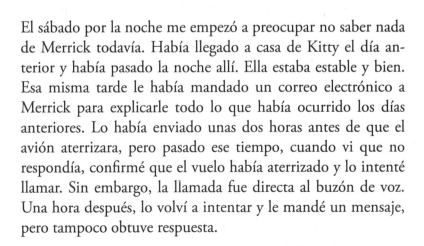

El sábado por la noche me empezó a preocupar no saber nada de Merrick todavía. Había llegado a casa de Kitty el día anterior y había pasado la noche allí. Ella estaba estable y bien. Esa misma tarde le había mandado un correo electrónico a Merrick para explicarle todo lo que había ocurrido los días anteriores. Lo había enviado unas dos horas antes de que el avión aterrizara, pero pasado ese tiempo, cuando vi que no respondía, confirmé que el vuelo había aterrizado y lo intenté llamar. Sin embargo, la llamada fue directa al buzón de voz. Una hora después, lo volví a intentar y le mandé un mensaje, pero tampoco obtuve respuesta.

A las nueve de la noche, miré el móvil por última vez antes de ir a ver cómo estaba Kitty. Se había tomado las pastillas que le habían recetado en urgencias y la habían dejado fuera de combate. Decidí aprovechar, cogí una toalla y me di una ducha calentita con la intención de relajarme lo suficiente para poder dormir. Pero en cuanto salí del lavabo, oí un ruido en la cocina, como el de un vaso al romperse. Supuse que Kitty se había despertado y había intentado servirse algo de beber, pero al pasar por delante de su habitación, vi que seguía durmiendo como un tronco.

«Mierda». A lo mejor había sido una ventana y no un cristal lo que se había roto. ¿Y si era un ladrón? O tal vez, Marvin tenía una llave y había venido a ver cómo estaba Kitty… Pero se había pasado por aquí antes de cenar y sabía que yo me encontraba en la casa. No estaba segura, pero no iba a descubrir qué era con las manos vacías, así que busqué a mi alrededor algo que pudiera usar para defenderme. Lo más parecido que encontré a un arma fue la escobilla del váter, un palo de plástico con un cepillo en la punta. Me tendría que servir, porque estaba segurísima de que había alguien en la cocina. Oía que alguien se movía, incluso con la puerta cerrada.

Me acerqué con el corazón a mil por hora. Esperaba no provocarle un infarto al pobre de Martin si al final resultaba ser él. Quería aprovechar el factor sorpresa, por lo que intenté no anunciar mi llegada. En lugar de eso, respiré hondo y abrí la puerta de par en par, que se detuvo abruptamente cuando golpeó algo.

Después de eso, todo pareció ocurrir a cámara rápida.

Había una persona en el suelo, a cuatro patas.

Me lancé hacia ella con la escobilla levantada y golpeé la cabeza al intruso, que gritó.

Yo perdí el equilibrio, tropecé con el hombre y salí volando.

Hasta que no aterricé de culo no me di cuenta de lo que había hecho.

«Ay, no. ¡Mierda!».

—¡Merrick! Lo siento muchísimo.

Se frotó la cabeza.

—La madre que te parió. ¿Se puede saber con qué me has pegado?

Levanté el arma, aunque le faltaba el cepillo.

—Con esto. Es… —Señalé la parte que estaba en el suelo—. Parece que lo he roto al darte. Es lo único que he encontrado. Pensaba que eras un ladrón. Lo siento mucho. ¿Estás bien?

Movió la cabeza de un lado al otro.

—Sí.

—¿Qué hacías en el suelo?

—Se me ha roto un vaso y lo estaba recogiendo. No he encendido las luces, porque he oído que estabas en la ducha y no quería asustarte. Qué buen plan, ¿eh?

Se puso en pie y se inclinó hacia mí, me ofreció la mano para ayudarme a levantarme.

—¿Tú estás bien?

—Sí, creo que sí. —Sin embargo, cuando me puse de pie, noté un dolor en el trasero. Me giré para mirarme por encima del hombro y me palpé el culo con cuidado. Cuando llegué a un punto concreto en la nalga izquierda, volví a sentir la punzada de dolor.

Merrick me observó con el ceño fruncido.

—¿Qué pasa?

—Creo que se me ha clavado un cristal.

—No lo dices en serio.

Me volví a tocar la zona y esta vez sentí que estaba un poco mojada. La sangre me humedeció los dedos.

—Mierda… tengo sangre.

—Deja que lo vea.

—¡Lo tengo en el culo!

—¿Si no lo miro, cómo vas a saber qué tienes?

—Pues no sé, ¿con un espejo?

Merrick bajó la mirada a mis pies descalzos y suspiró.

—No te muevas. Todavía habrá trocitos de cristal por todas partes, no había acabado de recogerlos.

—Bueno, puedes… —Antes de que acabara la frase, me cogió en brazos y no me soltó hasta que llegamos a la sala de estar.

Me puse bien la camiseta, que se me había subido.

—Podrías haberme dicho que me ibas a levantar —protesté.

—No me apetecía perder el tiempo discutiéndolo. —Alzó la barbilla—. Ve a curarte el culo.

Veinte minutos después, llamó a la puerta del lavabo con suavidad.

Suspiré y abrí la puerta lo suficiente para asomar la cabeza.

—¿Va todo bien? —preguntó.

Fruncí el ceño.

—No. No consigo sacármelo. Lo noto, pero no sobresale lo suficiente para que lo pueda pillar con las pinzas. Diría que se me ha clavado muy adentro.

—Deja que le eche un vistazo.

Negué con la cabeza.

—Voy a dejarlo así.

Merrick puso los brazos en jarras.

—¿Prefieres tener un trozo de cristal en el culo que dejarme ver un poco de piel? Imagina que llevas un bañador. Cuando vas en bañador la gente te ve medio culo.

—Prefiero que me vean el culo entero unos desconocidos antes de que tú me veas un trocito.

Merrick señaló con el pulgar por encima del hombro:

—Unas cuantas personas viven en tiendas de campaña en un paso a nivel que hay a unos pocos kilómetros. ¿Quieres que traiga a uno para que te mire la nalga?

Entrecerré los ojos.

—No tiene gracia. Esto es culpa tuya.

—¿Te ayudaría que yo te enseñara el culo primero?

Me toqué el labio con el dedo.

—A lo mejor sí…

Soltó una risita.

—Déjame pasar.

—Bueno, vale. —Suspiré y abrí la puerta.

Merrick entró en el cuarto de baño y señaló la cortina de la ducha, que ya no colgaba, sino que estaba en la bañera, con la barra.

—¿Qué ha pasado?

—Ah. Pare verme el culo me he tenido que poner de pie en la tapa del váter. He perdido el equilibrio, así que me he agarrado de la cortina para no caerme y todo se ha venido abajo.

Se le crispó la comisura del labio.

—Parece que lo tienes todo bajo control.

Entorné los ojos.

—Cierra el pico y mírame el culo.

—A sus órdenes.

Merrick se sentó en el borde de la bañera y yo le di la espalda. Iba en pijama cuando oí el ruido, un pijama de pantalones cortos y finitos. Me levanté la parte trasera y le enseñé la nalga izquierda.

—¿Ves algo?

—Está todo rojo y supongo que es porque te lo has estado intentando quitar. Voy a tocar la zona, ¿vale? Para ver si noto algo.

Asentí y respondí:

—Vale, adelante.

Sus dedos cálidos me rozaron la piel enseguida. «Madre mía». El traidor de mi cuerpo lo estaba disfrutando. Menos mal que no lo tenía de frente, porque habría visto cómo se me prendía el rostro.

—¿Encuentras algo? —pregunté con la voz temblorosa.

—De momento no. Tengo que llegar hasta el fondo, ¿vale?

«Llegar hasta el fondo». Por el amor de Dios. También preferiría que no dijera esas cosas. Exhalé.

—Haz lo que tengas que hacer.

Volvió a tocarme el culo con los dedos, esta vez me los hincó con fuerza.

—¡Ay!

—Sí. Está justo ahí y está por debajo de la piel. Voy a tener que apretarlo como si fuera una astilla para sacarlo.

Suspiré hondo y asentí.

—Vale. Adelante.

Movió los dedos por la zona durante unos segundos antes de detenerse.

—¿Podrías… tumbarte sobre mis rodillas?

—¡Sí, hombre!

—Es que tengo que hacer fuerza y no puedo apretar si estás de pie.

Resoplé.

—A lo mejor no era tan mala idea lo de ir a buscar a una de las personas del paso a nivel.

Se rio.

—Venga, va. Lo haré tan rápido como pueda.

—De acuerdo. —Negué con la cabeza—. Esto es increíble.

Durante los siguientes cinco minutos, estuve tumbada con la nalga al aire sobre la rodilla de mi jefe. Y no me gustaban en absoluto las ideas que se me pasaban por la cabeza.

«No se está tan mal aquí».

«Me pregunto qué haría si le pidiera que me diera unos azotes».

«Tiene unas manos enormes. Seguro que me dejarían una buena marca sobre la piel».

Madre mía… empecé a sentir un cosquilleo en el clítoris. «¿En serio?».

«Para de una vez, Evie».

Los pensamientos desaparecieron de repente cuando apretó con tanta fuerza que se me llenaron los ojos de lágrimas.

—¡Ay! ¡Me haces daño!

Me soltó y dijo:

—Ya está.

Alargué la mano y me froté el trasero.

—Madre mía, ¿me has cortado un trozo de carne o qué?

—Estaba más profundo de lo que pensaba. He tenido que hacer mucha fuerza. —Señaló el armario que teníamos al lado, debajo del fregadero—. Creo que ahí hay un botiquín de primeros auxilios. Sácalo, te pondré crema antibiótica y lo cubriré.

Cuando terminó, me dio una palmadita en la nalga derecha y añadió:

—Ya está.

Me levanté y me puse bien los pantalones.

—Gracias.

—No hay de qué. No me vendría nada mal una copa después de este recibimiento. ¿Quieres una?

Asentí.

—Sí. Dame un minuto para que me limpie.

Después de que Merrick saliera del cuarto de baño, me tomé unos minutos para recobrar la compostura antes de encontrarme con él en la sala de estar. Había abierto una botella de vino y estaba sentado en el sofá. Me acerqué, y él cogió un cojín que tenía en la espalda y lo lanzó hacia el otro lado.

—Puede que te haga falta para sentarte.

—Gracias. —Tomé la copa de vino, que me hacía más falta que nunca, y me senté—. Creo que es la primera vez que me alegro de tener un poco de carne extra en la retaguardia. No me duele en absoluto.

—Yo no quería decirlo, pero ya que has sacado el tema... sí que tienes un buen culo para ser tan delgadita.

—Lo he sacado de mi madre. Cuando era joven lo odiaba, pero las Kardashian lo han puesto de moda y gracias a eso he aprendido a apreciarlo.

Merrick se llevó la copa a los labios.

—Yo también diría que lo aprecio, pero me da miedo que me vuelvas a dar en la cabeza.

—De verdad que lo siento mucho. ¿Seguro que estás bien?

—Sí. No puedes hacer mucho daño con una escobilla de plástico. La próxima vez intenta armarte con algo un poco más robusto.

—Es que no encontraba nada más. Y deberías estar agradecido de que haya sido así.

Sonrió y respondió:

—Eso es cierto. —Dio un trago al vino y miró hacia la mesa de centro, donde había dejado un trozo de vidrio marino antes de irme a la ducha—. Es irónico que se te haya clavado en el culo un trozo del que es tu amuleto, ¿verdad?

Cogí el vidrio de la mesa y lo froté con los dedos.

—No lo culpes del daño que tú has causado.

—¿Qué te traes con ellos? ¿Cómo es que se han convertido en tus amuletos?

—Más o menos un año antes de que mi madre dejara a mi padre definitivamente, él le montó un numerito y mi madre, mi hermana y yo nos fuimos durante una semana. Ella nos llevó a una playa de Virginia en la que nunca habíamos estado. Era una zona preciosa, hacía mucho sol y me pasé el día recogiendo vidrios marinos en la playa. Recuerdo que mi madre me dijo que esa vez no volvería con él. —Al cerrar los ojos, sentí en el pecho la misma felicidad que ese día y olí la sal en la brisa—. Me sentí tan libre y feliz. El vidrio marino me recuerda que es posible sentirse así. Mi madre acabó volviendo con mi padre, pero nunca he olvidado la sensación que tuve en aquel viaje. Todavía voy a la playa los días que estoy triste o quiero despejarme.

—Debe de ser difícil viviendo en Nueva York. Creo que nunca he visto vidrios marinos en la playa. A veces he encontrado botellines de cerveza rotos, pero nada que valga la pena coleccionar.

Sonreí.

—Eso es porque no has estado en la playa Glass Bottle en la bahía Dead Horse, en Brooklyn, ¿verdad?

—¿En la bahía Dead Horse, la del caballo muerto? No, no he estado. Es que el nombre no suena muy llamativo.

Me eché a reír.

—Tienes razón. Pero está llena de vidrios marinos. La bahía se llama así porque se encontraron muchos huesos de caballos. Está al lado del puente Marine Parkway, y cuando lo construyeron, usaron la basura como base de una pequeña isla que intentaban proteger. Con la mala suerte de que no pusieron la arena suficiente para cubrir la basura, que empezó a salir a la superficie en los años cincuenta. Cada día aparece más y más basura de hace setenta años en la orilla, y una gran parte se ha convertido en vidrios marinos. Tienes que llevar zapatos con una suela bien gruesa, pero es el paraíso de los coleccionistas. Voy a menudo a peinar la playa. Me ayuda a despejarme.

Merrick me miró fijamente a los ojos y dijo:

—Es evidente que eres una persona especial, Evie.

Le di un trago al vino.

—Me cuesta saber qué piensas. No sé si lo que has dicho es un insulto o un cumplido.

Sonrió y dijo:

—Es un cumplido.

—¿Me apunto la fecha? Me da la sensación de que no los haces a menudo.

—Bueno, ya que me siento generoso, quiero agradecerte que hayas venido a cuidar de mi abuela.

—Ah, de nada. Pero no tienes que darme las gracias. Haría lo que fuera por Kitty. Es una mujer maravillosa. Cabezota, pero maravillosa.

—Siento no haberte respondido los mensajes para avisarte de que venía. Me dormí en el avión y, cuando me desperté, ya íbamos a aterrizar, así que leí el mensaje y tuve que apagar el móvil un rato. En cuanto tocamos tierra, lo encendí para responderte, pero solo me quedaba un uno por ciento de batería. Lo había puesto a cargar en el avión y, al parecer, el enchufe del asiento no funcionaba. Luego conseguí billetes para un vuelo hacia aquí, pero tuve que correr para cogerlo y no había enchufe para cargar el móvil en el otro avión.

Asentí.

—Me preocupó un poco que no me respondieras, aunque imaginé que habría pasado algo así.

—Que, por cierto, ¿se puede saber qué hacía mi abuela patinando?

—Si quieres recibir otro golpe en la cabeza, pregúntaselo con las mismas palabras.

Soltó una carcajada y bebió un poco de vino.

—Es cierto.

—Aunque el hecho de que se haya roto un tobillo y torcido el otro es malo, puede que tengamos suerte de que haya pasado. Parece que llevaba un buen tiempo sangrando y con dolor de útero y no había ido al médico ni se lo había comentado a nadie. Lo descubrieron porque vieron que tenía anemia y el doctor le preguntó. Esta tarde me ha dejado conectarme al portal para pacientes del hospital y he leído el informe de urgencias y los resultados del análisis. El médico responsable ha escrito que la ginecóloga sopesa la opción de que le tengan que hacer una histerectomía. Tenemos que convencerla de que vuelva al hospital, y creo que es mejor que no se quede sola hasta que sus niveles de glóbulos rojos en sangre vuelvan a ser normales. Los tenía tan bajos que me sorprende que no se desmayara antes del accidente patinando.

Merrick negó con la cabeza y se pasó una mano por el pelo.

—Ella es así. Siempre pone el bienestar de todo el mundo por delante del suyo.

—Ya. Mi abuela era igual.

—¿Lleva los dos pies escayolados?

—Solo uno. En el del esguince lleva una bota ortopédica. No está nada contenta. Sería buena idea esconder las sierras que tenga en el garaje. No me sorprendería que se intentara quitar la escayola por su cuenta.

—Buena idea.

Por encima de su hombro vi que el maletín de Merrick estaba al lado de la puerta principal. Miré a mi alrededor y no vi ninguna maleta.

—¿No traes equipaje?

—No llegó a tiempo al avión hacia Atlanta. Fue un vuelo de conexión muy justo. Con un poco de suerte, lo tendré mañana.

—Vaya, qué putada. Bueno, yo tengo la mía en el cuarto de invitados, pero en cuanto me acabe el vino la recojo y me voy a dormir al sofá. Debes de estar cansado del viaje.

—Ni hablar. Ya duermo yo en el sofá.

La casa con dos dormitorios de Kitty era pequeña y también lo eran los muebles. Observé el diminuto sofá y dije:

—Pero si no cabes.

—Puedo dormir en cualquier sitio.

Miré a mi alrededor en la habitación y suspiré.

—Se me hace muy raro estar aquí y no poder ir a la casa de mi abuela. Es la primera vez que vengo desde que la vendimos. La alquilé durante dos años después de mudarme, porque no estaba preparada para decirle adiós tan pronto.

—Lo siento. Debe de ser muy duro.

Sonreí con tristeza.

—Por lo menos conservo todos los buenos recuerdos. Tu abuela venía cada noche después de cenar y se sentaba en el porche de la mía. Cuando estaba trabajando en el doctorado, me pasaba los días en la biblioteca. A veces, llegaba a casa sobre las diez o las once y me las encontraba a las dos en el porche, muertas de la risa y, a menudo, borrachas de beber tanto té dulce con alcohol. Se lo tomaban en tazas para que los vecinos pensaran que era té normal y corriente. Luego yo acompañaba a Kitty a casa y entraba con ella para asegurarme de que no pasaba nada y ella me obligaba a tomarme un chupito de *whisky* de buenas noches. Al volver a casa de mi abuela, nos quedábamos un rato más sentadas en el porche.

Merrick sonrió y dijo:

—Yo tenía ocho años la primera vez que mi abuela me dio *whisky*. Recuerdo que mi madre se enfadó muchísimo.

—El nuevo propietario ha quitado la casa del árbol de la parte trasera. Me encantaba.

—Me acuerdo de ella. Me subí unas cuantas veces.

—¿Ah, sí?

—Sí, cuando era pequeño y visitaba a mi abuela, a veces iba a verla mientras ellas se sentaban en el porche. Recuerdo que tenía muchas cosas rosas: una nevera rosa de plástico, cojines rosas e incluso una lámpara rosa con volantes, aunque no tenía electricidad.

Sonreí.

—Todo eso fue cosa mía. Todavía no había pulido mis dotes decorativas.

159

—¿Y no había también un póster de un grupo de música de chicos?

—No. Tenía uno de Burt Reynolds.

—¿De Burt Reynolds? ¿El actor viejo que murió hace poco?

—Sí. Estaba enamoradísima de él. Le ponía la voz al pastor alemán de *Todos los perros van al cielo*. Me encantaba la película y su voz. La veía una y otra y otra vez. Un día, mi madre y yo estábamos en una tienda y encontramos un póster conmemorativo de Burt Reynolds en *Los caraduras*. Le pedí que me lo comprara. Me parecía tan guapo...

—Ah... Entonces es algo que te ocurre a menudo —dijo Merrick.

—¿A qué te refieres?

—A que te gustan los hombres mayores. Soy tres años mayor que tú, ¿sabes? —Me guiñó un ojo.

Me eché a reír y se me escapó un ronquido.

—Es curioso que los dos pasáramos tanto tiempo aquí y nunca nos encontráramos. —Me encogí de hombros—. Bueno, por lo menos, no me suena que nos conociéramos, aunque, si te soy sincera, no recuerdo casi nada antes de los diez años.

—¿Y eso?

—Se llama amnesia disociativa. En ocasiones, nuestros cerebros nos esconden algunos recuerdos para protegernos de un hecho traumático. Yo tenía diez años cuando mi madre dejó a mi padre la última vez. Por lo general, sus agresiones eran por la noche. Llegaba a casa borracho y empezaba con mi madre; yo ya estaba en la cama. Tenía un radiodespertador de color rosa con brillantes en la mesita de noche. Si oía gritos, lo metía debajo de las sábanas y me lo acercaba al oído para escuchar la música. —Me callé un momento—. La última vez, él estaba totalmente sobrio y yo no estaba en mi cuarto. Ocurrió aquí, en casa de mi abuela. Habíamos venido a quedarnos unos días y a él no le gustó, así que una tarde, esperó hasta que mi abuela se marchó y se coló en casa. No recuerdo los detalles, pero, por lo visto, mi padre hizo que mi hermana y yo nos sentáramos en el sofá para que viéramos cómo apalizaba a mi madre. Era un castigo extra para ella, porque se había marchado de casa y le había dejado las camisas sin planchar.

—Dios mío.

Negué con la cabeza.

—Aquella noche diluviaba. Después, mi hermana se encerró en el cuarto de baño y yo corrí a la casa del árbol. Pero cuando llegué al último peldaño, la escalera se cayó y me agarré al borde del suelo. No hacía más que llorar; la lluvia caía con fuerza y se me resbalaban los dedos. El chico de la casa de delante, Cooper, volvió a poner la escalera y me salvó. ¿Lo recuerdas de cuando venías a ver a tu abuela?

Merrick negó con la cabeza.

—No me suena, no.

—Vaya, juraría que fue él quien me salvó. No me paré a mirarlo cuando ponía la escalera. Unos años más tarde, le pregunté y me dijo que no se acordaba. Aunque yo prefiero creer que fue él quien me salvó antes que pensar que, sin saberlo, acepté ayuda de mi padre, que a lo mejor había salido al jardín. Bueno, recuerdo a la perfección la casita del árbol y el despertador, pero no me acuerdo de muchas cosas de mi infancia. La casa del árbol me hacía sentir segura. Mi abuelo la construyó para mí, en mi quinto cumpleaños, y falleció el verano siguiente.

Merrick puso cara de pena.

—Siento que pasaras por todo eso.

Me encogí de hombros.

—Me ha hecho más fuerte en muchos sentidos. El no poder recordar hizo que me interesara por el funcionamiento del cerebro; eso me llevó a estudiar psicología y acabé siendo terapeuta. Y la casita del árbol que tanto me gustaba fue de donde saqué la idea para los Airbnb. Sé que mis abuelos estarían muy contentos con lo que hice con su propiedad, y todos los beneficios son para el refugio para víctimas de la violencia doméstica de Atlanta, el que fundó Kitty.

—Joder, debes de pensar que soy un idiota. —Merrick se frotó la nuca—. Se podría decir que me burlé de tus casas en los árboles el día de la entrevista, y todos los beneficios van a parar a la ONG de mi abuela.

—Qué va. Soy consciente de que suena un poco raro cuando digo que alquilo casas en los árboles y que tengo un *camping* de lujo. No me pareciste un idiota por eso. —Sonreí—. Tenía muchos otros motivos para pensarlo. Ya sabes, como que me dijeras que me habías contratado porque era la candidata menos competente. —Hice una pausa y sonreí—. Lo siento. Habíamos prometido que no lo volvería a mencionar.

Merrick agachó la cabeza.

—Soy un capullo.

—Por lo menos lo reconoces.

—Me reí de tu personalidad alegre cuando nos conocimos porque somos muy diferentes y no entendía cómo eras. Sin embargo, creo que puedo aprender de ti.

Ahuequé una mano detrás de la oreja y me incliné hacia él.

—¿Cómo dices? No te he oído. Parecía otro cumplido, ¿me lo podrías repetir?

Merrick alzó la copa de vino.

—Si le cuentas a Will lo que acabo de decir, lo negaré.

—Tu secreto está a salvo conmigo.

—Diría que nunca llegué a disculparme por cómo te traté al principio: lo siento.

Sonreí.

—Gracias. Pero no puedes apreciar la belleza en algo si no ves también los defectos. Como ya conozco tus defectos, ahora puedo apreciar las virtudes.

Me recorrió el cuerpo con la mirada.

—No sé si eso es del todo cierto. Todavía no he visto ninguno de tus defectos.

«Vaya». Sus palabras hicieron que se me ablandara el corazón. ¿Cuál es el remedio para un corazón blando? Vino, mucho vino. Así que me bebí la mitad de la copa.

Unos minutos después, nos acabamos el contenido de las copas y Merrick bostezó.

—¿En qué huso horario estás? —pregunté.

—No tengo ni idea.

—Bueno, pues precisamente por eso creo que ya va siendo hora de que te deje dormir. ¿Estás seguro de que no quieres acostarte en la cama? No me importa dormir en el sofá, de verdad.

—No, pero gracias.

Fui a la habitación de invitados, saqué una manta y una almohada y las coloqué en el sofá. Cuando llegué a la puerta, me detuve y miré hacia atrás.

—Gracias, otra vez, por, bueno, por salvarme el culo.

Merrick bajó la mirada hasta mi trasero y sonrió con lascivia.

—Puedes contar conmigo siempre que quieras bajarte las bragas y ponerte sobre mi rodilla con el culo al aire. Digamos que no me ha resultado tan difícil.

Le guiñé un ojo y respondí:

—Puede que yo también lo haya disfrutado un poco.

CAPÍTULO 15
Evie

«Joder».

A la mañana siguiente, fui a la sala de estar y me quedé de piedra. Merrick dormía en el sofá, con un brazo por encima de la frente para taparse los ojos, que eran la única parte del cuerpo que no le veía. Bueno, los ojos y un pie que tenía debajo de la manta que le había llevado la noche anterior y que, en ese momento, estaba hecha una bola a un lado del sofá.

No podía quitarle los ojos de encima.

Solo llevaba unos calzoncillos negros y ajustados. Me acaloré al observar sus abdominales esculpidos, su cintura delgada, la sensual V de su abdomen y esa piel preciosa y bronceada. Por no mencionar el enorme paquete que se escondía bajo la ceñida ropa interior. Merrick Crawford estaba guapísimo en traje, pero eso... eso era incluso mejor. Podría haber abierto los ojos en cualquier momento y haberme pillado ahí, mientras lo observaba embobada, aunque creo que ni eso me habría impedido comérmelo con los ojos. Valía la pena pagar las consecuencias por disfrutar de algunos placeres prohibidos.

«Ostras. A lo mejor debería irme a la habitación un rato, o incluso al cuarto de baño a darme una ducha fría».

Entonces, Merrick se movió y contuve la respiración hasta que cambió de postura. Esperaba que abriera los ojos y me pillara babeando como una adolescente. Sin embargo, como no lo hizo, desperté de mi fantasía y conseguí poner un pie delante del otro para ir a la cocina.

Quince minutos después, mientras me tomaba una taza de café y fantaseaba con el cuerpo de mi jefe sentada a la mesa, la puerta se abrió de par en par. Merrick se sorprendió al encontrarme allí.

—Eh, hola. —Se pasó una mano por el pelo despeinado, que le quedaba genial—. ¿Qué hora es?

Pulsé el botón del móvil y respondí:

—Las siete y media.

El chico llevaba los pantalones de vestir de la noche anterior, pero tenía el torso desnudo y el botón de los pantalones desabrochado. Una fina línea de vello le bajaba del ombligo a la cintura elástica de la ropa interior. A mis ojos no les importó que estuviera despierto y a pocos metros de mí. Tenían cerebro propio y decidieron recorrer su cuerpo de arriba abajo. Era imposible que Merrick no se diera cuenta.

Se encogió de hombros y dijo:

—Lo siento. No tendré nada de ropa hasta que me llegue la maleta.

Aparté los ojos y me llevé la taza a los labios.

—Me parece justo que enseñes algo de carne después de lo de anoche. —Señalé por encima de mi hombro—. He hecho café.

Merrick se sirvió una taza y se sentó delante de mí.

—¿Qué tal has dormido? —pregunté.

—Bastante bien, ¿y tú?

—Bien. —Me había costado muchísimo quedarme dormida. No había dejado de imaginarme sobre la rodilla de Merrick sin un cristal en el trasero.

—Acabo de ver a Kitty. Sigue dormida como un tronco.

Asentí.

—Yo también he ido antes. Le han recetado unos calmantes muy fuertes y le dan sueño.

—Ah… Ahora lo entiendo. Normalmente se levanta muy pronto.

Di un trago al café.

—He buscado vuelos en el móvil antes de levantarme. Hay uno directo al aeropuerto JFK esta tarde a las cinco y media, si quieres que me quede hasta más tarde para intentar convencerla de que tiene que ir al ginecólogo.

Merrick se sobresaltó.

—¿Te marchas?

—Bueno, sí. Ahora que has venido, está todo bajo control.

—Siempre presumo de tener la mayoría de cosas en mi vida bajo control, excepto si se trata de Kitty. No puedo controlarla.

Me eché a reír.

—¿Quieres que busque otro que salga más tarde?

—Si con más tarde te refieres a mañana o incluso a después, sí.

Fruncí el ceño.

—¿Tú te quedarás?

—Sí, pero no puedes dejarme solo con ella, y menos para hablar de problemas de mujeres.

—Pareces un poco asustado.

Merrick negó con la cabeza.

—¿Solo un poco? Estoy aterrado. ¿Puedes quedarte? Por lo menos hasta mañana. No hace falta que lo decidamos ya.

—Supongo que no. Tengo terapia con algunos pacientes, pero es probable que pueda reprogramar las sesiones. Aunque mi jefe es un poco capullo. Espero que no le importe que me tome un día libre aunque acabe de empezar.

—Puede que tu jefe te ascienda si te quedas.

Sonreí.

—No es necesario, pero me quedaré un poco más si así estás más tranquilo. Haría lo que fuera por Kitty.

—Sí que me quedo más tranquilo. —Relajó los hombros—. Gracias.

Nos acabamos el café mientras compartíamos historias sobre nuestras abuelas. Cuando me levanté para servirme otra taza, oí que Kitty gritaba desde el dormitorio:

—¡Yuju! Everly, querida, ¿estás despierta?

Sonreí.

—Se me había olvidado que todavía no sabe que estás aquí.

Alzó la barbilla.

—Ve tú primero, no quiero asustarla.

Caminé por el pasillo hacia el cuarto de Kitty. Abrí la puerta y Merrick se quedó detrás de mí para que no lo viera.

—Buenos días.

—Buenos días, querida. Siento mucho ser una carga. ¿Puedes ayudarme a levantarme?

—Me encantaría, pero creo que hay alguien un poco más fuerte que yo. —Me hice a un lado y su nieto entró.

El rostro de Kitty se iluminó como un árbol de Navidad.

—¡Merrick! ¡Has venido!

—Claro que sí, yaya. He venido lo antes posible. —Se acercó a la cama, se inclinó y le dio un beso en la mejilla—. Siento no haber llegado antes.

Kitty le restó importancia con un gesto de la mano.

—Eres un hombre muy ocupado. No me gusta molestarte.

—¿Molestarme? Lo que me fastidia es que tú no me llamaras. Pero eso ya lo hablaremos. Antes dejaré que te levantes y te tomes un café.

La sentó con cuidado en la silla de ruedas, que yo había dejado junto a la cama.

—Primero tengo que hacer una parada técnica en el lavabo.

Merrick me miró con cara de pánico. Sonreí y dije:

—Yo te ayudo.

Merrick llevó la silla de ruedas hasta el lavabo, levantó a su abuela de la silla y la sentó en la taza del váter completamente vestida antes de salir corriendo por la puerta.

—Os dejo que hagáis… lo que sea que tengáis que hacer.

Me hacía gracia lo asustado que estaba, pero no le dije nada. Después de preparar a Kitty, le dije que esperaría fuera y que me llamara cuando estuviera lista para volver a sentarla en la silla de ruedas. Por supuesto, la mujer salió por su propio pie del lavabo, caminando sobre una escayola y una bota ortopédica.

Sacudí la cabeza cuando se sentó otra vez en la silla.

—Kitty, se supone que no puedes apoyar los pies.

—Ay, los doctores son unos flojos hoy en día. —Levantó una mano y añadió—: Sin ánimo de ofender.

Empujé la silla por el pasillo.

—No te preocupes. Yo no soy doctora en medicina.

Unos minutos después, los tres estábamos sentados en la cocina bebiendo café. Cuando me pareció un momento adecuado para hablar de los problemas ginecológicos de Kitty, le hice un gesto con los ojos a Merrick, que asintió.

—Bueno, Kitty... —empecé—, queríamos hablar contigo de lo del ginecólogo.

—No hace falta. —Kitty alzó la mano—. Voy a ir.

«Ostras».

—Genial, Kitty. Me alegro mucho. La doctora que nos recomendaron está afiliada al hospital al que fuiste, así que pediré cita por internet, a no ser que ya tengas un ginecólogo y prefieras ir al tuyo.

—La que han recomendado ya me va bien. Han pasado casi veinticinco años desde que fui a ver a mi especialista en vaginas. Estoy convencida de que el viejecito ya debe de estar jubilado. O muerto.

Merrick sacudió la cabeza.

—Que conste que no me estoy quejando, pero ¿no te negaste a quedarte en el hospital para hablar de lo que tienes después de que te vendaran los pies?

—Sí. —Dio un trago al café.

Merrick entornó los ojos y preguntó:

—¿Y a qué se debe el cambio de actitud?

Kitty se encogió de hombros.

—Marvin me ha dicho que no se acostará conmigo hasta que vaya al médico para ver que todo anda bien por ahí abajo. Piensa que me va a hacer daño o algo. —Se inclinó hacia mí y bajó la voz, aunque, por desgracia, no lo suficiente—: Está muy bien dotado y las pastillitas azules hacen milagros, pero estoy segura de que no me haría daño. En fin, los hombres y sus egos.

Merrick se aclaró la garganta y apartó la silla de la mesa, que derrapó de forma sonora sobre los azulejos.

—Tengo que llamar para ver cómo va lo de mi maleta.

Rompí a reír.

—Sí, será mejor que vayas.

CAPÍTULO 16

Evie

—Aquí estás. —Kitty me hizo un gesto con el brazo para que me sentara en el sillón que había delante del sofá, donde ella estaba—. Siéntate conmigo, cariño.

—Solo venía a preguntar si querías un té.

—Sí, por favor. Pero antes quiero hablar contigo y no tenemos mucho tiempo.

Me senté.

—Me voy mañana.

—Ya, lo sé. Quiero decir que no tenemos mucho tiempo antes de que mi nieto acabe de hablar por teléfono. Ha salido a la terraza a llamar a la compañía aérea otra vez por lo del equipaje.

—Ah, vale.

—¿Confías en mí, querida?

—Claro que sí.

—Aunque sea carne de mi carne, no te sugeriría nada que creyera que pudiera hacerte daño. Sé que a veces parece un imbécil… Bueno, seamos realistas, parece un imbécil la mayoría del tiempo, pero es un buen hombre. Si quiere a alguien, ama con toda su alma.

Negué con la cabeza.

—Ya sé que es un buen hombre. Sí, puede que no fuera muy amable en la primera entrevista; sin embargo, desde que lo he conocido un poco más, veo que no es tan duro como quiere aparentar.

Me señaló con el dedo.

—Has dado en el clavo. Claro que te has dado cuenta, eres muy inteligente. Merrick parece un león por fuera, pero en realidad es un gatito. Cree que la única manera de protegerse el corazón es comportándose como si no tuviera uno.

Sonreí tristemente.

—Ha sufrido mucho. Es algo que tenemos en común. Cada uno responde a las experiencias traumáticas de una manera diferente. Yo llevo seis meses haciendo postres y comiéndomelos y Merrick se ha enterrado en el trabajo.

—¿Te ha contado lo de la gilipuertas esa?

—¿Lo de Amelia?

Kitty asintió.

—No sé toda la historia, solo sé que Merrick acabó muy dolido y que ella falleció.

Kitty volvió a asentir.

—Yo supe que era una gilipuertas desde el día que la conocí. Me arrepiento de no haberme inmiscuido en sus asuntos y no habérselo dicho. Por eso me entrometo ahora. A mi edad, te das cuenta cuando algo está hecho para alguien o no, incluso antes de que la persona lo pruebe. Es un don que recibes a cambio de la memoria, los dientes y el oído. —Se inclinó hacia mí y me dio una palmadita en la mano—. ¿Puedo ser sincera contigo?

—Ay, madre. ¿Eso quiere decir que todos estos años te has estado conteniendo?

Sonrió.

—Merrick se siente muy culpable por cosas por las que no debería. Los dos tenéis una carga emocional importante, pero os ayudaréis a libraros de ella.

—Diría que Merrick no me ve así, Kitty.

—Es una persona diferente cuando está contigo: está más calmado y tranquilo.

—Puede que sea porque por fin está descansando del trabajo.

Negó con la cabeza.

—No es eso. Y ese ni siquiera es el motivo por el que sé que se está enamorando de ti.

—De acuerdo…

—Le haces sonreír. Hacía mucho tiempo que no lo veía sonreír como lo hace al hablar de ti o contigo.

—Bueno, puede que eso sea porque se ríe de mí. Has oído lo que hice anoche, ¿verdad? ¿Que lo ataqué con la escobilla y acabé con un trozo de cristal en el culo?

Sonrió e ignoró el comentario.

—¿Sabes qué más creo?

—¿Qué?

—Que tú sientes lo mismo y que los dos sois demasiado gallinas para hacer algo al respecto. A menudo, las cosas que más nos asustan son las que más probabilidad tienen de cambiarnos la vida. Pero si abres tu corazón y crees que puedes ser feliz, lo serás.

Lo de manifestar la felicidad no me convencía del todo, aunque no se equivocaba al afirmar que había algo en Merrick que me asustaba, aunque no del modo que él quería, para que mantuviera la distancia. Sin embargo, no estaba de acuerdo con que Merrick sentía algo por mí. Bueno, tal vez sintiera atracción, pero eso era todo.

Kitty sonrió.

—No me crees, a pesar de que una parte de ti lo quiere hacer. Yo he tenido muchos amigos a lo largo de los años, pero solo uno fue el amor de mi vida. ¿Sabes cómo supe que él sentía lo mismo por mí?

—No.

—Lo pillaba mirándome todo el rato cuando él pensaba que no le prestaba atención. Sospecho que podrías haber pillado a mi nieto mirándote un par de veces, lo que pasa es que a lo mejor no estabas preparada para preguntarte qué significa.

Sí había pillado a Merrick mirándome una o dos veces, pero era un hombre muy observador. Ese era uno de los principales motivos por los que era tan bueno en lo suyo.

172

Como no respondí, Kitty me dio una palmadita en la mano.

—Hazlo por mí. La próxima vez que estéis en la misma habitación, ignóralo por completo. Luego, míralo cuando menos se lo espere. Me apuesto la casa a que lo pillas observándote.

Los gruñidos de Merrick desde la otra habitación interrumpieron nuestra charla.

—Malditas aerolíneas.

Kitty bajó la voz y se inclinó hacia mí una vez más.

—Una última cosa: le he cambiado los pañales. No te decepcionará. A veces hacer zig y zag no solo te enseña un nuevo camino, sino que también hace que el trayecto sea mucho más divertido.

Merrick apagó el móvil. Era la tercera vez que llamaba a la aerolínea desde esa mañana y ya eran más de las tres de la tarde.

—Mi equipaje ya ha llegado a Atlanta, por fin.

—Qué bien. ¿Te lo van a traer?

Negó con la cabeza.

—Si no quiero esperar de uno a tres días, no. Están a tope, así que tendré que ir al aeropuerto a recogerlo.

—Qué rollo. ¿Quieres que te acompañe y así no tienes que aparcar? Puedo dejarte en la terminal, dar una vuelta y recogerte una vez hayas acabado.

Miré a través de las puertas correderas de cristal que daban a la terraza cubierta. Kitty estaba sentada con Marvin y tenía los pies, el enyesado y el de la bota ortopédica, sobre el regazo del hombre. Se reían por algo.

—Creo que el galán macizo cuidará muy bien de tu abuela.

Merrick se quejó:

—Por favor, no uses las palabras «macizo» y «abuela» en la misma frase.

—Ay, sí, claro. —Sonreí—. ¿Cómo prefieres que lo llame, «follamigo» o «juguete sexual»?

—Como sigas así, acabarás tumbada sobre mis rodillas otra vez.

«¿Acaso piensa que eso tendrá un efecto disuasorio?». Más bien al contrario.

Marvin corrió la puerta de cristal y dijo:

—Hoy me encargo yo de la cena. Voy a preparar una comida sureña para chuparse los dedos. —Nos miró a uno y después al otro—. No sois de los que solo comen comida de conejo, ¿verdad?

Sonreí.

—No, no somos vegetarianos.

—Menos mal.

—Marv, ¿te vas a quedar esta tarde? —pregunté—. Merrick tiene que ir al aeropuerto a por la maleta y he pensado en acompañarlo, pero no quiero que Kitty se quede sola.

—Me quedaré todo el día a cuidar de mi chica. Tiene una videollamada con un pariente nuevo que ha encontrado en Linage y yo quiero leer el periódico de principio a fin. Así que tomaos vuestro tiempo. Hoy hace un día precioso.

Sonreí y asentí.

—De acuerdo, gracias, Marvin.

Al cabo de un rato, Merrick y yo cogimos prestado el coche de Kitty y nos dirigimos al aeropuerto. Él conducía y yo miraba por la ventanilla, con un torbellino de emociones en mi interior. Al pasar la salida de Buckhead, señalé y dije:

—Estaría viviendo por aquí si mi relación con Christian hubiera seguido el camino previsto.

Merrick me echó un vistazo rápido antes de volver a fijarse en la carretera.

—¿Ibais a vivir por aquí?

Asentí y añadí:

—Christian es de Atlanta. Creo que te comenté que nos conocimos mientras estudiábamos aquí. Luego nos mudamos a Nueva York para que él trabajara unos años en la sede central del negocio de su familia, donde yo hice las prácticas. Pero él quería que volviéramos tras la boda. Su empresa tiene un centro de investigación muy importante en la zona y lo estaban preparando para ser el director.

—¿Y tú querías eso? Me refiero a lo de vivir aquí.

Negué con la cabeza.

—La verdad es que no. Me gusta la zona, pero me encanta Nueva York, y quería estar cerca de mi hermana. Siempre imaginé que tendríamos hijos a la vez y que crecerían juntos.

—¿Y aun así te ibas a mudar aquí?

Me encogí de hombros.

—Christian detestaba Nueva York. No le gustaba nada vivir en un piso sin un gran jardín y odiaba el transporte público y las calles abarrotadas. Sus padres nacieron en Atlanta. Se divorciaron cuando él tenía cinco años y él ha vivido con su madre la mayor parte del tiempo. El padre se mudó a Nueva York para trabajar en el negocio familiar, y él iba de un lado a otro. Creo que, en parte, odia la ciudad por lo que representa para él: la destrucción de su familia. Es más fácil echarle la culpa a cualquier otra cosa que a tus padres.

—¿Cuánto tiempo estuvisteis juntos?

—Tres años y medio.

Merrick asintió.

—¿Y tú qué, siempre has vivido en Nueva York?

—Todos los veranos pasaba una semana aquí con Kitty y mi madre, pero sí. Nací y me crie en Nueva York. Mi madre fue a la universidad allí y nunca regresó. Era una de las pocas mujeres de la época en el negocio del parqué. Falleció hace seis años por un cáncer de mama.

—Lo siento.

—Gracias.

—¿Y qué hay de tu padre?

—Se jubiló y se mudó a Florida el año pasado. Nunca se volvió a casar. Mi hermana vive allí también y tiene hijos, así que mi padre se mudó cerca de ella.

—Y antes estabas… comprometido, ¿verdad?

Merrick me echó otro vistazo y frunció los labios.

—Te gusta investigar, ¿eh?

—Es pura deformación profesional. Hago preguntas e intento encajar las piezas para ver el rompecabezas completo.

—¿Ah, sí? ¿Qué piezas has encajado de mi puzle?

No quería mencionar lo que Will me había dicho, que su prometida lo había destrozado, por eso consideré que era mejor ser poco específica.

—He oído que estabas comprometido con tu compañera de negocios y que la cosa no acabó bien.

Merrick siguió con la vista fija en la carretera. Pensé que a lo mejor se había acabado la charla, pero se aclaró la garganta.

—Has compartido muchas cosas de tu vida. Cosas que no debieron de ser fáciles de vivir y, aun así, parece que has encontrado un modo de vivir con ellas. A mí me cuesta más hablar de mis asuntos.

Asentí.

—Cada uno lidia con sus problemas de un modo diferente. No pasa nada. No quería presionarte a hablar de algo con lo que no te sientes cómodo.

Merrick se quedó callado un buen rato. Me sorprendió que volviera a hablar.

—Amelia y yo fundamos la empresa juntos, aunque ella no quería que fuéramos socios igualitarios y tampoco quería que su apellido apareciera en el rótulo.

—¿Por qué no?

Tamborileó con los dedos sobre el volante.

—Dijo que no era una persona complaciente. Que no quería tener nada que ver con el personal ni con la junta directiva. A veces decía que quería dedicarse a jugar al Monopoly, sin tener que ser la propietaria de Hasbro.

—¿Entonces por qué quería ser socia?

Merrick frunció el ceño.

—Porque yo la presioné. Ella era más inteligente que yo y entendía mejor a la gente, a pesar de que no le gustaba involucrarse demasiado con la mayoría. Además, ganó más que cualquier otro agente en el mundillo en su primer año, así que merecía algo más.

—Vaya. Parece una niña prodigio.

—Y lo era.

No añadió nada más, por lo que yo decidí no insistir, aunque sentía mucha curiosidad. Sabía que la chica había fallecido, pero, por algún motivo, estaba convencida de que su muerte no había sido lo que lo había destrozado.

—¿Puedo preguntar qué os pasó?

Nos acercábamos a la salida al aeropuerto, así que Merrick puso el intermitente para cambiarse al carril de la derecha. Nuestras miradas se cruzaron brevemente cuando él miró por encima del hombro para hacer la maniobra.

—Mi historia no es tan diferente de la tuya. Descubrí que realmente no conocía a la persona con la que creía que me iba a casar.

—Lo siento.

Tomamos la salida de la autopista hacia la carretera que llevaba al aeropuerto. Merrick señaló hacia delante.

—Aquí hay una zona para aparcar. Los de atención al cliente me dijeron que siguiera las indicaciones hasta la zona de recogida de pasajeros y que fuera a la oficina de recogida de equipaje. Espero no tardar mucho, mientras, puedes dar una vuelta y aparcar. Te mandaré un mensaje en cuanto tenga la maleta.

—Vale.

Quise preguntarle más cosas, pero pensé que a lo mejor había cambiado de tema a propósito.

—¿Cómo tienes el culo? —preguntó—. El cristal se te clavó mucho.

—Me duele, pero le he echado un vistazo esta mañana y no lo tengo muy rojo.

—Si quieres una segunda opinión, avísame. —Me guiñó un ojo y eso despertó algo en mis entrañas.

Dios mío, pillarse de Merrick era un callejón sin salida. No solo porque fuera mi jefe, sino también porque los dos habíamos tenido relaciones desastrosas con compañeros de trabajo. Y mi hermana tenía razón al recordarme que la batalla que

Merrick lidiaba era todavía más difícil, porque él tenía que superar a un fantasma. Sin embargo, cuanto más tiempo pasaba con él, más me gustaba y, lo que era peor, más fantaseaba con él. ¿Era posible que algo de lo que me había dicho Kitty fuera cierto?

Nos detuvimos delante de la terminal, di la vuelta y me senté en el lado del conductor para llevar el coche mientras Merrick entraba en el edificio. Antes de que me diera tiempo a llegar a la zona de estacionamiento por la que habíamos pasado, me llamó para decirme que ya tenía el equipaje, así que volví.

—Qué rápido —comenté cuando abrió la puerta del copiloto.

—Sí, ha sido muy fácil. No había nadie en la oficina y mi maleta estaba a un lado con unas cuantas más.

—¿Quieres ponerte aquí y conducir?

—No, a no ser que prefieras que lo lleve yo.

—No, no me importa.

Merrick se abrochó el cinturón de seguridad.

—He pensado que, como Marvin está en casa, podríamos ir a dar una vuelta.

Me encogí de hombros y respondí:

—Claro, ¿a dónde quieres ir?

—Habías comentado que tus Airbnb no están muy lejos de aquí, ¿verdad?

Puse los ojos como platos y sonreí.

—Están a una media hora en coche de camino a casa de Kitty, aunque hay que salir antes de la autopista e ir hacia el este.

—Pues vamos a verlos. Nunca he estado en una casa del árbol ni en un *camping*.

—Es un *camping* de lujo.

Merrick sonrió.

—Usted disculpe.

Volví a encender el coche y arranqué.

—Estoy muy emocionada. No sé si ahora mismo hay algún inquilino. Lo puedo comprobar al llegar en la página web. Si están todas reservadas, te las enseñaré por fuera.

—Genial.

Durante todo el trayecto, Merrick me dejó hablar sobre todo lo que había hecho para ofrecer lo que yo consideraba que era una experiencia perfecta.

—Las dos casas del árbol tienen tragaluces, lo que permite que por el día entre muchísima luz natural, pero por la noche son todavía mejores. El terreno mide más de veinticuatro hectáreas, por lo que no hay mucha contaminación lumínica y, cuando el cielo está despejado, puedes tumbarte en la cama y ver las estrellas.

Sentí que Merrick me miraba, así que me giré hacia él.

—¿Qué pasa?

—Nada. —Negó con la cabeza y sonrió con ternura—. Es que se te ilumina el rostro al hablar de ellas.

—¿Ah, sí? Entonces debo de parecer un cartel luminoso, porque llevo todo el camino hablando de lo mismo.

Merrick se rio.

—No pasa nada. Me ha gustado. Me recuerda a cuando fundé mi empresa. No hacía más que hablar de eso.

Señalé hacia una carretera que se acercaba.

—Es aquí. La entrada está a poco menos de dos kilómetros. Luego hay caminos de tierra hasta las casas. —Puse el intermitente—. Pararé en la salida para ver si hay huéspedes.

—Vale.

Creo que nunca había tenido tantas ganas de que las casas estuvieran vacías. Tanto la tienda de campaña de lujo como una de las cabañas habían quedado libres aquella misma mañana. Me contuve para no soltar un gritito antes de volver al coche y arrancar.

—Una de las casas del árbol está disponible, y también la tienda de campaña. ¿Cuál quieres ver antes?

—La que prefieras.

—Sin duda, la casa del árbol.

En la entrada de la propiedad, un cartel de madera indicaba el camino hacia las estancias. Merrick miró a nuestro alrededor.

—Debe de ser difícil encontrar esto por la noche.

—Sí que lo es. Siempre decimos a los huéspedes que es mejor que lleguen de día, porque si no, tienen que ir muy despacio y usar las largas del coche para ver los carteles en los árboles.

Ya casi en la primera ubicación, señalé y dije:

—Esta es la primera.

Merrick agachó la cabeza para ver por la luna delantera.

—Es una pasada.

Nos detuvimos y le enseñé la zona. Un riachuelo cruzaba el terreno y yo había decidido colocar las casas del árbol cerca. Esa noche se oía a la perfección cómo corría el agua, que bajaba muy rápido.

—Es la mejor música para quedarse dormido.

—¿Se oye desde ahí arriba? —preguntó Merrick.

—Sí.

—Qué bien.

Señalé hacia un sendero de tierra que se alejaba del arroyo.

—Ese sendero marca una caminata por unas tierras estatales contiguas. Hay un pequeño lago a poco más de tres kilómetros. Tenemos un mapa en la página web, pero el camino no está muy delimitado.

—¿Los clientes que se hospedan aquí suelen ser montañistas y amantes de la naturaleza?

—Y gente de ciudad que quiere desconectar el fin de semana. —Le hice un gesto con la mano para que me siguiera—. Venga, vamos a subir a la casa.

Una vez en el interior, me llevé el dedo índice a los labios para hacer el gesto de silencio. Habían dejado la ventana abierta y se oía el susurro del río al bajar. Cada diez segundos, más o menos, el aire soplaba y hacía que las hojas crujieran en una armonía perfecta con el agua.

Sonreí con orgullo.

—¿Qué te parece? Es mágico, ¿verdad?

Miró a su alrededor. La casa del árbol medía unos veintitrés metros cuadrados, y aun así tenía todo lo esencial: una pequeña nevera, una cocinita, un fregadero, un lavabo con ducha y una cama con una mesilla de noche. Tenía el suelo laminado, pero había elegido un color idéntico al del árbol, y el interior de la habitación era de un tono amarillo pálido.

—Es una pasada —comentó—. Hay gente que paga por oír ese sonido para dormir por las noches. No sé qué esperaba, supongo que suelos sucios y un catre, pero esto parece un estudio de Manhattan. —Frunció el ceño y preguntó—. Un momento… ¿cómo es que tiene electricidad y agua?

—Ah, está escondido. Todo baja por la parte trasera del árbol y no se ve al subir por las escaleras. Además, está camuflado con pintura resistente al agua y a las altas temperaturas para que sea menos evidente. Las tuberías bajan por la base del árbol y van por debajo de la tierra hasta un pequeño generador que hay al lado del cobertizo, que está en la parte trasera, detrás de unos arbustos. La instalación eléctrica me salió gratis. En el instituto, cuidé de la madre enferma de un electricista a cambio de que reparara algo en casa de mi abuela. Cuando construí las casas, lo llamé. Le iba a pagar, pero me preguntó si lo podía hacer a cambio de unas sesiones de terapia para su hija, que tiene TOC.

—Madre mía. Y a mí solo me has ofrecido golosinas para gatos a cambio del esperma. Me siento un poco insultado.

Me reí y encogí los hombros.

Volvió a examinar la habitación.

—Esta casa del árbol es más sofisticada que la que tenías en el jardín de tu abuela. Aunque no veo ni el teléfono con brillantitos ni la nevera de plástico.

—Ya. Pero tiene esto… —Caminé hacia la cama, me tumbé y di una palmada en el sitio que quedaba vacío a mi lado en el colchón—. Ven, tienes que vivir la experiencia completa.

A Merrick le hizo gracia, pero me obedeció. Se tumbó en la cama y nos quedamos el uno al lado del otro, mirando hacia el tragaluz. Por los bordes, atisbábamos los árboles, que se movían con el viento, pero lo que realmente se veía era el cielo azul.

—Cierra los ojos —le sugerí.

181

En el tono de su voz, oí que sonreía.

—Vale.

—Ahora imagina que es de noche. Todo está a oscuras y solo ves la luz de las estrellas que brillan por encima de ti. —Me quedé callada un momento para visualizarlo—. Ahora imagina las estrellas y presta atención a los sonidos a nuestro alrededor.

Nos quedamos en silencio un buen rato. Al final, abrí los ojos para mirarlo y me sorprendió ver que me observaba.

—Se suponía que tenías que mirar la Osa Mayor —bromeé.

Merrick bajó la mirada a mis labios y se detuvo ahí un milisegundo antes de volver a mis ojos. Sentí el aleteo en el estómago que parecía sentir siempre con él.

—Eres increíble, ¿lo sabías?

—¿Eso quiere decir que te gusta la casa del árbol?

Soltó una risita.

—Sí, pero me refiero a toda tú. Eres inteligente y divertida. Te subiste a un avión para ayudar a Kitty sin pensarlo dos veces y realmente te importa el bienestar de tus pacientes. Y, lo que es más importante, creo que eres la persona más fuerte que conozco. Creciste rodeada de maltrato e ira. La mayoría de la gente habría usado eso como escudo para mantenerse alejada de los demás. Sin embargo, tú has construido santuarios en los que la gente puede refugiarse y escapar del día a día y donas todos los beneficios a un refugio para mujeres víctimas de violencia doméstica. —Hizo una pausa y apartó la mirada—. Tu ex no era más que un cobarde de narices que no podía con tanta mujer, así que se comportó como un crío.

Las palabras de Merrick me calaron hondo y sentí una sensación de plenitud en el pecho.

—Nunca me habían dicho nada tan bonito. No sé ni qué decir…

Merrick sonrió con cierta tristeza.

—Si eso es lo más bonito que te han dicho, tu ex, aparte de ser un cobarde, era un pedazo de imbécil.

Giré el cuerpo hacia él y apoyé la mejilla sobre las manos.

—¿Puedo hacerte una pregunta un poco atrevida?

Arqueó una ceja y respondió:

—Estoy intrigado...

El corazón me latía muy deprisa y negué con la cabeza.

—Bueno, igual es mejor que no te lo pregunte.

—No puedes decirme algo así y ahora echarte atrás. Suéltalo, Vaughn. Tú no eres de las que se andan con rodeos.

—Bueno, es que Kitty me ha dicho que... cree que te atraigo.

Merrick sonrió.

—Mi abuela es una mujer muy sabia.

No esperaba que lo admitiera. Pensé que a lo mejor lo había malinterpretado.

—¿Me estás diciendo que tiene razón?

—Creo que ya sabes la respuesta.

Asentí y aparté la mirada un momento.

—Entonces, ¿por qué no...?

Arqueó la ceja y preguntó:

—¿Por qué no te he hincado el diente?

Me eché a reír.

—Sí.

Merrick deslizó un nudillo bajo mi barbilla y me inclinó el rostro hacia arriba para mirarme a los ojos.

—Porque, aunque pienso que la atracción es mutua, creo que es algo de lo que podrías arrepentirte en el futuro. ¿Me equivoco?

Lo miré fijamente a los ojos.

—No es por ti. Es evidente que tengo problemas de confianza. Por no mencionar que eres mi jefe y me gusta mucho mi trabajo. Además, tú... perdiste a alguien a quien querías. —Negué con la cabeza—. Hay tantas cosas entre nosotros que es normal que esté nerviosa.

Merrick sonrió tristemente.

—Si está predestinado a pasar, te darás cuenta cuando sea el momento.

—¿Cómo sabremos que ha llegado el momento?

Se le oscurecieron los ojos y respondió:

—Supongo que lo sabremos en el momento que te meta la lengua hasta la garganta o, incluso mejor, otra cosa.

Solté una carcajada y le golpeé el pecho a modo de broma. Se sentó en la cama y me ofreció una mano.

—Venga. Más vale que nos vayamos antes de que sea demasiado tarde.

—No pasa nada. Hoy no tiene que venir nadie.

—No lo digo por eso.

—Entonces, ¿por qué tenemos que irnos ya?

—Porque como pase cinco minutos más contigo en la cama, te arrancaré la ropa.

CAPÍTULO 17
Merrick

La mañana siguiente me desperté pronto. La casa de Kitty seguía sumida en la oscuridad y en el silencio, así que no me molesté en ponerme una camiseta para ir al lavabo. Cuando alargué la mano hacia el pomo, la puerta se abrió de repente.

Evie apareció delante de mí, envuelta solo con una toalla. Al momento, se llevó una mano al pecho.

—Mierda. Qué susto me has dado.

—Perdona. No pensaba que hubiera nadie levantado tan pronto.

—Es que quería ducharme antes de que Kitty se despertara, para no molestar. Pero me he dado cuenta de que me he dejado el acondicionador en la maleta.

—¿Te importa que use el baño mientras lo buscas?

Negó con la cabeza y se aseguró de que la toalla estuviera bien sujeta.

—No, claro que no. Adelante.

Al acabar, me encontré a Evie esperando en el pasillo, al otro lado de la puerta. Sin querer, mis ojos escrutaron las curvas de su cuerpo. La toalla solo le cubría hasta la parte alta del muslo y se le ajustaba al torso de tal manera que parecía que se le iban a salir los pechos. Es posible que los ojos se me quedaran clavados en esa zona unos cuantos segundos. Cuando conseguí volver a mirarla a los ojos, me sonrió con complicidad.

—Pervertido.

Alcé las cejas.

—¿Pervertido yo? Estás medio desnuda y ya me has enseñado el culo. De hecho, también te vi en sujetador en el probador. Deberías dejar de insinuarte tanto.

Apoyó una mano en mi pecho y me apartó a un lado de la puerta. Luego se arrimó a mí. Nuestros cuerpos no se tocaban, pero estaban muy cerca. Se puso de puntillas, clavó la mirada en la mía y dijo:

—Estoy segura de que si dejara la puerta entornada te demostraría quién es el pervertido.

Tragué saliva. «Joder». Me moría de ganas de enseñarle lo pervertido que podía ser en ese momento. De hecho, estaba a diez segundos de descubrirlo, porque su carácter estaba haciendo que se me empalmara. Menuda sorpresa se llevaría cuando la erección le rozara el abdomen. Sin embargo, Evie pasó por mi lado hacia el cuarto de baño y movió rápidamente los dedos.

—Sería buena idea que retrocedieras para que pueda cerrar la puerta, pervertido —dijo con una sonrisa.

Gruñí.

—Qué cruel eres.

Tuve que reunir toda mi fuerza de voluntad para apartarme mientras cerraba la puerta. Me quedé en el pasillo unos minutos, cuestionando mi decisión. Por suerte, la voz de mi abuela me alejó de mis pensamientos. Fue como una ducha fría muy necesaria.

—¡Merrick!

Suspiré aliviado antes de entrar en su cuarto.

—Buenos días, yaya. ¿Cómo has dormido?

—Un poco mejor. Me he quitado la bota de las narices.

Negué con la cabeza.

—Te la tienes que dejar para no hacerte más daño.

Le restó importancia con un gesto de la mano.

—Ese pie no me duele. Solo querían ponerme algo más para inflar la factura del seguro.

Miré a mi alrededor en la habitación. Encontré la bota sobre la cómoda, me acerqué y la recogí.

—Por lo menos, póntela antes de levantarte.

Farfulló, pero me dejó que se la pusiera antes de ir a la cocina.

—¿Sigues tomando el café con tanto azúcar como para sufrir un coma diabético? —le pregunté.

Mi abuela se ayudó de las manos para levantar la pierna con la escayola y apoyarla sobre la silla que tenía al lado.

—Es que cuando alguien es tan dulce como yo, tiene que reponer la dulzura como pueda.

Aunque mi abuela era una de las personas más buenas que conocía, «dulce» no era precisamente una palabra que habría usado para describirla.

—Si tu personalidad tiene algo que ver con lo que tomas, me sorprende que no te eches limón en el café —bromeé.

Preparé dos cafés, me senté delante de ella y le acerqué la taza por la mesa.

—Gracias —respondió—. Y dime, ¿qué harás con lo de Everly?

—¿Evie?

Se acercó la taza a los labios.

—Ajá.

—Supongo que regresará a Nueva York después de que te haya visto el médico. Sé que quiere quedarse para ver qué te dicen. Miraré si hay vuelos disponibles para mañana por la mañana.

—No preguntaba por su vuelo, tonto del culo. Preguntaba para saber cuándo vas a mover ficha.

—¿Qué ficha?

—Veo cómo la miras cuando crees que nadie te observa. Una mujer así no tardará mucho en encontrar a alguien, así que deja de perder el tiempo y lánzate de una vez.

«Ay, Dios». Negué con la cabeza.

—No quiero hablar de eso.

—¿Por qué no? ¿Cuánto tiempo hace que no tienes novia? No te estoy hablando de un rollete, sino de una chica guapa con la que hayas salido.

La palabra «rollete» no debería salir por la boca de la abuela de nadie, nunca.

—Es que he estado centrado en el trabajo. Además, Evie no quiere eso.

Mi abuela frunció el ceño.

—La imbécil esa te dejó apañado. Me preocupas, Merrick. Si cierras el corazón en banda, pierdes la oportunidad de querer a alguien.

—Yo no estoy haciendo nada de lo que dices.

—Vale, entonces, sígueme el rollo un momento. ¿Crees que Everly es atractiva?

Suspiré. Sabía que mi abuela no pararía hasta que no le siguiera la corriente.

—Es una mujer preciosa, sí.

—Y tiene un buen pandero.

Solté una carcajada y sacudí la cabeza.

—Sí, también tiene muy buena figura.

—¿Te preguntas a menudo en qué estará pensando?

—Sí, pero es psicóloga, así que ve las cosas de un modo diferente.

—¿Te imaginas un futuro con ella?

No quería dejar a Evie en la estacada y decirle a mi abuela que era ella la que se interponía en lo nuestro, pero no pude evitarlo.

—Abuela, eso no me lo digas a mí. Evie sabe que me gusta.

—Claro que lo sabe. Aunque también ve a un hombre cerrado a sus sentimientos y enfadado con el mundo. Uno que enseguida admite que se siente atraído por ella, pero que cambia de tema en cuanto se menciona la palabra «futuro». Sois dos personas atractivas. La atracción no es el problema, sino el miedo que tenéis al amor.

—Estoy bien, yaya. De verdad. No te preocupes por mí. No me da miedo enamorarme.

La expresión de mi abuela se volvió seria.

—No creo que te dé miedo enamorarte, cariño. Lo que te da miedo es no ser correspondido.

188

—Muchas gracias por acompañarnos. —Sacudí la cabeza mientras conducía—. No habría conseguido que aceptara operarse si no estuvieras aquí. ¿Qué le has dicho cuando ha pedido hablar contigo a solas?

La abuela, Evie y yo nos habíamos reunido con la doctora después de que la hubiera examinado y esta nos había explicado por qué necesitaba una histerectomía. Sin embargo, mi abuela había dicho que todo se curaría solo y que prefería esperar. Entonces, Evie pidió hablar a solas con ella y veinte minutos después, mi abuela había firmado los formularios de consentimiento y había concertado la operación para el miércoles siguiente.

Evie sonrió.

—¿Estás seguro de que quieres saberlo?

Suspiré y respondí:

—Da igual. Pero muchas gracias.

La abuela nos había pedido que la dejáramos en casa de Marvin, así que Evie y yo aparcamos en la entrada.

—De nada —respondió Evie.

Puse el coche en modo aparcar y apagué el motor, pero no me moví para salir.

—Supongo que trabajaré desde aquí hasta que salga del hospital y esté de vuelta en casa. Y tal vez contrate a una enfermera para que me ayude, aunque sé que se enfadará muchísimo.

Evie sonrió.

—Sí. Pero me alegro de que te vayas a quedar. Buscaré un vuelo para esta noche o para mañana por la mañana. No he cancelado las citas de mañana y no quiero que mis pacientes piensen que no son mi prioridad justo ahora que acabo de empezar.

—Dudo que lo hagan. Aun así, lo entiendo.

—¿Te parece bien que vuelva a venir? La operan el miércoles y la doctora ha dicho que pasará dos o tres días ingresada, así que lo más probable es que esté en casa para el viernes o el sábado. Podría venir el fin de semana.

—Estoy seguro de que le encantaría. Aunque te dejo volver con una condición.

—¿Cuál?

—Que me permitas pagarte el vuelo. Y también te pagaré el primero.

—No, no pasa nada. Habría venido a verla incluso si no fueras mi jefe.

—Eso ya lo sé, pero hará que me sienta mejor.

Asintió, pero me pareció que no tenía intención de pasarme la factura, así que pensé que le pediría a Joan que le añadiera una bonificación en la siguiente nómina.

Entramos en casa y, como el mercado estaba abierto ese día, tenía que trabajar y hacer un montón de llamadas. Evie buscó en internet y reservó un billete en un vuelo para el día siguiente a las seis de la mañana. Luego dijo que se iba a la tienda a comprar ingredientes para la cena.

Cuando entré en la cocina, ya eran casi las seis.

—Qué bien huele.

—Estoy haciendo *piccata* de pollo, pero creo que lo que hueles son las galletas.

—Oh, oh. ¿Debería preocuparme que estés haciendo galletas?

Sonrió.

—No, estoy de buen humor. Me ha gustado venir y me alegra que Kitty se encuentre mejor y que la vayan a operar.

—Sí, a mí también.

Evie se giró para mirarme y se apoyó en la isla de la cocina.

—¿Puedo decir algo sin que te ofendas?

—Cuando una conversación empieza así…

Se rio.

—No es nada malo. Solo es una observación.

Crucé los brazos por encima del pecho y me apoyé en la encimera, delante de ella.

—Adelante, dispara.

—Eres una persona muy diferente cuando no estás en la oficina. A veces pareces frío y duro, pero en realidad eres agradable y tierno.

—Hay muchos motivos por los que a los hombres no nos gusta que usen la palabra «tierno» para describirnos.

Evie sonrió.

—Creo que ayudaría mucho que mostraras este lado tuyo, aunque solo fuera muy de vez en cuando.

Bajé la mirada y me quedé callado un momento.

—Puede que se me haya olvidado que tenía este otro lado. A lo mejor volver aquí me ha ayudado a recordarlo.

—Tu abuela es una mujer muy especial y siempre saca lo mejor de todo el mundo.

Alcé la mirada y nuestros ojos se encontraron.

—Sí que es especial. Pero creo que ella no es la causa del cambio.

Evie entreabrió la boca y no pude evitar mirarle los labios durante un buen rato. Cuando, finalmente, me obligué a mirarla a los ojos, me di cuenta de que me observaba del mismo modo que yo la había mirado a ella. Y entonces…

—¡Merrick, ya estamos aquí! —gritó mi abuela desde la otra habitación—. Solo os aviso por si hemos llegado en un mal momento.

Evie y yo nos miramos y sonreímos. No estaba seguro de si la abuela había llegado en un mal momento o justo a tiempo.

CAPÍTULO 18
Evie

Por varios motivos, había esperado toda la semana a que llegara mi paciente del viernes por la mañana. En primer lugar, había muchos más agentes hombres que mujeres y solo había conocido a una agente hasta ese momento. En segundo lugar, Merrick me había dicho que Colette Archwood lo odiaba, así que sentía curiosidad por lo que descubriría en la sesión del día.

Las sesiones con los pacientes duraban cuarenta y cinco minutos; pasamos los cuarenta primeros de la sesión con Colette hablando de cosas triviales para conocerla mejor. Por lo menos hasta ese momento, no había percibido ninguna desavenencia con su trabajo ni con Merrick.

—¿Y cómo acabaste trabajando en Inversiones Crawford? —le pregunté—. Tengo la sensación de que toda la gente con la que he hablado de momento o bien conocía a Merrick o a uno de los agentes.

Colette frunció el ceño.

—Me recomendó una de mis mejores amigas… Amelia Evans.

—Ah.

Colette suspiró.

—Veo que has oído hablar de ella.

Me enorgullecía diciendo que no reaccionaba ni juzgaba durante las sesiones, pero, al parecer, la máscara se me había caído. Sacudí la cabeza.

—Solo sé que fue una de las fundadoras y que falleció.

Colette interfirió, indignada:

—«Falleció». Qué modo más curioso de decirlo.

Fruncí el ceño y pregunté:

—¿No falleció?

—No, no. Sí que está muerta. Pero decir que falleció hace que suene como una muerte... no sé, apacible. Como si hubiera estado enferma, le hubiera llegado la hora y un ángel la hubiera venido a buscar para llevarla a las puertas del cielo.

—¿No estuvo enferma?

Colette negó con la cabeza.

—Murió en un accidente.

—Lo siento.

—Bueno, ya me gustaría que hubiera muerto en el accidente, así a lo mejor habría descansado en paz. Pero estuvo viva durante meses. Fue horrible. Y el hombre para el que trabajas, para el que trabajamos las dos, no le dio ni un minuto de paz.

—¿Merrick también estuvo en el accidente?

—No. Él...

El repiqueteo de las campanas del móvil que señalaba el fin de la sesión nos interrumpió. Lo cogí y apagué la alarma.

—Disculpa la interrupción. Decías...

Pero el momento ya había pasado y Colette se irguió en el asiento.

—Da igual. Con los años he aprendido que tengo que centrarme en los buenos recuerdos que tengo de Amelia y no en su muerte. Era muy buena amiga. Imperfecta, como todos, pero la admiraba y la quería mucho. —Se puso en pie—. Ha sido un placer conocerte. Te deseo mucha suerte en Crawford. Como la terapia es confidencial, te diré que esta será nuestra última sesión. Me voy de la empresa dentro de poco, solo me quedan unas cinco semanas.

—Ah, no tenía ni idea.

Sonrió.

—Porque eres la primera en saberlo. No voy a dar mis dos semanas de preaviso. El día que se me acabe el contrato, será mi último día aquí. He pasado cuatro años esperando ese momento. Bueno, no es cierto, el primer año no odiaba mi trabajo. Creo que contratarte es un paso en la dirección correcta para los trabajadores y aprecio a muchos de ellos. Así que te deseo buena suerte, de verdad. —Me ofreció la mano antes de que dijera nada—. Buena suerte, doctora.

Lo primero que hice al aterrizar fue encender el móvil. Al salir del trabajo, había tomado un vuelo a Atlanta, que se había retrasado unos minutos; para cuando el avión aterrizó en la pista, eran las once. Aunque había tenido un día muy largo, solo me importaba haber completado todas las sesiones de terapia antes de marcharme al aeropuerto a las cinco.

Tenía que recoger el equipaje y pedir un Uber, así que no llegaría a casa de Kitty hasta la medianoche. Lo bueno es que, como seguía ingresada en el hospital, no la despertaría por muy tarde que llegara. Merrick se había ofrecido a recogerme, pero yo había rechazado la oferta porque no quería ser una molestia. Sin embargo, en cuanto encendí el móvil, lo primero que vi fue un mensaje suyo:

Él: Estoy en el aeropuerto. Mándame un mensaje cuando salgas y me paro en la puerta.

Vale… pues parecía que no iba a necesitar un Uber.

Mi maleta no tardó mucho en salir por la cinta transportadora, así que escribí a Merrick para avisarlo de que tardaría un minuto. Al salir, ya me estaba esperando en la acera, de pie, apoyado a un lado del coche deportivo de Kitty. Llevaba una camiseta negra y unos vaqueros. Maldita sea, estaba más *sexy* que nunca.

Me acerqué y él me miró con los ojos entrecerrados.

—¿En qué piensas? Tienes una sonrisa muy traviesa.

—Solo pensaba en lo raro que te queda el coche tuneado de tu abuela.

—¿Qué dices? ¿No me queda bien el deportivo?

Sonreí con suficiencia.

—La verdad es que no.

Merrick tomó mi maleta y la metió en el maletero antes de abrirme la puerta del copiloto.

—Oye, Prius, no seas tan juzgona.

Me abroché el cinturón de seguridad mientras él se subía al coche.

—Ya te había dicho que pediría un Uber, no hacía falta que vinieras tan tarde.

Merrick se encogió de hombros y dijo:

—No me importa. Me haces un favor al venir, así que es lo mínimo que puedo hacer.

—No te estoy haciendo un favor. Kitty es mi amiga.

Me miró y sonrió con franqueza antes de volver a fijarse en la carretera.

—Sé que es tu amiga. Es una de las cosas que me gustan de ti. Tu lealtad.

—Una de las cosas, ¿eh? Eso significa que hay varias.

Merrick soltó una risita.

—¿Qué tal ha ido la semana en la oficina?

—Nadie se ha pegado con nadie, así que parece que tu ausencia tiene un impacto positivo en el nivel de estrés de los trabajadores —bromeé.

—Solo se pegaron en una ocasión.

Sonreí.

—Todo ha estado muy tranquilo. He conocido a mucha gente nueva y un día comí con Will.

—¿Comiste con Will?

—Sí. Me dijo que había pedido la comida china de siempre, pero que también le habían puesto lo tuyo, así que le sobraba. Veo que os conocen muy bien.

—¿Y cómo fue?

—¿La comida con Will? Lo pasamos bien. Siempre me hace reír.

Merrick había tenido una sonrisa en el rostro desde que había llegado, pero ahora su expresión se había vuelto seria. Tenía

195

los labios apretados y parecía celoso. No pude evitar tomarle el pelo.

—Will está soltero, ¿verdad?

Se le tensó la mandíbula.

—Depende del día de la semana. ¿Por?

Me encogí de hombros.

—Curiosidad.

Entrecerró los ojos.

—Yo ni me lo plantearía.

—¿El qué?

—No es buena idea que te enamores de Will.

Por cómo tensaba la mandíbula, era evidente que estaba enfadado.

—Ay, ¿acaso hay una norma que impida salir con los compañeros de trabajo? Me leí el manual de arriba abajo y pensaba que solo estaban prohibidas las relaciones entre un superior y un subordinado. Como nosotros, por ejemplo.

Vi que Merrick apretaba con fuerza el puño con el que agarraba el volante.

—Will no quiere nada serio.

—A lo mejor yo tampoco. De hecho, llevo mucho tiempo sin hacerlo y un rollo de una noche suena bastante bien.

No pude seguir conteniendo la risa. Merrick tenía el rostro rojo. Estaba muy enfadado y el trayecto a casa de Kitty, que había empezado con un ambiente alegre y poco serio, ahora se había vuelto tenso y silencioso. Me sentí mal y dejé la broma. Entre risas, añadí:

—Te estoy tomando el pelo. No veo a Will de esa manera.

—¿Y por qué has dicho todo eso?

—Me ha parecido gracioso porque te estabas poniendo de mal humor. ¿Acaso estás… celoso?

Merrick se aclaró la garganta.

—No.

Sonreí.

—Ya.

—¿Por qué iba a estarlo?

—No lo sé. Dímelo tú.

—Creo que has malinterpretado la situación.

—Ya.

Merrick puso cara de exasperación, pero había relajado la mano del volante.

—¿Qué tal está Kitty? —pregunté.

—La enfermera me ha dicho que justo antes de que le pusieran la anestesia, le preguntó al médico si podía volver a dejarla como a una virgen de quince años.

Me tapé la boca y rompí a reír.

—Está como una cabra.

—Supongo que resulta más divertido si no es tu abuela.

—Seguro que sí, pero cuando hablé con ella, parecía estar muy bien. Aunque, sin duda, está muy nerviosa por volver a casa.

Merrick asintió.

—Ojalá la dejaran ingresada más tiempo. Lo más probable es que le den el alta mañana por la mañana.

Llegamos a casa de Kitty pasadas las doce. El lugar estaba a oscuras, a excepción de la luz que provenía del pasillo y que iluminaba la sala de estar.

Merrick lanzó las llaves al cuenco del mueble al lado de la mesa y puso los brazos en jarras.

—¿Te vas a acostar ya? Voy a tomarme una copa de vino antes de irme a la cama, ¿te apetece acompañarme?

Dejé el bolso y respondí:

—Me encantaría.

No encendimos ninguna luz más, así que, cuando nos sentamos juntos en el pequeño sofá con la poca luz que había y el vino, fue un momento íntimo. Recorrí el borde de la copa con el dedo y pensé en el tiempo que hacía que no disfrutaba de esa sensación.

—Gracias otra vez por recogerme —le dije.

Merrick sonrió.

—Un placer.

Ladeé la cabeza.

—Hemos avanzado mucho desde que nos conocimos, si consideras que es un placer disfrutar de mi compañía.

Volvió a sonreír.

—Eso parece.

Di un trago al vino y miré fijamente la copa.

—¿Quieres que te cuente un secreto?

—¿Luego tendré que confesarte yo algo?

Reí.

—No.

—Entonces, sí.

—Antes me ponías nerviosa. —Me encogí de hombros—. No solo en la entrevista, antes de saber si me habías reconocido o no. Me refiero a incluso después de eso.

—¿Por qué?

—Supongo que porque quería demostrarte que te equivocabas, que no soy una incompetente. Y una parte de mí no estaba convencida de poder hacerlo.

—Se te da bien tu trabajo. Ya me has dicho cosas que puedo hacer para mejorar el ambiente en la oficina y todo el mundo te adora.

—Gracias. Siento que vuelvo a ser buena en lo mío. No me había dado cuenta de lo mucho que lo sucedido estos últimos meses había hecho mella en mi seguridad. Es comprensible que descubrir que tu prometido te pone los cuernos te haga poner en juicio tus relaciones y al sexo opuesto, pero me afectó en muchos más aspectos. Me hizo dudar de cosas que antes tenía por seguras, como mis habilidades profesionales o la capacidad de tomar decisiones simples. Creo que sentí que, si había estado tan convencida de mi relación para casarme con esa persona, ¿en qué más me estaría equivocando? ¿Me explico?

—Sí. —Merrick se quedó callado un minuto—. Entonces, ¿ya no te pongo nerviosa?

Negué con la cabeza.

—No mucho.

Me guiñó un ojo y respondió:

—Tendré que esforzarme más.

Sonreí y le dije:

—Ve a por todas, jefe.

Merrick soltó una risita. Se inclinó y se quitó los zapatos antes de apoyar los pies sobre la mesilla de centro.

—¿Con quién has tenido sesión esta semana?

Recité los nombres al repasar mentalmente la agenda de la semana; sabía que había tenido dieciséis sesiones, así que conté con los dedos. Al llegar al número catorce, me llevé el índice al labio e intenté recordar quién me faltaba.

—Ah, ya sé. Me había dejado a John McGrath. Fue la primera sesión que tuve al volver. Y Colette Archwood ha sido mi última sesión hoy antes de venir.

Merrick frunció el ceño y preguntó:

—¿Cómo ha ido con Colette?

El secreto profesional me impedía contarle que sus días en Inversiones Crawford estaban contados o lo que me había dicho de él y Amelia, así que respondí vagamente:

—Pues se ha mostrado muy abierta y cercana.

Merrick agachó la cabeza.

—Madre mía. Si se ha abierto contigo, supongo que debo agradecerte que hayas venido de todos modos.

Sonreí y di otro trago al vino.

—Me comentaste que crees que te odia.

—No lo creo, lo sé. Sobre todo porque me lo ha dicho. Si no recuerdo mal, fue justo antes de que me escupiera en la cara.

Puse los ojos como platos.

—¿Te escupió en la cara? ¿O te refieres a que estaba tan enfadada que te escupió al hablar?

Merrick negó con la cabeza.

—Me escupió. Se aseguró de expectorar antes y todo.

—¿Y sigue trabajando para ti? ¿Es por el contrato?

—En todos los contratos de mis trabajadores hay una cláusula de insubordinación que me permite despedirlos si son poco profesionales o irrespetuosos.

—Entonces, ¿por qué no la despediste?

—Es complicado. Por aquel entonces, teníamos las emociones a flor de piel. Ella era muy amiga de mi ex y no conocía toda la información sobre lo que pasaba. Créeme, me moría de ganas de despedirla. Pero como lo que hizo no tuvo nada que ver con los negocios, ni siquiera ocurrió en la oficina, esperé a ver cómo se comportaba la próxima vez que la viera en el trabajo. Ni siquiera sabía si se presentaría en la oficina al día siguiente, pero sí que fue a trabajar. Mostró una actitud gélida, aunque hizo su trabajo, y se le da muy bien. Yo pasé meses absorto con otras cosas y no le di importancia. Para cuando volví a ser yo mismo, Colette y yo habíamos caído en la rutina de ignorarnos y solo hablábamos para lo justo y necesario. Nos separa un nivel jerárquico, así que no necesitamos interactuar a menudo.

Hizo una pausa y bajó la mirada durante un largo rato.

—Mi ex, Amelia, sufrió un accidente. Pasó una larga temporada en el hospital y Colette no estuvo de acuerdo con las decisiones que fui tomando con el paso del tiempo.

Asentí.

—Lo siento. He oído que tuvo un accidente, pero no conocía los detalles. Debió de ser muy difícil.

Merrick asintió y se bebió de un trago lo que le quedaba en la copa.

—¿Quieres un poco más?

—No, gracias. Ya me he tomado dos copas en el avión. Como beba más, me despertaré con dolor de cabeza.

—Qué poco aguante tienes. —Sonrió y se volvió a servir vino.

Cuando se sentó, parecía ausente. Tenía la mirada perdida y una expresión seria. Al cabo de un rato, se bebió media copa y se giró para mirarme.

—¿Te cuento un secreto yo?

Me froté las manos y respondí:

—Por supuesto. Me encantan los secretos. Mi madre siempre dice que por eso me hice psicóloga.

Merrick sonrió y dijo:

—Bueno, no te vengas arriba. Mi secreto no es tan emocionante.

—Quiero saberlo igualmente.

—Puede que mi opinión en contra de contratar un psicólogo estuviera más sesgada de lo que admití al principio.

—¿Y eso?

—Antes del accidente, Amelia y yo habíamos tenido algunos problemas, y fuimos a terapia un par de veces. No nos fue bien, así que puede que por eso tuviera prejuicios.

—Vaya. Vale. Bueno, tiene sentido. Si la terapia no fue bien, es normal que pensaras que era una pérdida de tiempo.

Merrick asintió.

—Gracias por contármelo.

Sonrió con cierta tristeza.

—Agradéceselo a Kitty.

—¿Te animó a contarme que habías estado en terapia?

Bajó la mirada a la copa.

—Algo así.

Se me pasaban muchas preguntas por la mente. Como por ejemplo, ¿por qué fueron a terapia? ¿Qué decisiones le parecieron mal a Colette después del accidente de Amelia? Sin embargo, como no estaba segura de cuánto tiempo se mostraría tan abierto, y por si era la última pregunta que me respondía, decidí plantearle lo que más curiosidad me causaba.

—Espero que no te moleste que me entrometa, pero ¿puedo preguntarte cómo murió Amelia? ¿Qué clase de accidente tuvo?

Merrick se frotó la nuca.

—Falleció después de un accidente de avioneta. Estaba tomando clases para sacarse la licencia de piloto de aeronave ligera.

—Madre mía. Qué horror. Y tú no estabas con ella, ¿no?

Se terminó el vino y se quedó en silencio un buen rato antes de dejar la copa en la mesa y negar con la cabeza.

—No, yo no estaba con ella, pero el que sí estaba con ella era el tío con el que se acostaba.

CAPÍTULO 19

Merrick

Tres años antes

—¿Cuándo veré a mi pequeña Amelia Earhart en acción? —Le rodeé la cintura a Amelia con los brazos.

Se estaba preparando para ir a la clase de vuelo que tomaba todos los sábados desde hacía unos meses.

—Me pondrás nerviosa.

Fruncí el ceño.

—Eso no es cierto. Ni siquiera tienes el gen que hace que la gente se ponga nerviosa.

Amelia se escabulló de entre mis brazos, tomó una gorra antes de colocarse delante del espejo, se la puso y se pasó la coleta por el agujero.

—Eres una distracción y tengo que concentrarme.

Podría haber dicho algo, porque los dos sabíamos que mentía. Desde que nos habíamos mudado juntos el año anterior, parecía que Amelia había empezado a hacer todo tipo de actividades y ninguna me incluía a mí. Antes de las clases de aviación habían sido el paracaidismo y la escalada, y antes de eso se había pasado los fines de semana de un lado al otro en torneos de póquer. Siempre había sido muy atrevida y una adicta a la adrenalina, pero esto era otra cosa.

—No te pongas de morros. —Se acercó y me agarró la camiseta con los puños—. ¿Por qué no haces caso a la psicóloga y te buscas un pasatiempo?

—¿Por qué no haces caso a la psicóloga y pasas más tiempo conmigo?

Puso los ojos en blanco.

—Pasamos ochenta horas a la semana juntos en la oficina y viviendo juntos.

—Pero eso no es pasar tiempo juntos. Eso es porque somos compañeros de trabajo y de piso.

Se puso de puntillas y colocó los labios sobre los míos.

—Tu compañera de piso ha dejado que la despiertes esta mañana metiéndosela.

Iba a recordarle que había sido la única vez en dos semanas que lo habíamos hecho y que solo estaba con ella cuando la despertaba, o cuando hablábamos de transacciones en la oficina, pero la psicóloga nos había dicho que evitáramos las confrontaciones innecesarias, así que me mordí la lengua e intenté ser positivo.

—¿Qué te parece si cenamos juntos esta noche?

—No creo que vuelva hasta las siete.

—No pasa nada. Tengo mucho trabajo en el despacho. Haré una reserva a las ocho en el restaurante italiano en el que pedimos aquella comida que te gustó tanto el otro día.

Asintió.

—Vale. Nos vemos allí directamente, por si llego tarde.

Le di un beso en la frente.

—Me parece perfecto. Ve con cuidado. Y no te rebeles contra tu instructor como haces siempre con tu socio.

Finalmente, sonrió.

—Lo intentaré, pero no te prometo nada.

—¿Quiere otro cóctel, señor?

Moví el hielo en el vaso vacío.

—Vale, ¿por qué no? Al parecer, necesito una distracción.

El camarero sonrió y asintió. Cuando se alejó, miré el móvil por décima vez: eran las ocho y treinta y cinco y no tenía ninguna llamada perdida. Amelia me había mandado un mensaje sobre las cinco y media, justo antes de comenzar la clase. Me había dicho que empezarían un poco tarde y que nos veíamos directamente en el restaurante. Pero, incluso aunque hubiera despegado a las seis, la sesión duraba cuarenta y cinco minutos y habría tenido tiempo de llegar a las ocho.

Quince minutos después, ya me había acabado la segunda bebida, seguía sin tener señales de ella y, cuando la llamaba, me saltaba el contestador, así que levanté la mano para que viniera el camarero.

—Lo siento. Parece que la persona a la que estoy esperando no va a venir a cenar.

—No pasa nada. ¿Quiere pedir usted?

Negué con la cabeza y respondí:

—Traiga la cuenta, por favor.

Asintió.

—Por supuesto.

Tras firmar el recibo, saqué efectivo de la cartera y le dejé una propina que cubría de sobra la hora que había perdido. Cuando me puse en pie, me sonó el móvil.

—Ya era hora —gruñí.

Pero al mirar la pantalla, vi que no era el número de Amelia. Como la llamada era local, respondí de todos modos.

—¿Diga?

—Hola, ¿es usted el señor Crawford?

—Sí. ¿Quién es?

—Me llamo Lucy Cooper. Soy enfermera de urgencias del Memorial Hospital.

Me quedé helado.

—¿Del hospital? ¿Le ha pasado algo a Amelia?

—Siento comunicarle que ha sufrido un accidente.

—¿Qué clase de accidente? ¿Está bien?

—La señorita Evans ha tenido un accidente de avioneta. Me temo que sus condiciones son muy graves, señor Crawford.

Se me hizo un nudo en la garganta que me dificultaba el habla.

—Voy para allá.

—¿Puede decirme dónde está Amelia Evans?

Le había pagado quinientos dólares extra al conductor del Uber para que se saltara todos los semáforos que pudiera y me llevara lo antes posible al hospital.

La mujer detrás del cristal frunció el ceño.

—¿Qué relación tiene usted con ella?

—Soy su prometido.

Asintió.

—Yo estaba aquí cuando llegó. Creo que la han llevado arriba. Deje que lo compruebe.

Desapareció y volvió al cabo de un minuto.

—¿Puede enseñarme alguna identificación, por favor?

Saqué la cartera y le pasé el carné de conducir por la ranura que había en la parte baja del cristal. La mujer lo examinó y me lo devolvió.

—Gracias. La señorita Evans está arriba, la están preparando para llevarla a quirófano. Pero el caballero que ha venido con ella ha dicho que era su marido. Los dos han llegado en la ambulancia y él ha entrado directamente con ella, así que no le he pedido identificación ni nada.

Fruncí el ceño.

—Amelia no está casada.

La mujer sonrió, apesadumbrada.

—A veces, la gente miente para que no los echen, porque no son familiares. Pero usted consta en nuestro sistema como el familiar más cercano de la señorita Evans. Lo tenemos en un documento de un ingreso previo por una operación.

Asentí.

—El año pasado, cuando tuvo apendicitis.

—Bueno. —Señaló a la izquierda—. Pase por la puerta. Le abriré desde aquí. Luego cruce el pasillo y vaya hacia el ascensor. Suba al quinto piso. Las enfermeras de la planta de cirugía lo pondrán al corriente de su estado.

—Gracias.

Vi un gran escritorio justo al salir del ascensor, así que me acerqué y esperé a que la mujer con uniforme azul acabara de hablar por teléfono. Cuando colgó, no pude siquiera esperar a que me viera.

—He venido a ver a Amelia Evans. La enfermera de urgencias me ha dicho que iban a llevarla a quirófano. ¿Puede contarme alguien qué ha pasado?

—¿Y usted es...?

—Su prometido, Merrick Crawford.

La enfermera miró hacia la sala de espera. Había un hombre solo. Tenía la cara apoyada en las manos y se tiraba del pelo.

—Entonces, ¿ese quién es?

Volví a mirar al chico, que esta vez levantó la mirada. Nuestros ojos se encontraron y su expresión cambió en cuanto me reconoció. Él era el único que entendía lo que pasaba. Me giré hacia la enfermera y le dije:

—No tengo ni idea de quién es.

El hombre se levantó y se acercó. Parecía indeciso.

—Soy el profesor de aviación de Amelia, Aaron. —Se giró hacia la enfermera—. Él es el prometido de Amelia.

La enfermera frunció el ceño y negó con la cabeza.

—¿Me pueden mostrar algún documento de identificación, por favor?

Volví a sacar el carné de conducir del bolsillo mientras el chico a mi lado negaba con la cabeza.

—No llevo nada encima. Siempre dejo la cartera y el móvil en la taquilla cuando doy clases.

La enfermera lo ignoró. Escribió algo en el ordenador y sus ojos fueron rápidamente de la pantalla a mi carné.

—Lo siento, señor Crawford. Parece que ha habido un error.

—Me da igual. No me importa. ¿Puede decirme cómo está Amelia?

Asintió.

—Por supuesto. —Empezó a hablar, pero entonces se calló y miró al instructor de Amelia—. ¿Nos disculpa, por favor?

—Ah… sí, claro.

Aaron volvió a la sala de espera y la enfermera bajó la voz.

—¿Qué sabe?

Negué con la cabeza y respondí:

—Nada en absoluto.

Asintió.

—De acuerdo. Bien, han traído a la señorita Evans porque ha tenido un accidente de avioneta. Ha sufrido daños muy graves en el cráneo y la columna vertebral. Padece lo que se conoce como una factura en bisagra, básicamente, una fractura en el cráneo. Los compañeros que la han traído nos han dicho que la parte superior del avión se ha roto por el impacto, así que puede que eso causara la fractura.

Me pasé una mano por el pelo.

—Dios mío. ¿Se recuperará?

La expresión de la enfermera era solemne.

—El impacto le ha causado inflamación en el cerebro y los médicos están trabajando para controlarla. Las próximas horas serán críticas. También se ha roto unas cuantas vértebras, pero los doctores se ocuparán de ello en cuanto consigan detener la inflamación.

—¿Cómo que en cuanto consigan detenerla? ¿Y qué pasa si no pueden?

La enfermera sacudió la cabeza.

—Es fundamental que la detengan, señor Crawford.

A partir de ese momento, todo me pareció un sueño. La enfermera seguía hablando, pero lo que decía flotaba por el aire a mi alrededor, y yo no entendía nada. Cuando acabó, me examinó el rostro.

—¿Está bien?

Negué con la cabeza.

—¿Cuánto tiempo estará en el quirófano?

—No lo sabemos, pero está en las manos de un equipo médico excelente. Ha entrado hace apenas unos minutos. Dentro de un rato iré a comprobar si me actualizan sobre su estado, ¿de acuerdo?

Asentí.

—De acuerdo. Gracias.

Señaló hacia la sala de espera.

—¿Por qué no se sienta? La señorita Evans llevaba varias joyas y objetos personales cuando ha llegado. Se lo hemos quitado todo por si se le hinchaban las articulaciones. Iré a buscarlos a la caja fuerte de los pacientes, se los traeré y podrá firmar el formulario de recogida. También tengo algunos documentos que deberá rellenar por ella.

—Vale.

Aunque me había dicho que me sentara, me quedé delante del escritorio una vez hubo desaparecido. Intenté comprender lo que había pasado. Al cabo de un rato, recordé que el instructor de vuelo de Amelia estaba allí. A lo mejor me podría contar más cosas, así que me acerqué a él. Sin embargo, cuando fui a preguntarle, la enfermera se acercó con una bolsa de plástico y un portapapeles con documentos. Bajó la mirada y levantó la primera página.

—A ver, aquí pone que le hemos quitado dos collares y un anillo de compromiso. —Me ofreció la bolsa—. Necesito que compruebe los objetos y que firme al final de la hoja.

Asentí.

—De acuerdo.

Me dio el portapapeles, un bolígrafo y la bolsa. Firmé y le devolví los documentos antes de mirar en la bolsa.

—Gracias. —Asintió.

Se alejó y yo levanté el lote para ver qué contenía. Había dos collares que identifiqué de inmediato. Sin embargo, el anillo de compromiso no era suyo.

La enfermera casi había llegado al escritorio, así que la llamé:

—Espere un momento.

Se volvió hacia mí y me preguntó:

—¿Ocurre algo?

Negué con la cabeza.

—Este anillo de compromiso no es suyo.

Frunció el ceño.

—Se lo quité yo misma.

—Pues no es su anillo de compromiso.

El instructor de vuelo se puso en pie.

—Sí que es el anillo de Amelia. —Frunció el ceño—. Pero no es el que le diste tú. Ese es mío.

CAPÍTULO 20

Evie

El sábado por la mañana me desperté más tarde de lo que me habría gustado. Merrick ya se había duchado y vestido, y se estaba tomando un café cuando entré en la cocina. Levantó la taza y me sonrió.

—Buenos días, dormilona.

—No me creo que sea tan tarde. Son casi las siete y media. ¿Por qué no me has despertado? Podrían darle el alta a Kitty a partir de las ocho.

—Ha llamado esta mañana. Anoche tuvo fiebre, así que le van a hacer unos análisis de sangre para cerciorarse de que no es una infección. —Sacudió la cabeza—. Aunque le den el alta hoy, te aseguro que no será tan pronto. Por eso no he querido despertarte.

—Oh, no. Eso es malo. Las infecciones posoperatorias pueden ser muy graves.

Asintió.

—Ha tenido una fiebre baja, sin llegar a los treinta y ocho grados. La enfermera cometió el error de decirle a Kitty que algunos pacientes se van a casa aun teniendo unas décimas, pero que normalmente la gente de su edad se tenía que quedar para controlar la fiebre.

Me eché a reír y me tapé la boca con la mano.

—Mierda. Y supongo que ahora la enfermera lleva una escayola a conjunto con la suya.

—No me sorprendería.

210

Me senté a la mesa delante de Merrick. Bajó la mirada a mis pechos y los contempló unos segundos, así que yo también me los miré. «Mierda». No me había acordado de ponerme un sujetador. Hacía calor en la habitación, pero la ventana de la cocina estaba abierta de par en par y el cambio de temperatura había hecho que se me marcaran los pezones por debajo de la camiseta.

Merrick se aclaró la garganta y apartó la mirada.

—Bueno, Kitty me ha pedido que te pregunte si puedes llevarle pan de mono. No tengo ni idea de qué es, pero me ha dicho que tú lo sabrías.

Sonreí. Era la especialidad de mi abuela. Era como un pan con canela, pero en forma de pastel. Mi abuela lo preparaba en panecillos y los cubría con un glaseado de azúcar con canela. No son muy saludables, pero a todo el mundo les encantaban, sobre todo a Kitty.

—¿Y dónde los podemos comprar?

—Los hago yo. —Me levanté y me dirigí hacia el frigorífico—. No se tarda mucho. Si tiene todos los ingredientes, puedo preparar los bollos y darme una ducha mientras se hornean. —Empecé a sacar todo lo que necesitaba—. Creo que solo tiene un envase de mantequilla y voy a necesitar más.

—Hazme una lista e iré a comprar.

—¿No te importa?

—Claro que no.

—Vale. —Busqué por los armarios y apunté en un papel las tres cosas que necesitaba—. Me ducharé mientras vas a comprar y así ahorro tiempo.

Asintió.

—Buena idea.

Al cabo de un rato, volvíamos a estar juntos en la cocina. Mezclé los ingredientes de los bollos en un cuenco y empecé a batirlos.

—¿Puedo hacerte una pregunta?

—No.

Me giré para mirarlo. Sonreía.

—He aprendido que cuando me preguntas cosas, tu intención es colarte en mi cabeza.

—Creo que exageras.

Dio un trago a su segunda taza de café.

—No exagero, pero lo decía de broma. ¿Qué quieres saber?

—Anoche dijiste que habías tenido una mala experiencia con la terapia. ¿Por qué dirías que no funcionó? No lo pregunto para meterme en tus asuntos, sino para entender tu experiencia desde un punto de vista médico.

Merrick acarició el borde de la taza de café.

—Creo que no se puede arreglar algo que un paciente no cree que esté roto.

—¿Hablas por Amelia o por ti?

Se encogió de hombros.

—Pues no lo sé. Es cierto que fui yo quien propuso ir a terapia de parejas, pero pensaba que no la necesitábamos. Lo sugerí porque creí que Amelia necesitaba ayuda. Era una de esas personas a las que no te podías acercar ni conocer demasiado. Había construido un muro a su alrededor tras el que se escondía. Supongo que pensé que ir al psicólogo la ayudaría a derruirlo o algo.

—¿Ella se mostró receptiva a la terapia?

Merrick negó con la cabeza.

—Con el tiempo me he dado cuenta de que los dos íbamos por el mismo motivo: ella pensaba que era yo el que necesitaba un psicólogo.

—¿Creía que te pasaba algo?

—Del mismo modo que yo no lograba entender por qué Amelia no me dejaba acercarme a ella, ella no comprendía por qué motivo quería hacerlo.

Asentí.

—Normalmente, es mala señal cuando una pareja va a terapia de parejas con la esperanza de cambiar al otro. Tienes que ir concienciado de que te va a venir bien.

Merrick inclinó la taza hacia mí.

—Y por eso me oponía a que mis trabajadores tuvieran que ir a terapia. Tienen que creer en ella y querer que funcione.

—Eso es verdad. Aunque lo que intentamos en la oficina no se aleja tanto de lo que se hace en la terapia de parejas. Si entiendes que los directivos son la otra persona en la relación con el empleado, el objetivo es que las dos partes reconozcan sus errores y que hagan cambios para que no se repitan. Y, como en la terapia de parejas, si uno de los miembros piensa que todo es culpa del otro y espera que sea este quien cambie, no funcionará.

Merrick asintió.

—Vale. Lo pillo. Intentaré mostrarme más dispuesto. ¿Puedo preguntarte algo yo?

—Oh, oh. ¿Vas a intentar meterte en mi cabeza?

Merrick sonrió.

—He aprendido de la mejor.

Terminé la mezcla para los bollos y empecé a servir porciones en una bandeja para magdalenas.

—¿Qué quieres preguntarme?

—Parece que siempre entiendes el estado mental de la gente con facilidad. Pero ¿no te diste cuenta de lo que pasaba con tu prometido?

Negué con la cabeza.

—¿Conoces la expresión «en casa del herrero, cuchillo de palo»?

Merrick se rio.

—Ya veo.

—Al fin y al cabo, los psicólogos también somos humanos. Nos preparamos para ayudar a los otros y buscar en ellos ciertas cosas, pero a veces no examinamos nuestras relaciones como deberíamos.

—¿Cómo se aprende a confiar otra vez después de lo que te pasó?

—¿Lo preguntas por mí o por ti?

Merrick se encogió de hombros.

—No tengo ni idea, doctora.

Sonreí.

—Creo que el amor siempre conlleva riesgos. Pero cuando llega la persona indicada, sentimos que vale la pena jugársela.

Merrick me miró fijamente a los ojos. El corazón me latía a mil por hora y tenía una sensación rara en el estómago. Entonces, le sonó el móvil. Bajó la mirada y dijo:

—Es mi abuela. Querrá asegurarse de que te he pedido el pan de mono.

Deslizó el dedo por la pantalla y se acercó el teléfono a la oreja sin dejar de mirarme.

—Hola, yaya, ¿qué tal? —Sonrió—. Sí, lo está haciendo.

Me di media vuelta para meter la bandeja en el horno y programé el temporizador. La magia del momento se había roto, pero era mejor así. A Merrick tampoco parecía hacerle mucha ilusión retomar el tema después de colgar.

—Voy a vestirme ahora que el pan ya está en el horno —dije.

Asintió.

—Tengo que hacer un par de llamadas antes de ir al hospital. Las haré aquí y así controlo el temporizador.

—Gracias.

Cuando regresé, Merrick hablaba por teléfono con Will y tenía la nariz enterrada en unos gráficos tras la pantalla del ordenador.

—Vale, me parece bien —dijo—. El lunes ve poco a poco para que no salten las alarmas de los que nos vigilan y no empiecen a comprar porque sí, sin saber los motivos. —Se quedó callado—. No lo sé. Hoy me dirán si le dan el alta. Quiero ver cómo se encuentra una vez esté en casa. Ayer le comenté que le pondría una enfermera cuando me marchara y me dijo que ya nos podíamos ir tanto yo como la enfermera. Así que ya veremos…

Oí que Will hablaba otra vez y los ojos de Merrick se posaron sobre mí.

—No seas cerdo. Adiós, Will.

Solté una risita y él colgó el teléfono.

—Parece que la conversación ha dado un giro inesperado.

Merrick movió la cabeza de un lado al otro.

—Es uno de los inconvenientes de trabajar con un amigo. Que no sabe cuándo una conversación es estrictamente profesional.

Abrí la puerta del horno, saqué el pan de mono y lo dejé sobre la encimera para que se enfriara.

—Joder, qué bien huele —dijo Merrick.

—¿Quieres un trozo?

—Ya te digo.

Corté un pedazo para cada uno y los llevé a la mesa.

—Calientes son mejores que un orgasmo.

Los ojos de Merrick resplandecieron con picardía antes de morder el postre.

—Dicho así parece un reto, doctora Vaughn.

—Ah, doctor —dijo Kitty—, esta es la chica de la que le he hablado esta mañana.

Me giré hacia el médico y le sonreí. Vaya. «Madre mía». Los otros días que había estado en el hospital, no había visto doctores tan guapos, eso seguro.

Sonrió y sus dientes perfectos resplandecieron cuando me tendió la mano.

—Eres psicóloga, ¿no?

Se la estreché.

—Sí.

—La señora Harrington me ha comentado que estudiaste en Emory.

—Así es.

Kitty apoyó la mano sobre el brazo del hombre.

—Te he dicho que me llames Kitty.

El doctor sonrió y asintió antes de volver a centrarse en mí.

—La señora… digo, Kitty y yo hemos deducido que debiste de empezar allí el semestre después de que yo me graduara.

Sí, porque me acordaría de él si lo hubiera visto por la universidad.

—El doctor Martin está soltero, querida —comentó Kitty—. Estuvo a punto de estudiar psiquiatría. Y le gusta ir de caminata. Le he comentado que tienes unos terrenos y lo de tus Airbnb. Deberíais ir a tomar un café cuando tenga un descanso. Seguro que tenéis mucho en común.

—¿Y te ha examinado en algún momento? —preguntó una voz seria detrás de mí—. ¿O estaba demasiado ocupado usando a su paciente de celestina?

«Ay, no». Merrick tenía una mirada asesina. Tenía los ojos entornados, la mandíbula tensa y los brazos cruzados por encima del pecho.

Lo fulminé con la mirada, pero me ignoró, así que negué con la cabeza y le dije al doctor:

—Disculpe.

El doctor nos miró a uno y después al otro y asintió brevemente.

—Centrémonos en el estado de la señora Harrington, ¿de acuerdo?

Durante los siguientes quince minutos, el doctor nos puso al día sobre el estado de Kitty después de la operación, sus constantes vitales y lo que habían hecho para descartar las posibles causas de la fiebre.

—No es raro tener unas décimas de fiebre después de una operación tan importante como la de la señora Harrington. Lo más probable es que fuera una reacción inflamatoria al tejido dañado y a la exposición a los materiales externos que se usan en la operación. Por lo general, se calma en los primeros días. Sin embargo, como se rompió el tobillo, lleva una escayola y no puede moverse demasiado, corre el riesgo de sufrir trombosis venosa profunda, y este tipo puede producir febrícula. Le hemos hecho una ecografía para descartarlo, pero, aun así, la dejaremos ingresada uno o dos días más para tenerla controlada y repetirle la prueba antes de darle el alta, para cerciorarnos.

Asentí.

—Tiene sentido.

El doctor le sonrió a Kitty y dijo:

—Que quede claro que esto no tiene nada que ver con la edad. Le recomendaría lo mismo a un paciente de treinta años.

Me reí y entendí que Kitty ya le había cantado las cuarenta.

—Gracias por la aclaración.

El doctor Martin nos miró a los tres y preguntó:

—¿Tienen alguna duda?

Me giré hacia Kitty y Merrick, que, aunque seguía enfadado, negó con la cabeza.

—Todo claro. Gracias.

El doctor saludó a Kitty con la cabeza.

—Volveré antes de que acabe mi turno para ver cómo está.

Kitty pestañeó de forma coqueta.

—Gracias, doctor.

Cuando se fue, Kitty se abanicó con la mano.

—¡Ay, si tuviera veinte años menos!

Merrick arqueó una ceja.

—¿Veinte?

Lo miró con los ojos entrecerrados.

—Me va a doler más de lo normal darte una patada con la escayola.

Solté una risita.

—Siento que no vayas a poder volver a casa hoy como esperabas. Pero están siendo muy rigurosos y te están cuidando muy bien.

—Sí, sobre todo el doctor —farfulló Merrick.

Los ojos de Kitty resplandecieron.

—¿Le pasa algo a mi nietecito bonito?

—Hace mucho calor —masculló—. Me voy a la cafetería a por una bebida. ¿Queréis algo?

—No, gracias —respondí.

Kitty apenas esperó a que Merrick saliera por la puerta para decir con una sonrisa retorcida:

—Está pilladísimo.

CAPÍTULO 21
Evie

—Deberíais marcharos —dijo Kitty—. Lleváis aquí todo el día.

Merrick levantó la mirada del periódico que estaba leyendo.

—Las visitas se acaban en quince minutos.

Kitty señaló su iPad, que estaba en la mesa auxiliar junto a la cama.

—Ah, entonces tengo tiempo de sobra para enseñaros el árbol genealógico actualizado…

Merrick dobló el periódico y se puso en pie.

—Aunque, ahora que lo dices, creo que es mejor que nos vayamos antes de que nos echen.

Me reí al ver la sonrisa de satisfacción de Kitty. Era una experta en buscarle las cosquillas a su nieto.

Me levanté y dije:

—Yo me voy mañana por la tarde, pero vendré a verte por la mañana. El vuelo no sale hasta las cuatro.

—No vengas muy pronto, cariño. Aprovecha para dormir. Agradezco mucho que hayas venido.

Me incliné y le di un abrazo, luego me aparté para que Merrick le deseara buenas noches.

Hacía una noche preciosa cuando salimos del hospital. El aire era cálido y seco para finales de verano en Atlanta. Al llegar al deportivo de Kitty, se me ocurrió algo.

—¿Podemos descapotar el coche? Nunca me he montado en un descapotable.

—¿En serio? —preguntó Merrick.

—Nunca.

Se encogió de hombros y dijo:

—Vale.

Me sorprendió que abrir el capó fuera tan fácil como pulsar un botón. Antes de que saliéramos del aparcamiento, ya me había enamorado de la sensación que me producía el aire al despeinarme. Levanté las manos en el aire y dije:

—Es una pasada.

Merrick me miró.

—Es fácil complacerte.

Giró a la izquierda, luego a la derecha y nos incorporamos a la autopista. Íbamos muy rápido. Eché la cabeza hacia atrás y contemplé el cielo oscuro con la melena al viento.

—¿Tienes hambre? —gritó Merrick por encima del ruido del viento.

—Muchísima. ¿Podemos comprar algo de comida basura?

Sonrió.

—Lo que quieras. ¿Te apetece algo en especial?

—¿Qué te parece si vamos al Wendy's?

Entrecerró los ojos.

—Genial.

Me eché a reír.

—¿Te suena un sitio que se llama Mix'D Up Burgers? No está de camino a casa, está de camino a los Airbnb. Lo descubrí una noche que buscaba una gasolinera.

—No lo conozco, pero lo puedo poner en el GPS.

—Eso te convertiría en mi mejor amigo.

Me pasó el móvil y dijo:

—Toma, escríbelo en Waze a ver si está.

Sí que estaba, y me pasé el resto del trayecto disfrutando de la cálida brisa y salivando al pensar en lo que me pediría. Llegamos y Merrick entró en el aparcamiento.

—¿Quieres que comamos aquí o lo pedimos para llevar?

—¿Podemos cogerlo para llevar y comernos las patatas por el camino?

Sonrió.

—Es un muy buen plan. ¿Sabes lo que quieres?

—Sí. Quiero la hamburguesa «Montaña». Lleva patatas fritas con queso en el interior. Y viene con más patatas de acompañamiento.

Se rio.

—Me vas a matar. Entre el pan de mono de la mañana y ahora esto, voy a tener que pegarme una buena paliza en el gimnasio la semana que viene.

—Ay, ni me lo recuerdes. No quiero pensar en el peso. Menuda racha de comida rápida llevo desde la maldita boda.

Los ojos de Merrick bajaron por mi torso y se detuvieron en mis pechos.

—Créeme, la comida rápida te sienta bien.

—¿Te importa esperar aquí un momento? —Merrick abrió la cerradura y entreabrió la puerta de la casa de Kitty.

—Eh, sí, claro.

Me dio las bolsas con la comida.

—Es solo un minuto.

—Vale, pero como tardes mucho, me comeré tu cena.

—Ya casi te has acabado las patatas que se suponía que eran para compartir.

Dos minutos después, salió con dos tazas que me resultaron familiares. Se me iluminaron los ojos.

—¡Ostras! Son las tazas de Waffle House que usaban nuestras abuelas para beberse el té con alcohol. ¿Sabías que las robaron del restaurante?

Sonrió.

—No me sorprende.

Suspiré y dije:

—Me traen recuerdos muy bonitos. —Señalé a la que había sido la casa de mi abuela—. Se sentaban en ese porche todas las noches y se emborrachaban, pero los vecinos solo veían a dos viejecitas tomando té.

Sonrió.

—Pues adivina qué hay en las tazas.

—No me digas que has puesto alcohol en el té.

—Sí, señora. —Señaló con la cabeza hacia la casa de al lado.

—Los vecinos que compraron la casa de tu abuela no están. Me los he encontrado esta semana. Cuando me dijeron que iban a pasar unos días fuera, les pregunté si les importaría que la nieta de la antigua propietaria se sentara en el porche. Me dijiste que darías lo que fuera por revivir uno de esos días con el té dulce. Sé que no es lo mismo, pero pensé que podríamos comer en las mecedoras y bebernos estos mejunjes alcohólicos.

Sentí que el corazón se me iba a salir del pecho.

—No me creo que hayas hecho eso por mí.

Señaló hacia el porche con la cabeza.

—Venga, vamos para allá.

Al principio se me hizo extraño sentarme en el porche de mi abuela sin que ella estuviera ahí. Sin embargo, después de comer nos quedamos sentados en las mecedoras, sin hacer nada más que beber de nuestras tazas. Una sensación cálida me invadió el pecho.

—¿Cómo sabías que usaban estas tazas en concreto para beber? No me parece haberlo mencionado.

—Tú no. Me lo comentó mi abuela.

—Ah.

—Se ha pasado casi toda la semana hablando solo de ti y de tu abuela. Diría que tu visita también le ha traído muy buenos recuerdos a ella. —Levantó la taza y añadió—: Debe de quererte mucho, porque me dio la receta cuando le dije que era para prepararte un té. Y ya sabes que para las mujeres del sur las recetas del té son lo segundo más sagrado, solo por detrás de la Biblia.

Sonreí.

—El sentimiento es mutuo.

Nos quedamos sentados uno al lado del otro, meciéndonos y bebiendo en silencio durante unos minutos. Al final, señalé hacia una casa al otro lado de la calle y dije:

—¿Recuerdas la historia que te conté de cuando casi me caigo de la casa del árbol aquel día de lluvia? ¿Y que creo que me salvó un tal Cooper?

—Sí, me acuerdo —respondió, asintiendo.

—Pues vivía ahí. Tenía un perro con tres piernas que se llamaba Woody.

Merrick entrecerró los ojos y miró hacia la calle oscura.

—Me acuerdo del perro. Era el que caminaba sobre las dos patas traseras como si fuera un humano, ¿verdad?

—Exacto.

—Sí, recuerdo al perro, pero no al niño.

—Yo me acuerdo a la perfección. Fue mi primer beso.

—¿En serio?

—Sí. Estoy segura de que él también se acuerda de mí. Porque, además de ser su primer beso, lo mandé directo al dentista.

—¿Se lanzó a besarte tan bruscamente que os disteis de dientes o qué?

—Peor aún. Pero antes de que te cuente la historia, deja que te ponga en contexto. Cuando tenía quince años, vivíamos en Chicago. Todas mis amigas ya se habían dado su primer beso, pero era una experiencia que a mí no me emocionaba, sobre todo porque ya tenía problemas de confianza por mi padre. La cuestión es que un chico muy mono del insti me propuso salir y fuimos al cine. Le apestaba muchísimo la boca. O sea, estaba sentado a mi lado en el cine y lo olía desde el asiento, incluso al mirar para otro lado. —Sacudí la cabeza—. No sé si sería por el aparato o qué, pero era muy desagradable y me moría de ganas de que la peli acabara. Resumiendo: me intentó dar un beso al final, pero le paré los pies. Me dijo que era una mojigata y, para defenderme, le dije la verdad: que la boca le olía a culo.

Merrick se echó a reír.

—Veo que no has cambiado mucho desde entonces, ¿eh?

—La cuestión es que al día siguiente mintió y le dijo a todo el mundo que me había besado y que yo besaba muy mal. —Negué con la cabeza—. Yo sabía lo que había pasado, claro,

222

pero me obsesioné con que no sabía besar. Es una tontería, lo sé. Pero bueno. Pasamos al verano siguiente. Tenía dieciséis años y aún no me había besado con nadie. Vinimos a ver a mi abuela una semana y yo siempre salía con Cooper a pasear con la bicicleta. Como yo sabía que le gustaba y me parecía un buen chico, pensé que a lo mejor había llegado el momento. Una noche, se le pinchó una rueda de la bici y estábamos en el garaje de su casa. Yo sujetaba la llave inglesa, él sacó la rueda y cuando se levantó para agarrar la herramienta, me dijo que era preciosa y se inclinó hacia mí para besarme. En el último momento, me acordé de que había cenado pescado y no me había lavado los dientes, así que me tapé la boca con la mano. La cosa es que aún tenía la llave inglesa, así que le partí uno de los dientes de delante.

—Vaya, pobrecito.

—Lo sé. Yo me sentía tan mal que volví a la mañana siguiente y le di un beso.

—Imagino que te habrías lavado los dientes antes de hacerlo.

—¡Y que lo digas! Creo que me los cepillé durante diez minutos de reloj.

Los dos nos reímos. Era muy agradable estar allí sentada otra vez.

—Cuéntame tu historia.

—¿Cuál?

—La de tu primer beso.

Sonrió.

—Ah... Fue con Daniella Dixon. Digamos que las del nombre no eran las únicas tallas D que tenía.

Le di un empujón en el brazo a modo de broma.

—Veo que tu obsesión con los pechos no es reciente, ¿eh? Te he pillado mirándome las tetas un par de veces.

Le chispearon los ojos al volver a bajar la mirada y les habló directamente a mis pechos:

—Empezaste tú al enseñármelos en el probador.

Solté una risa y señalé con el dedo:

—Tengo los ojos aquí arriba. Cuéntame la historia de Daniella.

Merrick se encogió de hombros.

—No hay mucho que contar. Ella era un poco mayor que yo y nos liamos en el sótano de su casa.

—¿Cuántos años te sacaba?

—Puede que dos. Yo tenía catorce años y ella, dieciséis. Por lo que recuerdo, no le olía mal el aliento y no le hice daño.

Sonreí.

—Qué aburrido.

—Prefiero mil veces que sea aburrido a que el otro tenga mal aliento.

Lo señalé con el dedo.

—Es cierto.

Se acabó la bebida de un trago.

—¿Quieres más?

—Vale.

Cuando me fui a levantar, me detuvo.

—Yo me encargo. Tú disfruta del porche.

En lugar de pensar en las tardes que había pasado con mi abuela en ese mismo lugar, no podía dejar de pensar en el hombre que lo había preparado todo. Pedir a los vecinos que nos permitieran sentarnos allí y preparar la bebida que me traía tan buenos recuerdos había sido un gesto simple, pero para mí significaba mucho más.

Merrick me escuchaba. Me prestaba atención. Era cierto que habíamos empezado con mal pie, pero esa semana había implementado mi sugerencia de obligar a los trabajadores a pedirse la mayoría de los días de vacaciones. Era una sensación extraña. Normalmente, parecía que tu jefe estaba por encima de ti, pero Merrick estaba a mi lado. Además, era listo, quería mucho a su abuela y me atraía muchísimo. Por no mencionar que me había dejado bien claro que le gustaba.

Entonces, ¿por qué me daba tanto miedo intentarlo?

Mientras pensaba en ello, Merrick volvió con las bebidas. Me ofreció una taza antes de sentarse.

—¿A qué hora tienes el vuelo mañana?

—A las cuatro.

Asintió.

—Si le dan el alta el lunes, volveré a casa a finales de semana. Me he puesto en contacto con una empresa de enfermeras especializadas. Espero que les abra la puerta cuando lo deje todo preparado.

—Ah, por cierto. Al salir de la habitación de Kitty para ir al lavabo en el hospital, uno de los doctores me comentó un par de utensilios que le podrían venir bien en casa, por lo menos hasta que le quiten la escayola. No lo he mencionado delante de ella porque creo que es mejor que le pidas perdón que permiso. Tengo un panfleto de la empresa en el bolso.

—¿Cuál? —preguntó Merrick.

—Pues hay un asiento que es como una tumbona, pero se inclina hacia delante para ayudar a la persona a ponerse de pie. Y también hay un motor para debajo de la cama que la ayudaría a levantarse.

—No, no me refiero a los utensilios. Preguntaba qué doctor te lo ha dicho.

—El suyo, el doctor Martin.

Merrick frunció el ceño.

—¿Te apuntó su número de teléfono en el panfleto?

—¿Estás celoso?

—Mi abuela os ha intentado emparejar para provocarme.

—¿Y ha funcionado?

No me había dado cuenta de que me estaba mordiendo el labio inferior hasta que Merrick bajó la mirada a mi boca. Gruñó y negó con la cabeza.

—Claro que sí. Ahora mismo estoy celoso hasta de tus dientes… y del imbécil al que le rompiste los morros.

Me reí por la nariz. El alcohol se me estaba empezando a subir a la cabeza, pero me encantaba que pudiéramos hablar así.

Después de eso, pasamos horas en el porche, meciéndonos y riendo, mientras bebíamos té con alcohol en nuestras tazas. A las doce, yo seguía sin querer que la noche acabara, pero empezó a chispear y la cálida brisa hizo que se nos mojaran los rostros.

Me quité las gafas y las sequé con la camisa.

—¿Quieres que entremos? —preguntó él.

Cuanto más tiempo pasaba a su lado, más me enamoraba, así que, aunque me habría quedado un ratito más, asentí y dije:

—Sí. No tengo limpiaparabrisas en las gafas.

Tomó las tazas vacías y nos dirigimos a casa de Kitty. En el interior reinaban el silencio y la oscuridad, y la única luz que iluminaba la habitación era la del porche delantero. Como habíamos caminado por el césped, teníamos los zapatos mojados y nos los quitamos en la puerta.

—¿Te vas a la cama? —preguntó Merrick.

Asentí y respondí:

—Sí, debería irme ya.

Merrick se metió las manos en los bolsillos y dijo:

—Hasta mañana.

En la habitación de invitados, apoyé la cabeza contra la puerta. Oí que Merrick iba de un lado al otro durante unos minutos hasta que sus pasos se volvieron más fuertes al atravesar el pasillo, justo al otro lado de la puerta de mi cuarto. Nuestras habitaciones estaban separadas por el lavabo, así que supuse que oiría que la puerta se abría y se cerraba, pero no noté nada. ¿No había hecho nada de ruido al entrar o se habría quedado esperando en el pasillo mientras se debatía como yo?

No recordaba el tiempo que hacía desde que había deseado a alguien tanto como a él. Me hacía pensar que Christian me había hecho un favor. En teoría, éramos perfectos el uno para el otro: éramos compatibles y ambiciosos. Nos llevábamos bastante bien hasta que todo voló por los aires. Pero jamás vi lo que nos faltaba, hasta ese momento: la pasión. Cuando estaba con Merrick, sentía calor en las entrañas, ya fuera mientras debatíamos sobre lo que pensábamos o mientras le recorría los hombros anchos con los ojos cuando se despistaba. En el fondo, sabía cuál era el problema. Sí, era mi jefe, ya había cometido ese error antes y no era muy buena idea volver a probarlo, pero ese no era el motivo por el que había mantenido la distancia con él. La realidad era que me asustaba lo que me hacía sentir. Durante toda mi vida adulta había evitado las emociones fuertes y había elegido llevar una vida más tranquila en mi zona de confort. Con un pasado como el mío, no hacía falta ser psicólogo para entender por qué había elegido ese camino.

Mi pasión me asustaba. Mis padres habían tenido una relación apasionada y habían pasado de quererse con locura a que él la maltratara. Era como un péndulo que nunca se detenía. Por eso, había buscado un metrónomo, una relación con ritmo estable que nunca se desincronizaba.

Al otro lado del pasillo, todo seguía en silencio. Empecé a pensar que no había oído a Merrick entrar en la habitación hasta que noté movimiento al otro lado de la puerta. Contuve el aliento y se me aceleró el corazón con la esperanza de que llamara. Sin embargo, los pasos se alejaron. Cuando por fin oí que la puerta de su habitación se abría y se cerraba, suspiré decepcionada.

«Es mejor así».

Por lo menos eso es lo que me dije mientras me preparaba para acostarme y me metía en la cama. Pero cuando cerré los ojos, la cabeza me dijo todo lo contrario. Deseaba a Merrick de la peor de las maneras. Quería que me mordiera el labio y que estuviera celoso. Quería sentir el fuego que veía en sus ojos cuando me tocara. Nada de romance, nada de ponerme el pelo por detrás de la oreja y decirme cosas bonitas. Quería que me agarrara y me arrastrara a su cama como si fuera un cavernícola.

Esa imagen en mi cabeza hizo que se me humedeciera la frente por el sudor. No conseguiría quedarme dormida con cada músculo de mi cuerpo contraído de deseo. Frustrada, me quedé mirando el techo un buen rato.

Sabía qué tenía que hacer para poder dormir, pero la habitación de Merrick estaba a menos de tres metros al otro lado del pasillo.

¿Y si me oía?

Aunque podía hacerlo en silencio, ¿no?

Madre mía. ¿Y si él estaba haciendo lo mismo justo en ese momento?

Se acabó. Pensar que podía tener una de sus grandes manos alrededor de su erección fue demasiado. Así que cerré los ojos, metí una mano por debajo de las sábanas y recorrí la suave piel de mi estómago hasta llegar al encaje de las bragas. Tenía el clítoris erecto solo de imaginar lo que iba a hacer. Me abrí de piernas y me metí la mano dentro de la ropa interior. Pensé que me correría tan rápido que batiría un récord, pero no fue así.

Por algún motivo, no lo conseguía. Con dos dedos, dibujaba pequeños círculos en el clítoris. Sentía que la tensión iba en aumento, pero no lograba llegar al éxtasis. Imaginé que eran los dedos de Merrick y me los introduje. Era una sensación muy placentera. Empecé a meterme y sacarme los dedos a un ritmo constante y se me aceleró la respiración.

Las imágenes de Merrick me inundaron la mente.

Lo visualicé tumbado en el sofá con el paquete marcado y el estómago liso.

Pensé en la línea de vello que le empezaba en el ombligo y se perdía en el interior de sus calzoncillos.

La V. La maldita V que se le marcaba en la pelvis. Me imaginé lamiéndola de arriba abajo.

Merrick de pie en su despacho, vestido con un traje, con las piernas separadas y los brazos cruzados sobre el pecho en su postura de poder. Dios mío, vestido estaba casi igual de *sexy*.

«Oh».

«Sí. Eso es».

«Estoy a punto».

Intenté llegar a la línea de meta con la respiración acelerada. Cuando pensaba que la iba a cruzar, me empecé a acariciar el clítoris con el pulgar, porque normalmente eso detonaba la explosión inminente.

Era agradable, era muy placentero. Sin embargo, por mucho que me acariciara el clítoris y me introdujera y sacara los dedos, no lograba terminar. Incluso usé la otra mano para masajearme los pechos y pellizcarme los pezones, y nada, era imposible. Al cabo de un rato, tras haberme masturbado durante más tiempo que en toda mi vida, me rendí.

«Ya ni siquiera puedo hacer esto bien».

Frustrada y cachonda, le eché la culpa a Merrick.

Él me había robado mi orgasmo.

Pasó otra media hora, más o menos, pero seguía sin poder relajarme y dormir. Pensé en tomarme una manzanilla, a lo mejor una bebida caliente me ayudaría a calmarme un poco. Así que me levanté de la cama y abrí la puerta del dormitorio. No podría mirar a Merrick a la cara después de lo que había hecho pensando en él. Por suerte, la puerta de su habitación estaba cerrada y todo estaba en silencio. Salí de mi cuarto y me dirigí a la cocina, pero cuando abrí la puerta, me quedé helada.

«Joder».

Merrick estaba al otro lado, apoyado sobre la encimera, y solo llevaba unos pantalones de chándal grises que le colgaban holgados de la cintura. No llevaba ni camiseta ni zapatos.

—Hola —dijo con un tono áspero.

Como no podía mirarlo a la cara, le hablé a sus pies.

—¿Qué haces despierto?

No levanté la mirada, pero por el rabillo del ojo vi que levantaba un vaso.

—No podía dormir y he venido a beber agua.

Asentí y fui hacia el mueble que tenía al lado sin mirarlo. Notaba que sus ojos me seguían.

—¿Todo bien?

—Claro. Es que yo también tengo sed.

Merrick se quedó en silencio y no dijo nada cuando cogí el vaso, fui hasta el fregadero y dejé correr el agua antes de llenarlo.

—¿Te encuentras bien?

Me bebí casi toda el agua antes de responder.

—Sí. ¿Por?

Alargó una mano y me tocó la frente.

—Tienes la cara roja. —Me acarició la mejilla con el dorso de la mano—. Y estás sudando.

Intenté no avergonzarme, pero noté que el rostro me ardía todavía más.

—Estaba tapada, y hace mucho calor en esa habitación.

Se volvió a quedar en silencio y yo no dejé de mirarle los pies.

¿En serio? Hasta sus pies eran *sexys*.

La tensión iba en aumento en la cocina con cada segundo que pasaba. Al final, Merrick dejó el vaso en la encimera, me quitó el que tenía en la mano y lo dejó al lado del suyo. Levanté la mirada un instante y la volví a apartar enseguida.

—Mírame a la cara, Evie.

«Mierda».

Ya era una situación bastante incómoda y yo solo quería volver corriendo a la habitación y esconderme bajo las sábanas. Pero eso empeoraría las cosas. Así que, en su lugar, hice lo que haría una mujer adulta y respiré hondo antes de levantar la vista.

Nuestros ojos se encontraron y vi que Merrick me examinaba. El corazón me rebotó durante unos largos segundos contra la caja torácica. Observé fascinada que sus pupilas se volvían más oscuras y grandes y vi que un atisbo de sonrisa traviesa le curvaba la comisura del labio. De pronto, pasó de estar a mi lado a estar delante de mí y me atrapó contra la encimera con una mano a cada lado de mi cuerpo.

—Me deseas tanto como yo a ti, Evie. Lo veo.

Me sentí como un ciervo inmóvil delante de los faros de un coche que se acercaba rápidamente por la carretera. Pero no conseguía mover los pies. A lo mejor ellos tampoco querían.

El fuego en sus ojos era tan abrasador que empecé a sudar.

—Dime que me equivoco —me pidió.

—Te… —Parecía que sabía lo que pensaba, así que en lugar de mentir, admití algo que sí era cierto—. Eres mi jefe, Merrick.

Bajó la vista un momento antes de volver a mirarme fijamente a los ojos.

—¿Es el único impedimento?

—¿No te parece suficiente?

Una sonrisa malévola le cruzó el rostro. Levantó un dedo y se alejó un momento para tomar el móvil de la mesa de la cocina. Sin dejar de mirarme, deslizó un dedo por la pantalla y la tocó un par de veces antes de acercárselo a la oreja.

—¿A quién llamas? Es la una de la madrugada.

Me sostuvo la mirada y habló con la persona al otro lado.

—Hola, Joan.

Abrí los ojos de par en par. ¿De verdad había llamado a la jefa de Recursos Humanos en plena noche?

Merrick escuchó un momento y luego asintió.

—Sí, todo bien. Lo siento si te he despertado. Pero es que le he estado dando vueltas a una cosa y quería comentártela a ver qué te parecía.

No oí lo que decía ella, pero estaba convencida de que pensaba lo mismo que yo: nuestro jefe estaba como una cabra.

Merrick siguió hablando:

—He pensado que deberíamos establecer una separación entre Evie Vaughn y yo. Si se supone que los trabajadores deben confiar en ella, deberían saber que el jefe no la puede presionar para que les diga lo que ellos le cuenten en terapia. Creo que lo mejor sería que no tuviera que rendir cuentas ante mí.

Abrí la boca.

Merrick me miró y tapó el micrófono del teléfono. Con un gesto de la mano, me pidió que la cerrara y me susurró:

—Descansa la mandíbula. Luego te la haré abrir.

«Ay».

«Dios».

«Mío».

Siguió hablando por el móvil como si nada.

—Considero que es mejor que trate contigo los temas rutinarios. Y como ha sido la junta directiva la que la ha contratado, deberían ser ellos quienes tuvieran la autoridad para contratarla o despedirla.

Los ojos le brillaban al observarme fijamente sin dejar de escuchar a Joan. Al cabo de un minuto, sonrió.

—Perfecto. Pero esto no puede esperar hasta la semana que viene. Necesito que tenga efecto inmediato. Gracias, Joan. Y perdón otra vez por haberte despertado.

Colgó y dejó el teléfono en la mesa. Parecía muy orgulloso de sí mismo.

—Problema resuelto. ¿Tengo que hacer algo más?

Me miró tan convencido que pensé que si le decía que tenía que coger la casa y trasladarla, encontraría una manera de cargársela sobre la espalda.

De repente, recordé lo que me había dicho Kitty: «Si quieres ser feliz, tienes que imaginarte un futuro feliz y creértelo. Encuentra un nuevo camino, no tengas miedo a los giros inesperados. Ve hacia la izquierda en lugar de a la derecha. Haz zig en vez de zag».

Aunque, claro, ¿no había recorrido ya este camino y me había acostado con un hombre con el que trabajaba? Ya sabía dónde acabaría.

Alcé la mirada y me fijé en el abdomen esculpido de Merrick. La verdad es que nunca había explorado un camino como ese, lleno de picos y valles de músculo terso. Se me hizo la boca agua al imaginarme recorriéndolos con la lengua.

«Quiero hacerlo».

No, es que lo necesitaba.

Gruñí.

—A la mierda. —Me lancé a sus brazos.

Parece que el señor Confianza en sí mismo no se lo esperaba, porque dio un traspié hacia atrás cuando le rodeé el cuerpo con los brazos y me agarré a él como si fuera un árbol. En cuanto recobró el equilibrio, me besó con fuerza. Nuestras bocas se abrieron, desesperadas; nuestros dientes chocaron y nuestras lenguas se buscaron con frenesí. Bajó una de las manos hasta llegar a mi culo y con la otra me agarró por la nuca para acercarme más a él. Yo sentía que necesitaba más. Merrick abrumaba todos mis sentidos a la vez.

Caminó conmigo en brazos hasta que choqué de espaldas contra una pared. Entonces, presionó la cadera contra la mía y me inmovilizó, llevó los brazos a la parte de atrás de su cuello, me agarró las manos con una de las suyas y me las sujetó por encima de la cabeza. Lo besé con fuerza, desesperada por clavarle las uñas en la espalda, pero no podía, porque él me las sostenía.

Se inclinó ligeramente, me levantó el muslo con una mano y, de repente, noté su erección contra el clítoris. Gimoteé, porque estaba sin aliento, y eso solo lo alentó a continuar. Soltó un gruñido y restregó su miembro duro como una piedra entre mis piernas, y juro que estuve a punto de correrme ahí mismo. Solo nos estábamos besando, pero él iba a conseguir que acabara mucho más rápido de lo que yo había podido.

Acercó la cabeza a mi cuello y me succionó el lateral.

—Antes te estabas masturbando, ¿verdad? —me susurró.

No conseguía formar palabras, pero asentí.

—¿Pensabas en mí?

Volví a asentir.

Merrick soltó un gruñido y yo lo noté en el abdomen.

—¿Te has corrido?

Negué con la cabeza.

—Bien. Porque quiero que estés a puntito.

Sí que estaba a punto. Y si seguía diciéndome guarradas, no tendría que hacer gran cosa para conseguir que acabara.

—¿Mi cuarto o el tuyo? —masculló.

—El mío. No podría hacerlo… en el de Kitty.

Merrick me soltó las manos y me agarró en brazos. Caminó hacia la puerta de la cocina, y yo grité:

—Un momento.

Se quedó helado. Tenía una expresión bastante graciosa.

Me mordí el labio y le pregunté:

—¿Crees que podrías… cargarme encima del hombro?

Alzó una ceja.

Me encogí de hombros y dije:

—Es que antes estaba fantaseando con eso.

Sin previo aviso, me tomó por la cintura, me levantó en el aire y me colocó sobre su hombro.

—Pues esta es solo la primera de tus fantasías que voy a hacer realidad, cariño.

Merrick me cargó hasta la habitación de invitados y se sentó al borde de la cama antes de ponerme de pie entre sus piernas.

—Quiero saborearte, pero antes tengo que verte entera.

Alargó una mano hacia el dobladillo de la camiseta y me la quitó por encima de la cabeza. Como ya me había puesto la ropa para dormir, no llevaba sujetador.

Merrick movió la cabeza de un lado al otro.

—Eres una preciosidad.

Tenía la cabeza justo entre mis pechos que, con los pezones erguidos, le suplicaban que los tocara. Se echó hacia delante, se introdujo uno en la boca, lo succionó y me miró. Nuestras miradas se encontraron y él lo chupó con más fuerza, lo mordió y tiró de él con los dientes.

Se me cerraron los ojos. «Joder. Necesito que me toque». Hacía horas que lo anhelaba y estaba muy cachonda.

Cuando cambió de pecho, me bajó los pantalones del pijama y me dejó totalmente desnuda. Se inclinó hacia atrás para observarme.

—Has dicho que estabas fantaseando conmigo. Pero creo que yo no podría imaginar nada tan perfecto.

Tenía el cuerpo superexcitado, pero sus palabras hicieron que se me derritiera el corazón. Se puso de pie y nos colocamos en el sitio del otro. Me senté en la cama, me puso las manos en las rodillas y me abrió las piernas.

—Ábrelas más.

Las abrí modestamente, pero, al parecer, eso no le bastaba.

—Venga, ábrelas más.

La vergüenza que sentía desapareció en cuanto Merrick miró mi sexo y se relamió.

—Es rosa y perfecto —dijo—. Quiero que me mires mientras te lo como.

«Madre mía».

Se acercó y me empezó a lamer con la lengua plana entre los labios, de arriba abajo. Llegó al clítoris y lo chupó rápidamente una y otra vez antes de succionarlo. Cerré los ojos y le clavé los dedos en el cuero cabelludo.

—Merrick...

Sin avisar, introdujo un dedo en mi interior y lo metió y lo sacó un par de veces antes de añadir otro. Había estado muy cerca de acabar durante tanto rato que no tardé en llegar otra vez al éxtasis. Me temblaba el cuerpo y se me contraía alrededor de sus dedos: Merrick me succionó el clítoris una vez más y empecé a caer.

«Caía».

«Y caía».

«Y caía».

Era lo único que notaba en la parte superior del cuerpo. Era como si cada terminación nerviosa de la cintura para abajo se hubiera apagado para que la sensación de lo que pasaba entre mis piernas fuera más intensa. Cuando terminé, me eché hacia atrás en la cama con un brazo por encima del rostro.

Merrick subió al colchón y se puso encima de mí.

—¿No te ha gustado?

Aparté el brazo lo suficiente para mirarlo con un ojo, y le sonreí, atolondrada.

—Joder. Vas a tener que hacer eso... a menudo.

Merrick me miró con rostro triunfante.

—Será un placer. —Me apartó el brazo y me dio un beso suave en los labios—. Ahora vuelvo.

Regresó con una expresión triste y dos preservativos en la mano.

—Solo tengo dos.

Sonreí.

—Creo que nos bastará.

—Pues yo estoy convencido de que los llenaré los dos la primera vez.

Me reí y alargué un brazo hacia él.

—Ven, anda.

Merrick se puso encima de mí y presionó los labios contra los míos. Comenzó lento y dulce, pero no tardó en convertirse en un beso pasional y desesperado. Unos minutos antes, me había sentido saciada y satisfecha, pero empezaba a estar necesitada otra vez. Le agarré la cintura de los pantalones de chándal y se los empecé a bajar, pero él acabó la tarea por mí.

Había visto el bulto que tenía entre las piernas el día que lo vi en el sofá, pero eso no me preparó para lo que encontré al deslizar una mano entre nosotros para agarrarle el miembro. Tenía un pene muy grande y, aunque yo no había visto muchos, el de Merrick dejaba el de Christian en ridículo. Eso me hizo sentir extrañamente satisfecha. No solo había pasado de página, sino que había mejorado.

Merrick dejó de besarme, se puso en cuclillas y tomó uno de los condones que había dejado en la cama. El pene le rebotó contra el estómago cuando agarró el envoltorio y lo abrió con los dientes. Se detuvo, se enfundó el preservativo y nos miramos a los ojos.

Señalé y dije:

—Es más grande que mi vibrador.

Me guiñó un ojo y me dijo:

—No te preocupes. Iré poco a poco cuando luego te la meta en la boca.

Merrick se puso encima de mí y me dio un beso lánguido mientras se introducía en mi interior. La metió y sacó con cuidado para permitir a mi cuerpo que se acostumbrara con cada embestida. Se introdujo del todo y noté que le temblaban los brazos, pero se detuvo para ver cómo iba yo.

—¿Estás bien?

Asentí y sonreí.

—De maravilla.

Merrick tensó la mandíbula y retomó el ritmo. Me miraba a los ojos y me hacía sentir desnuda, y no tenía nada que ver con el hecho de llevar ropa o no.

—Joder, me encanta sentirte así —murmuró.

Se me cerraron los ojos al sentir la familiar ola de placer apoderarse de mí otra vez.

—Abre los ojos, Evie. Quiero… —Me embistió hasta el fondo—. Joder. Quiero… quiero mirarte cuando te corras.

Cuando nuestros ojos se volvieron a encontrar, sentí la intensidad de nuestra conexión en el fondo del pecho. Estábamos entregando al otro mucho más que nuestro cuerpo; lo que yo sentía provenía del alma.

Las embestidas de Merrick se volvieron más rápidas. Me levantó uno de los muslos y eso hizo que llegara más al fondo y que rozara justo en el punto indicado.

—Merrick…

—Eso es, cariño. Rodéame la espalda con las piernas.

Se afianzó en el sitio y me penetró salvaje y rápidamente. Movía las caderas contra mi cuerpo, sobre el colchón, y tuve que hacer acopio de todas mis fuerzas para recibir sus embestidas.

—Te la estoy metiendo hasta el fondo… Lo tienes muy apretado…

Estaba desesperada. Le arañé el culo, que iba y venía todo el rato, y sentí que el clímax se acercaba otra vez. Estábamos empapados de sudor, nuestros cuerpos chocaban con el del otro y creaban el sonido más erótico que había oído en mi vida.

El orgasmo llegó más rápido que nunca y fue tan intenso que pensé que me iba a romper en pedazos. Grité el nombre de Merrick y sus ojos resplandecieron con tal fulgor que sus iris verdes se volvieron de un tono gris oscuro.

Empecé a soltarle el trasero y, entonces, le llegó el turno a él. Acometió contra mi cuerpo una vez, dos veces y a la tercera se introdujo hasta el fondo y soltó un gruñido. Se le marcaron las venas del cuello y se le tensaron todos los músculos del cuerpo cuando se corrió dentro de mí. Aunque llevaba condón, noté el semen cálido en mi interior.

En lugar de bajarse de encima de mí o de dejar caer el peso sobre mi cuerpo como la mayoría de los hombres, Merrick siguió. Me lamió y besó los hombros y el cuello mientras recobrábamos el aliento.

—Vaya —conseguí decir, finalmente—. Ahora entiendo por qué pensabas que íbamos a necesitar más de dos condones. —Sonreí con torpeza—. Eres muy bueno.

Merrick soltó una risita.

—A mi ego le encantaría llevarse todo el mérito, pero hemos sido los dos, cariño. Esto ha estado aquí desde el principio.

Sabía que tenía razón. Había sentido una chispa desde el día que entré en su despacho. Entonces, habría dicho que se debía a la fricción entre nuestras personalidades tan diferentes. Para ser sincera, todavía había algo de eso entre nosotros, pero nuestra conexión había evolucionado hasta convertirse en algo que nunca habría imaginado.

Le puse una mano sobre la mejilla y le dije:

—No esperaba conocer a alguien como tú.

Giró la cabeza para darme un beso en la palma de la mano y respondió:

—A veces, las mejores cosas son las menos esperadas.

CAPÍTULO 22
Evie

—¿Alguna vez has hecho trueques a cambio de favores sexuales? —Merrick estaba apoyado sobre un codo y dibujaba el contorno de mi aureola con el dedo.

Me eché a reír.

—Pues la verdad es que no.

—Buena respuesta. Me muero de ganas de ser el primero.

—¿Por qué crees que tienes algo que me interesa? —bromeé—. No hago trueques con cualquiera.

Se inclinó, me acarició los labios con los suyos y, sin apartarlos, añadió:

—Cambia el vuelo y me pasaré el día entero demostrándote que sí tengo algo que quieres.

Puse una mueca triste.

—Ojalá pudiera. Pero mañana tengo un paciente a primera hora.

Imitó el sonido que hace un pulsador cuando la respuesta es incorrecta. «Meeeeeec». Y me pellizcó el pezón.

—¡Ay! —dije entre risas—. No es un juguete.

—Discrepo. Y no te supondría un problema si respondieras correctamente, ¿no?

Le pasé los dedos por el pelo.

—Ojalá pudiera quedarme. Pero valoro mucho que la gente aprenda a confiar en mí, y no lo harán si cambio las citas a todas horas.

Frunció el ceño.

Le puse la mano sobre la mejilla.

—Eres monísimo cuando pones cara de enfadado. Pero creo que es incluso más importante que cumpla con mi horario ahora que hemos... ya sabes.

—¿Jodido?

—Yo habría usado una palabra más bonita, pero sí.

Volvió a perfilar mi aureola con los dedos.

—No hay ninguna palabra mejor que «joder». La puedes usar cuando estás enfadado, feliz, o para describir mi nuevo pasatiempo favorito. Dime otra palabra que sea tan versátil como «joder».

—Vale, pero... esto complica las cosas. Ya sabes, si esto se convierte en algo recurrente.

El dedo de Merrick dejó de moverse.

—¿Qué quieres decir?

—Bueno, lo de ayer pasó sin más. No hablamos del tema, así que... —Me encogí de hombros—. No sé. No tiene por qué ser nada más que esto.

—¿Eso es lo que quieres?

Negué con la cabeza.

—No, es solo que... no quiero que pienses que espero nada más.

Hizo una mueca triste con la boca.

—Yo no espero que sea un rollo de una noche. No soy yo el que ha estado evitando esto, Evie.

Aparté la mirada.

—Lo que intento decir es que no espero nada de ti.

Merrick se quedó callado un buen rato.

—Evie, mírame.

Obedecí.

—Me gustas. Muchísimo. Sé que será un camino lleno de obstáculos porque los dos tenemos muchos asuntos que resolver. Ya lo sé. Ni siquiera estoy convencido de que pueda tener una relación normal, hace mucho de la última. Pero sí estoy seguro de esto: lo de anoche no fue un lío pasajero para mí.

Me sentí esperanzada, y eso me asustó bastante. Respiré hondo y asentí.

—De acuerdo. Pero ¿podemos hablar del trabajo?

—Ahora mismo prefiero meterte la cabeza entre las piernas para celebrar que estamos de acuerdo en que lo de anoche no fue un lío sin más. —Se encogió de hombros—. Pero vale, hablemos del trabajo.

Me eché a reír.

—Lo digo en serio.

—Y yo también, cariño.

—Ahora volvemos a eso. —Me puse de lado para estar de cara a él—. Tener una relación con el jefe ya es arriesgado en unas circunstancias normales, pero las nuestras son aún más complicadas. Para que yo haga bien mi trabajo, la gente tiene que confiar en mí y saber que nada de lo que me digan llegará a tus oídos.

—Bueno, ya no trabajas para mí.

—Pienso que rendir cuentas con Joan es buena idea, aunque, evidentemente, tendrías que haberlo pedido a una hora más razonable, pero eso no cambia el hecho de que es tu empresa. Ya sería difícil aceptar que el hombre que nos firma las nóminas no es mi jefe. Se volverá todavía más complicado si se enteran de que me acuesto con dicho jefe.

—¿Y qué propones?

Negué con la cabeza.

—Nadie puede enterarse de lo nuestro. Por lo menos, en el trabajo.

—Entonces, ¿cómo voy a follarte en el despacho si nadie puede saberlo? —preguntó con el ceño fruncido.

Abrí los ojos de par en par.

Merrick sonrió y dijo:

—Es broma.

—Menos mal.

Se encogió de hombros y continuó:

—Antes tendré que deshacerme de las paredes de cristal. —Cuando vio mi expresión, se echó a reír—. Lo pillo. No te preocupes. Con lo de Amelia aprendí qué pasa cuando los de la oficina están al corriente de mi vida personal. Ya ni siquiera llevo a las chicas con las que quedo a los eventos de la empresa. No hace falta exponer mi vida privada de ese modo.

Sus palabras me tranquilizaron un poco. Asentí y dije:

—De acuerdo, genial.

—Pero hay una excepción.

—¿Cuál?

—Will. Somos mejores amigos desde antes de que fundara la empresa. Además, le encanta provocarme y si no se entera, seguirá coqueteando contigo de forma despiadada para hacerme enfadar.

Sonreí.

—Vale. Espero que sepa guardar un secreto.

—Gracias. —Me acarició el labio inferior con el pulgar—. ¿Cómo es que no te has vuelto a poner el pintalabios rojo que llevabas el día de la entrevista?

Arrugué la nariz y pregunté:

—¿A cuál te refieres?

—Era uno de color rojo intenso.

Me cubrí la boca y me reí.

—No era un pintalabios. Es que se me mancharon los labios porque me harté a cerezas de camino a la entrevista. Hice lo que pude para igualar el tono de los labios, pero, básicamente, era de las cerezas.

—Pues me gustó. Puede que haya fantaseado en más de una ocasión con hacértelo totalmente desnuda, unos zapatos de tacón y los labios rojos.

Me reí.

—Sabía que eras un pervertido. Si te portas bien, puede que algún día haga realidad tu fantasía.

—¿Me lo prometes?

Presioné los labios contra los suyos y respondí:

—Claro, jefe.

Me puso un mechón de pelo por detrás de la oreja.

—¿Hay algo más de lo que quieras hablar?

Negué con la cabeza y respondí:

—Creo que no.

—Bien. —De repente, Merrick nos hizo girar y yo me quedé tumbada bocarriba. Solté un gritito, él me besó los labios con dulzura y me preguntó:

—¿Cara o cruz?

—Si ni siquiera tienes una moneda.

—Imagina que tengo una. ¿Qué elegirías?

Me encogí de hombros y respondí:

—Supongo que cara.

—Buena elección. No sabía qué escoger.

—¿Cuáles eran tus opciones?

—Estaba entre comértelo o ponerte a cuatro patas y hacértelo por detrás. —Se deslizó hacia abajo por mi cuerpo y añadió—: Me toca bajarme al pilón.

CAPÍTULO 23
Evie

Pasó una semana y media antes de que Merrick regresara el martes por la mañana. Yo estaba nerviosa y emocionada a la vez. Sabía que sería un poco raro fingir que no había pasado nada entre nosotros, pero echaba de menos verlo todos los días.

Kitty se había quedado en el hospital unos cuantos días más de lo que esperábamos. Sus décimas de fiebre se habían convertido en un recuento elevado de leucocitos, y le habían tenido que poner antibióticos por vía intravenosa. Entre una cosa y la otra, le habían dado el alta el miércoles por la mañana, y Merrick hizo que la enfermera a la que había contratado empezara ese mismo día. Fue a comprar por la tarde y cuando regresó, vio que la enfermera no estaba. Kitty la había despedido en cuanto se había quedado a solas con ella. Así que Merrick se quedó otra semana, hasta que estuvo seguro de que su abuela se había recuperado lo suficiente de la operación para dejarla sola con Marvin. Había tomado el avión el mismo martes por la mañana.

Estaba hablando con Joan en la sala de empleados cuando Merrick entró. Me quedé inmóvil al verlo.

—Hola —dije con una sonrisa de oreja a oreja, que intenté contener al darme cuenta de que era demasiado entusiasta—. Has vuelto.

Caminó hacia la cafetera y me miró con una sonrisa que despertó las mariposas en mi estómago. Enseguida observé a Joan para ver si se había percatado de algo, pero no parecía haberle dado la más mínima importancia.

—Bienvenido —lo saludó—. No quiero bombardearte, pero tengo que comentarte un par de cosillas cuando tengas un momento.

Merrick se llenó una taza de café y asintió.

—¿Pueden esperar hasta mañana?

—Sin problema.

Se acercó la taza a los labios y los ojos le brillaron. Había algo travieso escondido en ellos. Cuando acabó de beber, dejó la taza en la encimera y dijo:

—Casi se me olvida. Creo que esto es tuyo, Evie. —Se metió la mano en el bolsillo y sacó un pintalabios rojo—. ¿Se te ha caído? Me lo he encontrado en el suelo justo al lado de tu despacho.

Negué con la cabeza y respondí:

—No, no me suena.

Se fijó en la parte de abajo del pintalabios y dijo:

—¿Estás segura? Se llama «Rojo cereza». —Merrick me miró los labios antes de bajar la mirada a mis zapatos con una sonrisa lasciva—. Parece que está nuevo.

Madre mía. Sentí que me ardía el rostro. Solo hacía unos minutos que había llegado y ya me estaba recordando, delante de la jefa de Recursos Humanos, que le había prometido desnudarme para él y quedarme solo con los zapatos de tacón y el pintalabios rojo. Si esto era una muestra de lo discreto que podía ser, lo llevaba claro. Joan nos dio la espalda y entonces yo lo fulminé con la mirada, pero eso solo hizo que el resplandor en sus ojos fuera a más. El capullo seguía con el pintalabios en la mano, así que lo acepté.

—Oye, pues puede que sí. Me lo pongo con un conjunto en concreto, por eso se me había olvidado de que lo tenía. —Bajé la mirada al móvil sin llegar a ver la hora que era—. Uy… qué tarde se ha hecho. Tengo una cita, será mejor que me dé prisa. Bienvenido, Merrick. —Le ofrecí una sonrisa a mi nueva jefa y le dije—: Hablamos luego, Joan.

Tuve el resto de la tarde lleno de citas, así que ni siquiera me dio tiempo a mirar el móvil. Cuando faltaba poco para las cuatro, me tomé un descanso antes de redactar las notas de mi último paciente. Vi que tenía unos cuantos mensajes... Uno era de mi hermana, tenía otro del agente inmobiliario, que me iba a enseñar un par de pisos esa misma noche, y un no parar de mensajes en un grupo que tenía con mis amigas de la universidad. Sin embargo, hubo uno que me hizo sonreír solo con la previsualización.

Merrick: Creo que necesito unas cortinas para las paredes de cristal del despacho.

Abrí el mensaje, vi que me lo había mandado hacía casi una hora y respondí:

Yo: Lo siento, estaba con los pacientes. ¿Cortinas? A lo mejor quiero que nos miren...

Vi que aparecían los tres puntos suspensivos, desaparecían y recibí una llamada. El nombre de Merrick apareció en la pantalla.

Me alegré de que mi despacho tuviera el cristal esmerilado porque, de no haber sido así, todo el mundo me habría visto la sonrisa de tonta que puse al responder.

—¿Sí?

—Has descrito mi paraíso e infierno personal, cariño.

«Cariño». Sentí que el corazón me iba a estallar.

—¿Ah, sí? ¿Por qué?

—Porque la idea de hacértelo delante de todo el mundo para que sepan que eres mía me encanta. Pero pensar que alguien más te vería desnuda me parece una tortura.

—Menudo dilema.

—¿Qué haces?

—Estoy sentada en el despacho descansando un poco antes de pasar a limpio las notas. Tengo el próximo paciente en cuarenta minutos. ¿Y tú?

—Tengo una llamada internacional en veinte minutos. Nos vemos arriba en cinco.

—¿Arriba?

—En mi piso. Te prometí que me portaría bien en la oficina, pero eso no incluye el edificio entero. Mira en el primer cajón. Mientras hablabas con Joan, yo iba de camino a la sala de empleados y he aprovechado para esconderte una llave.

Abrí el cajón del escritorio. Era cierto, había un llavero con una única llave. La había puesto justo al lado de mi vidrio marino turquesa. La saqué y me la colgué de un dedo.

—Qué atrevido eres.

—Yo prefiero pensar que soy un hombre seguro de mí mismo.

Aunque era una oferta tentadora, no me parecía muy buena idea empezar a escabullirme en pleno horario laboral.

—No me parece buena idea, Merrick.

—Puede que no lo sea, pero... —Se quedó callado unos diez segundos antes de decir con ternura—: Es que te echo mucho de menos.

Su voz sonó tan dulce y vulnerable que anuló mi fuerza de voluntad en el acto.

—Espera cinco minutos antes de subir. No quiero que nadie nos vea marcharnos juntos.

Por su tono de voz, supe que sonreía.

—Sí, señora.

Sentí una oleada de adrenalina antes incluso de colgar el teléfono. Me escondí la llave en la palma de la mano y decidí no llevarme el bolso ni nada para no llamar la atención. Antes de salir del despacho, tuve una idea brillante. Me di media vuelta y cogí algo de encima del escritorio con una sonrisa.

Ya que estaba, haría que fuera algo memorable.

Merrick entró en el apartamento y se quedó de piedra.

—Hostia puta.

Los dos minutos que había pasado desnuda en el piso con el pintalabios rojo cereza y los zapatos de tacón me habían hecho plantearme si había perdido la cabeza. Sin embargo, en cuanto vi su reacción, entendí que era él quien estaba perdiendo la cabeza en ese preciso momento. Se humedeció los labios, se quitó la americana y la lanzó al suelo sin dejar de mirarme.

—Quince minutos no nos bastarán. —Negó con la cabeza y se deshizo el nudo de la corbata mientras me comía con los ojos—. Voy a necesitar quince días.

Ladeé la cabeza con modestia fingida y respondí:

—Vaya, pues solo tenemos quince minutos, así que vamos a tener que hacerlo a mi manera.

Una sonrisa le atravesó lentamente el rostro y se me puso la piel de gallina a pesar de los tres metros que nos separaban.

—Como quieras, nena.

Con un gesto del dedo índice le pedí que se acercara.

—Ven. Sin tocarme.

—Ni lo sueñes. No puedo prometerte que no te vaya a poner las manos encima.

—Estás perdiendo el tiempo, jefe.

Le brillaban los ojos cuando se acercó y se puso delante de mí. Merrick era una persona que imponía, y en ese momento adoptó su posición de poder. Estaba completamente vestido y miraba hacia abajo, mientras que yo estaba desnuda y tenía que echar la cabeza hacia atrás para verlo. Sin embargo, yo tenía un as escondido en mi manga invisible.

Me puse de rodillas.

Le bajé la cremallera de los pantalones, y Merrick inclinó la cabeza hacia atrás y soltó una retahíla de palabrotas. El sonido de la hebilla del cinturón y el de la cremallera al abrirse me hicieron salivar. Para cuando le bajé los pantalones de un tirón, ya no podía esperar. Él estaba erecto y preparado.

Me pasé la lengua por los labios rojos y los abrí para succionar el glande de su pene suave.

—Joder... —gruñó Merrick—. Chúpamela. Métetela toda, Evie.

Enterró las manos en mi melena, me agarró del pelo y tiró de él cuando le pasé la lengua por la parte de abajo. La dulce punzada de dolor me hizo perder la cabeza.

Miré hacia arriba e incliné la cabeza hacia atrás para que me viera mejor. Luego me empecé a mover hacia delante y hacia atrás y me fui introduciendo la erección un poco más cada vez que me acercaba.

—Por el amor de Dios, no pares —rugió—. Más rápido. Hasta el fondo.

La desesperación en su voz me excitaba. Por cómo me tocaba y por el temblor de su voz, noté que se intentaba contener, pero yo quería acabar con la última gota de autocontrol a la que se aferraba. Volví a mirarlo y la imagen de un hombre tan poderoso como él, todavía vestido con la camisa hecha a medida y la corbata, a punto de perder los estribos por el deseo carnal, me volvió loca.

Su erección creció en mi boca, le pasé la lengua por las venas marcadas y abrí la mandíbula un poco más, y se volvió extremadamente gruesa. Empecé a masturbarlo con una mano y me lo introduje más allá del punto de la garganta que a veces me causaba problemas. Cuando llegó al fondo, me agarró del pelo con más fuerza y sentí que se estremecía en el momento en que pasó de recibir una mamada a dirigirla. Merrick empezó a follarme la boca.

Me sujetó la cabeza y tomó las riendas. Movió la cintura hacia delante y hacia atrás al tiempo que gruñía palabrotas con cada acercamiento.

—Me voy a correr… Evie.

Aflojó las manos para que me apartara si quería, pero yo lo deseaba tanto como él. Así que le respondí introduciéndome el pene tanto como pude en la boca.

—Joder. Joder. Joder —gimió.

Los ojos se me llenaron de lágrimas cuando la descarga en mi boca duró más de lo que esperaba. No sabía cómo no me había atragantado con el chorro infinito que me bajó por la garganta.

Me levanté y él seguía jadeando, como si hubiera corrido una maratón. Me limpié la boca y sonreí.

—Gracias por el pintalabios.

Merrick soltó una risita y sacudió la cabeza.

—Si me agradeces así que te compre un pintalabios, tendré que comprarte todos los cosméticos de la tienda.

Sonreí.

—No es por el pintalabios. Es… Bueno, ¿dónde lo has comprado?

—El otro día tuve que ir a la tienda a hacerle un par de recados a mi abuela.

—¿Cómo supiste qué color pedir?

—No lo supe. Fui al mostrador y le dije a la dependienta que estaba buscando un tono parecido al que te queda cuando comes cerezas. No tenía ni idea de que había uno llamado «Rojo cereza».

Sonreí.

—Yo tampoco. Pero a eso me refiero. No es por el pintalabios. Es por el hecho de que pensaras en mí y te pasaras por la tienda a comprarlo.

Merrick se subió los pantalones.

—Pues me alegro de que te gusten mis ideas pervertidas porque tengo muchísimas.

Me puse de puntillas y le di un beso casto.

—Tengo que vestirme.

—Sí, hombre. No puedes hacerme eso y no dejar que me ocupe de ti.

—Suena genial. Pero… —Me miré el reloj—. Tienes una cita en cinco minutos y yo tengo una sesión en un rato y tengo que hacer un par de cosas antes.

Merrick hizo pucheros.

—Esto no me gusta.

Cogí las bragas y el sujetador y empecé a vestirme.

—O sea, ¿que no te gusta llegar a tu apartamento y que una mujer desnuda te haga una mamada rapidita? Intentaré recordarlo la próxima vez.

—Listilla. —Me rodeó la cintura con un brazo y tiró de mí hacia él—. ¿Nos vemos esta noche?

—Te digo algo luego. Creo que tengo planes.

Frunció el ceño.

Sonreí y le dije:

—Relájate. Es con tu amigo, el agente inmobiliario. Voy a ver unos pisos.

—Ah. ¿A qué hora?

Me abotoné la camisa.

—¿A qué hora acabaremos?

—No. ¿A qué hora vas? Intentaré salir antes de la oficina.

Dejé de abrocharme la camisa y pregunté:

—¿Quieres acompañarme a ver pisos?

Se encogió de hombros.

—¿Puedo convencerte de que pases de los pisos y vengas a que te folle toda la noche?

Negué con la cabeza.

—No puedo quedarme eternamente con mi hermana.

Merrick hizo un gesto de indiferencia.

—Entonces, no me dejas elección.

—Podemos quedar mañana después del trabajo.

—No es una opción.

Sonreí y terminé de vestirme rápidamente.

—Te mandaré un mensaje cuando sepa qué haré. Deberías entrar en el ascensor primero, que tienes la llamada.

—No empezarán sin mí. Ve tú. Necesito un minuto para recuperarme de lo que acaba de pasar.

Le di un beso en la mejilla.

—Espero que el resto de la tarde sea igual de agradable.

—¿Tienes algún piso disponible en las plantas superiores? —le preguntó Merrick a Nick, el agente inmobiliario al que él mismo me había presentado.

—En este barrio no.

Acabábamos de echar un vistazo al tercer apartamento. Era un edificio de arenisca marrón que no quedaba demasiado lejos de donde vivía mi hermana. Ya no vivía nadie, estaba listo para entrar y tenía mucha luz natural. Me encantó.

—A mí me gusta mucho que esté en la planta baja, sobre todo porque no tiene ascensor.

Merrick frunció el ceño y señaló las ventanas.

—Se ve todo desde la calle. Por no mencionar que es más fácil que entren a robarte.

Me encogí de hombros.

—Me puedo comprar unas cortinas y, de todos modos, quería adoptar un perro. —Me giré hacia el agente inmobiliario—. Se aceptan mascotas, ¿verdad?

Asintió.

—Están permitidas las mascotas que no lleguen a los catorce kilos, siempre que pagues una fianza por los posibles daños.

—Problema resuelto —le dije a Merrick con una sonrisa.

—¿Cómo que problema resuelto? ¿Qué va a hacer un perro de menos de catorce kilos si se te cuela un ladrón en casa?

Puse los brazos en jarras.

—¿Estás insinuando que un perro no puede ser feroz por ser más pequeño?

—No, pero el peso afecta al tono del ladrido. Y los ladridos agudos no asustarán a los intrusos. Además, ¿cómo quieres tener un perro si te pasas el día trabajando?

Arrugué la cara.

—¿Qué tiene que ver eso?

—¿Qué va a hacer el animal, pasarse el día aquí sentado?

—¿Qué hacen tus peces?

—Lo mismo que hacen cuando estoy en casa: nadar. Porque los peces no hacen nada más. Sin embargo, los perros dan mucho trabajo.

—Como las relaciones…

Nick observó nuestra discusión como si fuera un partido de tenis. Mi último comentario dejó a Merrick sin palabras, y Nick me miró y me preguntó:

—Entonces… ¿te lo quedas? Yo voto a favor, a mí también me encanta.

—Gracias por ponerte de mi parte, colega —farfulló Merrick.

Me mordí el labio inferior.

—¿Cuándo podría mudarme?

Esperamos fuera cuando firmé todos los papeles. Merrick miró por la ventana y volvió a negar con la cabeza.

—¿Y si te pones una alarma?

—No creo que haga falta.

—Yo me quedaría más tranquilo.

Choqué el hombro con el suyo.

—Pensaba que con lo que te he hecho antes ya te habías quedado más tranquilo. Qué avaricioso.

Sonrió.

—Me puedes llamar avaricioso si con eso consigo que estés segura en tu casa por las noches.

—Vale. Me lo pensaré.

—Bien. Pediré a la empresa de seguridad con la que trabajamos que vengan en cuanto te den las llaves.

Sacudí la cabeza y dije:

—Qué mandón.

—¿Sabes qué? Para que veas lo amable que soy, te dejo que elijas dónde vamos a comer.

Arqueé una ceja y pregunté:

—¿Puedo elegir el sitio que quiera?

Se encogió de hombros y asintió:

—Claro.

Veinte minutos después, estábamos sentados en el Gray's Papaya. Merrick me había dejado que le pidiera la comida, así que nos trajeron dos perritos calientes con todo.

—No recuerdo la última vez que me comí uno de estos —comentó Merrick mientras tomaba el suyo.

—Es que estás demasiado ocupado yendo a restaurantes sofisticados porque eres… —Moví las manos a mi alrededor y dije—: muy sofisticado.

Sonrió y dio un trago al refresco.

—¿Y qué perro quieres?

—El que sea mientras sea cariñoso. En cuanto me mude, iré a la perrera y adoptaré al perro más feo al que no quiera nadie.

—Pensaba que querrías una raza en concreto.

Le di un bocado al delicioso perrito caliente y respondí con la boca llena:

—No. Solo quiero uno que necesite una familia.

—¿Alguna vez has tenido un perro?

Asentí.

—Una vez. Me duró una semana. Arnold era el mejor perro del mundo.

—¿Qué quieres decir con que te duró solo una semana?

—Mordió a mi padre cuando… ya sabes. —Sonreí—. Por eso era el mejor perro.

Merrick frunció el ceño y preguntó:

—¿E imagino que por eso duró solo una semana?

—Sí. —Me limpié la comisura de la boca—. ¿Y tú qué? ¿Has tenido perro?

—Una vez. Cuando era un crío tuvimos un labrador negro. Con cinco o seis años se puso enfermo y murió muy joven.

—Lo siento. ¿Por eso ahora tienes peces?

Negó con la cabeza y dijo:

—Los peces los heredé. Eran de Amelia.

—Ah.

—Siempre tenía peces como mascota. Le costaba mucho dormir, así que se los ponía en la mesilla de noche y los observaba nadar antes de irse a la cama. Lo curioso es que nunca le duraban más de un año, hasta que los heredé yo. Hace años que los tengo.

Me quedé callada un momento. Merrick me miró a los ojos y preguntó:

—¿Qué pasa? ¿Te molesta que los tenga?

—No, claro que no. Me molestaría que los hubieras tirado por el váter.

—Entonces, ¿por qué tengo la sensación de que hay algo que te molesta?

—No lo sé. Supongo que… —Negué con la cabeza—. Me he dado cuenta de que todavía están en la mesilla de noche. O sea, ¿que no los has movido en los últimos tres años?

Merrick me miró a los ojos y me preguntó:

—¿Dónde se supone que los tengo que poner?

Hice un gesto para restarle importancia.

—Disculpa. Tienes razón. Soy tonta y estaba leyendo entre líneas. Deformación profesional.

Merrick asintió, pero se quedó callado. O eso me pareció, aunque puede que solo estuviera comiendo y yo estuviera leyendo entre líneas otra vez. Cuando casi habíamos acabado, me sonó el teléfono.

—Es mi hermana. Discúlpame un momento. Tengo que contestar por si necesita que compre algo de camino a casa.

—Claro.

Deslicé el dedo por la pantalla y me llevé el teléfono a la oreja, aunque si lo hubiera dejado sobre la mesa, también la habría oído gritar:

—¿Por qué no respondes mis mensajes?

—He ido a ver pisos y a comer. ¿Va todo bien?

—¡No!

—¿Qué pasa?

—¡Estoy embarazada!

—¿Qué? ¿No me digas? ¿Lo dices en serio? ¡Qué rápido! La implantación fue hace poco más de una semana.

—¡Ya! ¡Parece que el candidato número 09376230, amante del fútbol y gurú tecnológico, tiene unos espermatozoides superpotentes!

Me eché a reír y me puse una mano sobre el corazón.

—¡Estoy muy emocionada! ¡Voy a ser tía!

—Ahora tienes que darte prisa y quedarte embarazada tú también. ¿Qué tal el recuento de espermatozoides de tu jefe?

Miré a Merrick para ver si lo había oído. Sus cejas arqueadas confirmaron mi teoría. Sacudí la cabeza y dije:

—Iré a casa en un rato. ¡Supongo que tendré que beber por las dos para celebrar!

—Calla, no me lo recuerdes. Voy a pasarme una eternidad sin beber vino.

Oí que alguien llamaba a la puerta al otro lado de la línea.

—¿Greer, estás ahí?

—Un momento, ahora salgo. Estoy hablando por teléfono. —Volvió a dirigirse a mí y susurró—: Mierda, pensaba que llegaría a casa dentro de una hora. No le digas que te lo he dicho a ti antes o se enfadará.

Puse los ojos como platos.

—¿Todavía no se lo has contado a Ben?

—Es que hoy trabajaba hasta tarde y se suponía que no iba a llegar hasta las diez. Quería decírselo en persona, pero tenía que contárselo a alguien.

—Qué desastre. ¡Cuéntaselo, pobrecito!

—Vale. Pero no tardes mucho en venir, que quiero hacer una lista de posibles nombres para el bebé.

Me reí.

—Nos vemos en un rato. Y enhorabuena, Greer.

En cuanto colgué, Merrick me preguntó con una sonrisa:

—¿Al final tu hermana no va a necesitar mi ayuda?

—Me parece increíble que solo le haya hecho falta una sesión de inseminación.

—Qué bien. Enhorabuena.

—Sí. Llevaban años intentándolo. Me alegro muchísimo por ellos. Mi hermana será una madre genial. Fue como mi segunda madre en muchos sentidos, porque tiene diez años más que yo. Y es una cuidadora nata. Y eso me recuerda que le conté lo nuestro cuando volví de casa de Kitty y no ha dejado de pedirme que te invite a cenar algún día.

—¿Tendré que llevar un análisis con mi recuento de esperma?

—Lo has oído, ¿eh?

—Era imposible no hacerlo.

Di un trago al refresco y pregunté:

—¿Te gustaría tener hijos en el futuro?

Merrick apartó la mirada y respondió:

—Si me hubieras preguntado hace unos meses, te habría dicho que no.

—¿Y ahora?

Alargó una mano por encima de la mesa y acarició la mía.

—No lo sé. Supongo que las cosas pueden cambiar. Hace poco me di cuenta de que había dejado que mi pasado controlara mi futuro en muchas ocasiones. Y no quiero seguir haciéndolo.

—¿Te refieres a tu relación con Amelia?

Asintió.

Una camarera se acercó y señaló las bandejas que teníamos sobre la mesa. Los platos estaban vacíos.

—¿Me los puedo llevar?

—Sí, por favor. Muchas gracias.

Merrick tomó el móvil.

—Tenía planeado secuestrarte y llevarte a casa conmigo, pero creo que tienes que ir con tu hermana.

Asentí.

—Sí.

—¿Y mañana por la noche? Tráete lo que te haga falta a la oficina y pasamos la noche juntos. Te prepararé algo para cenar.

—¿Vas a cocinar?

—No pareces muy difícil de complacer, sobre todo teniendo en cuenta que hemos cenado perritos calientes. Puedo prepararte algo mejor.

—Vale —respondí con una sonrisa—. Es un buen plan.

Levantó el móvil cuando nos pusimos en pie.

—Voy a pedirte un Uber.

—No te preocupes. Iré en metro. Hay una estación en la esquina.

Merrick me ignoró y escribió algo en el móvil antes de mirarme.

—Llegará en tres minutos.

—¿Tienes algo en contra del metro?

—No me gusta pensar que podrías estar en peligro. Por eso también pienso que deberías tener una alarma si vives en una planta baja.

El Uber llegó en cuanto salimos. Le di un beso de buenas noches a Merrick.

—Gracias por venir conmigo a ver los pisos. Qué desastre. Ni siquiera le he contado a Greer que ya tengo casa.

Se inclinó para abrirme la puerta del Uber.

—Ha sido una noche llena de buenas noticias. Tendré que currármelo para que mañana sea igual de especial.

Moví las cejas con picardía y me subí a la parte trasera del coche.

—Estoy impaciente.

CAPÍTULO 24
Evie

—¡Adelante!

Merrick abrió la puerta de mi despacho y asomó la cabeza. Al ver que estaba sola, entró.

—Hola. —Cerré la libreta en la que escribía—. Llegas justo a tiempo. Acabo de terminar por hoy.

—Ojalá pudiera decir lo mismo. Voy un poco atrasado. El mercado se ha descontrolado por una noticia inesperada, y los analistas acaban de terminar, así que tengo que hablar con ellos y decidir qué hacemos con nuestros valores en cartera. Me sabe muy mal, pero voy a tener que quedarme una hora o dos más.

—Ostras… —Me encogí de hombros—. No pasa nada. Encontraré algo que hacer.

Merrick se miró el reloj y sugirió:

—Ya son las seis y media. ¿Por qué no subes al apartamento y te pones cómoda? Y pide algo de comer, porque cuando acabe, será muy tarde para ponerse a cocinar.

—Aprovecharé para trabajar.

Merrick frunció el ceño y me ofreció una llave.

—Te la dejaste ayer, cuando te fuiste.

—Supuse que me la habías prestado para entrar. No pensé que quisieras que me la quedara.

—¿Te asustarías si te pidiera que te la quedaras? Es una copia.

—¿Quieres que sea totalmente sincera?

Sonrió.

—¿Qué te parece si la aceptas, subes y hablamos del tema después?

Asentí.

—De acuerdo.

Merrick me entregó la llave.

—Ve a cambiarte y ponte cómoda. No quiero que te quedes aquí porque yo tenga que quedarme.

—Lo haces porque quieres que te reciba como el otro día, ¿verdad? —pregunté, inclinando la cabeza.

Soltó una risita.

—Venga. Así puedes cotillear un poco más.

—No creo que seas consciente de lo peligroso que es decirle eso a alguien como yo.

Me cerró la palma de la mano con la llave en el interior.

—Aprovecha. No tengo nada que esconder.

No pasé por alto el hecho de que mi ex me controlaba cuando me enseñaba una foto de su móvil y me lo quitaba en cuanto la había visto. Claro que no había ni punto de comparación entre Christian y Merrick.

—¿Qué te apetece que pida?

Se encogió de hombros y se sacó la cartera del bolsillo.

—Lo que te apetezca, no soy muy delicado. Eso sí, usa mi tarjeta para pagar.

—Puedo pagar yo la cena. Aunque, técnicamente, supongo que siempre acabas pagando tú, porque me pagas el sueldo que utilizo para comer.

Se le crispó el labio.

—Usa mi tarjeta, por favor. Tengo que irme. Hay seis personas esperándome en el despacho.

—Hasta luego.

Al cabo de un rato, me dirigí al ascensor. Acababa de subir y pulsar el botón del ático cuando Joan salió por la puerta doble de cristal de su despacho y se acercó al ascensor.

«Mierda».

El botón de la planta del piso de Merrick estaba iluminado, pero no podía cerrar las puertas ahora que habíamos hecho contacto visual, así que entré en pánico e hice lo único que se me ocurrió: pulsar todos los botones.

Joan se dio cuenta en cuanto se subió.

—Madre mía.

—Sí, parece que a alguien le apetecía gastar una broma.

—Creo que es mejor que esperemos al otro ascensor. Parece que este va para arriba.

—Sí, mejor.

Salimos al recibidor y en cuanto el ascensor se fue, pulsamos el botón para llamar al otro.

—¿Todo bien con Merrick? —me preguntó Joan.

Como ya estaba nerviosa, su pregunta me asustó. Intenté actuar con normalidad.

—Claro, ¿por qué debería pasar algo?

—Por nada. Es que lo he visto salir de tu despacho hace un rato y quería asegurarme de que no te está presionando para que le cuentes información de los pacientes. Que no es que no puedas hablar con él, claro, pero quería asegurarme de que todo iba bien. Es muy persuasivo cuando quiere.

«Ya te digo». Fingí una sonrisa para esconder los nervios.

—No, no ha venido a eso. —No sabía si me sentía culpable por esconderle la verdad o si Joan esperaba una explicación, pero sentí la necesidad de decir algo más. De nuevo, decidí soltar lo primero que se me ocurrió—: Ha venido a verme para hacer terapia.

Joan puso los ojos como platos.

—¿En serio?

Asentí.

—Sí, a mí también me ha tomado por sorpresa.

«Madre mía. Solo estoy empeorando las cosas».

Cuando llegamos a la planta del recibidor, pensé que me iba a asfixiar en el maldito ascensor, pero me sentí aliviada en cuanto las puertas se abrieron. Las dos nos dirigimos juntas a la salida. La estación de tren estaba a la izquierda, así que la señalé, como si me fuera a casa.

—Yo voy hacia ese lado.

Sonrió y señaló en la dirección opuesta.

—Mi parada del bus está para allí.

Me moría de ganas de escapar.

—Nos vemos el lunes —le dije, y caminé por la acera.

Cuando llegué a la estación de metro, esperé unos minutos por si Joan se había olvidado algo. Por lo acelerado que tenía el corazón, parecía que hubiera robado el diamante Hope. Volví al edificio y contuve el aliento hasta que llegué sana y salva a la planta del piso de Merrick.

Cuando entré, aún seguía tensa. Sin embargo, cuando accedí a la sala de estar, vi algo en la mesilla de centro.

¿Eran...?

Me acerqué para observarlos con detenimiento. Y ahí estaban, los dos peces dorados, nadando en la pecera. Y no era la misma que había visto en la mesita de noche de su cuarto.

¿Se había comprado más peces o...?

Dejé el bolso en el sofá y me dirigí a la habitación para investigar. Cuando abrí la puerta, una sensación cálida en el pecho hizo que los nervios que había sentido por lo de Joan desaparecieran de una vez por todas.

La pecera de la mesilla de noche había desaparecido. Merrick la había trasladado a otro sitio, en otra habitación. Era una tontería sin importancia, pero había tenido en cuenta el comentario que le había hecho la noche anterior y se había molestado en hacer algo para aliviar mi preocupación tácita.

Puede que, a fin de cuentas, no tuviera que pelearme con la sombra de otra mujer. Parecía que Merrick quería dejar que entrara el sol.

—Madre mía. Parece mucho trabajo.

—Qué va —dijo Kitty—. Por lo menos tendré algo que hacer mientras estoy atrapada en casa. Solo han pasado dos semanas y me voy a volver loca si no tengo nada con lo que matar el tiempo estas ocho semanas que debo estar con la escayola.

—¿Cuándo sería el encuentro? —pregunté.

—Había pensado en organizarlo para la primavera del año que viene o del siguiente, dependiendo de la disponibilidad del rancho.

La puerta del piso se abrió y Merrick entró. Señalé el móvil y levanté el dedo índice.

—¿El rancho?

—Es el mejor lugar para el encuentro. El terreno es enorme, se pueden hacer fogatas por la noche, montar a caballo y hay vaqueros. A todo el mundo le gustan los vaqueros.

—En eso tienes razón. ¿Qué motivo tendría alguien para que no le gustaran los vaqueros?

Merrick frunció el ceño.

—Pero ¿ya te ves con ánimo de organizar todo eso?

Merrick se dio una palmada en la frente y negó con la cabeza mientras se acercaba.

—Estoy bien. Y también lo estaba la semana pasada, cuando el zoquete de mi nieto pensó que me hacía falta una enfermera.

Estaba convencida de que Merrick había oído lo que había dicho, porque me había pedido que le pasara el teléfono, aunque yo me había negado con la cabeza. De todos modos, me lo arrebató de la mano y se lo acercó a la oreja.

—Hola, yaya. —Merrick me miraba mientras hablaba—. No, no estoy trabajando y Evie tampoco. Vamos a cenar… juntos en mi piso.

Oí que Kitty decía algo.

Merrick asintió.

—Sí, tenías razón. ¿Te importa hablar con ella mañana? Porque Evie es demasiado educada para meterte prisa y colgar, pero yo no. —Me recorrió el cuerpo con los ojos y se detuvo un segundo en mis labios—. Gracias, lo haré. Buenas noches.

Bastante orgulloso de sí mismo, lanzó el móvil al sofá y me rodeó la cintura con un brazo.

—Bésame de una vez.

—¿Y si no quiero? Has sido bastante maleducado… —Me acalló con un beso. Y no fue un beso cualquiera, tuve que agarrarme a su camisa para mantenerme de pie, porque el tío era

263

capaz de hacer que me temblaran las piernas con la boca. A falta de una descripción mejor: me devoró. Cuando nos separamos, yo estaba sin aliento.

Merrick retrocedió para mirarme a los ojos. Los suyos estaban entrecerrados y llenos de tanta pasión que sentí un cosquilleo en la entrepierna.

—Siento haberte hecho esperar.

—Me gustan tus disculpas. —Sonreí.

—¿Ah, sí? Tendré que cabrearte más a menudo —dijo con un brillo en los ojos.

—¿Acabas de confesarle lo nuestro a tu abuela?

Asintió y preguntó:

—¿Debería disculparme también por eso?

Solté una carcajada y afirmé:

—Creo que sí.

Merrick volvió a besarme, pero esta vez fue un beso lento y dulce. Se apartó y me frotó la nariz con la suya.

—¡Me acabas de dar un beso de ángel!

—No se llama así.

—Mi abuela los llamaba así. Al principio, cada vez que dejábamos a mi padre y nos íbamos a su casa, yo tenía problemas para dormir. Así que cuando me acostaba, me daba un beso de ángel, que significaba que los ángeles cuidarían de mí mientras dormía. Nadie más me había dado un beso de ángel en mi vida.

Merrick me besó la frente.

—A lo mejor eso quiere decir que ahora tengo que ser yo el que te cuide.

Parpadeé.

—Eso es muy bonito.

Miró a su alrededor en la habitación.

—¿Has cenado ya?

—No, te estaba esperando. He pedido comida china. Está en la cocina.

—Venga, vamos a cenar y así podré desnudarte de una vez. Tenemos que guardar salsa agridulce para que pueda ponértela en las tetas.

—¡Hala! Has pasado de romántico a guarro en solo tres frases.

Me guiñó un ojo y me dijo:

—Es un don.

Nos sentamos a la isla de la cocina para comernos el pollo *Kung Pao* y las gambas *Szechwan* mientras Merrick me contaba el problema que lo había hecho trabajar hasta tarde.

Sacudí la cabeza.

—Básicamente, te ganas la vida haciendo apuestas. ¿Eso quiere decir que también te gustan los casinos?

—Depende del juego. Me gusta apostar únicamente cuando no es solo una cuestión de azar. Si te sientas a jugar una partida de *Black Jack,* el crupier no hace más que poner las cartas sobre la mesa y darles la vuelta. Y tú tienes que usar la estadística para adivinar. Si juegas al póquer con gente, tienes que saber leer a los jugadores y aprenderte sus hábitos. Y eso es lo que hago también en el trabajo, excepto con las empresas.

Le ofrecí una gamba con los palillos chinos y la aceptó con la boca.

—Nunca lo había pensado, pero nuestros trabajos se parecen en algunas cosas —dije—. Los dos observamos a la gente para aprender más sobre ellos. Buscamos aquello que no nos dicen para completar nuestro rompecabezas.

Merrick me acercó un trozo de pollo.

—Dime algo que hayas aprendido de mí sin que te lo haya dicho.

Me detuve a pensar.

—Pues, por cómo tratas a tu abuela, y por los detalles que tienes, he aprendido que te gusta cuidar de los tuyos. Por ejemplo, cuando vamos por la acera, siempre te pones en el lado que da a la carretera. No te gusta que me suba al metro por la noche y lo primero que dijiste sobre mi piso fue que necesitaba una alarma.

Asintió.

—¿Algo más, doctora?

Miré la pecera en la mesa y la señalé con el palillo.

—Le das vueltas a lo que dicen los demás, incluso al cabo de un tiempo.

Merrick siguió mi mirada y se volvió hacia mí.

—Pensaba que no podría pasar página, pero era porque no lo había intentado de verdad.

Dejé los palillos en la mesa.

—¿Y tú qué has aprendido de mí?

Alargó el brazo, me robó un trozo de brócoli del plato y se lo metió en la boca.

—Que te gusta que te tire del pelo mientras te digo guarradas.

Le di un golpe en el brazo.

—Tendría que haberme imaginado que dirías algo así.

Acabó de masticar y tragó.

—Los hombres te ponen nerviosa porque aquellos a los que has querido te han hecho mucho daño.

Suspiré y asentí.

—Eso no era difícil de ver.

—Puede que no. Pero también eres la persona más resiliente que conozco. La mayoría de gente que ha vivido experiencias como las tuyas, ya sea lo de tu padre o lo del cabrón de tu ex, se sienten víctimas. Tú no. No sabes ser la víctima de tu historia. Solo sabes ser la heroína, y ella siempre se sacude el polvo y sigue hacia delante.

—Gracias por decirme eso, aunque hay días en los que me permito llorar y sentirme la víctima.

—Bueno, pues no se te nota.

—Seguro que la semana que viene cambias de opinión. El viernes tengo que ver a Christian en el juzgado.

Merrick puso cara de enfado.

—Me sigue pareciendo increíble que te haya demandado. ¿Qué te parece si te acompaño?

—Te lo agradezco mucho, pero creo que es algo que tengo que hacer sola.

Asintió.

—No era una oferta totalmente altruista. Soy un poco territorial contigo. Pero te entiendo.

266

Cuando terminamos de cenar, recogí las sobras y Merrick fue a cambiarse. Luego nos sentamos en la sala de estar y vimos la televisión un rato. Él tenía los pies apoyados en la mesilla de centro y yo estaba tumbada con la cabeza sobre su regazo.

—Ay, he olvidado decirte una cosa. —Me puse de lado para mirarlo a la cara—. Joan casi me pilla hoy cuando venía. Ya estaba en el ascensor y había pulsado el botón del ático, pero Joan ha salido del despacho y se ha montado conmigo.

—¿Y se ha dado cuenta?

—No, porque me ha entrado el pánico y he pulsado todos los botones para que no viera a dónde iba.

Merrick soltó una risita.

—Supongo que es una solución.

—Ha sido lo único que se me ha ocurrido en ese momento. Pero creo que ha funcionado. Ah, y te había visto salir de mi despacho, así que le he dicho que habías venido porque querías hacer terapia conmigo.

—¿Que yo quería hacer terapia?

—Es que me ha parecido que estaba buscando un motivo por el que pudieras venir a mi despacho, ahora que ya no eres mi jefe. Y le he soltado lo primero que se me ha ocurrido. Luego he tenido que ir a la estación y esperar hasta que no hubiera moros en la costa antes de volver a subir. Para que lo sepas, estaba muerta de los nervios hasta que he llegado.

Merrick me acarició el pelo y añadió:

—No quiero tener que esconder lo nuestro para siempre.

Las malditas mariposas en mi estómago enloquecieron de nuevo. Merrick no era de decir lo primero que se le pasaba por la cabeza, así que el hecho de que hablara de lo nuestro como algo duradero me conmovió. Había muchas señales que indicaban que yo le importaba, pero no me había permitido creérmelas aún.

—A lo mejor se lo podemos contar a Joan dentro de poco —dije—. Así no le estaré mintiendo a mi jefa. Aunque creo que por lo que respecta al resto de empleados, es mejor que lo mantengamos en secreto, al menos mientras intento ganarme su confianza y hacer que me conozcan.

Merrick se inclinó hacia mí y me rozó los labios con los suyos.

—Me parece un buen plan.

Volví a colocar la cabeza sobre su regazo, miré los peces, que nadaban en la pecera sobre la mesa, me volví a girar hacia Merrick y le dije:

—Gracias por cambiar la pecera.

Sonrió.

—Tengo un apartamento grande, pero es importante que veas que hay sitio para ti.

El día siguiente por la mañana, obligué a Merrick a acompañarme a comprar cosas para mi nuevo piso. El lunes me daban las llaves y tenía que comprarme una cama antes de instalarme, así que ese era el primer punto de mi lista.

—¿Qué te parece esta? —Me tumbé sobre un colchón con un recubrimiento de látex y le pedí a Merrick que se acostara.

—No lo sé. ¿Por qué no te pones a cuatro patas y así veo si me convence?

Me quité la almohada que tenía debajo de la cabeza y le di con ella en la cara mientras me reía.

—Lo digo en serio. Dormir bien es tan importante para la salud como comer sano y hacer deporte. ¿Qué cama tienes tú? Es muy cómoda.

Merrick se encogió de hombros y respondió:

—Ni idea.

Arrugué la nariz.

—Vaya.

Merrick me miró, primero confundido y luego con una expresión de comprensión.

—No es que no lo sepa porque la eligió otra mujer, si es lo que estás pensando. Bueno, sí que la escogió una mujer, la diseñadora de interiores. Contraté a alguien para que lo comprara todo cuando me mudé.

—¿Y dejaste que te eligiera el colchón? Y si no te gustaba, ¿qué?

Se encogió de hombros.

—Pues me habría comprado otro, supongo. Ella lo eligió todo y yo llegué un día y me instalé.

—¿Le dijiste qué querías? ¿Sugeriste colores o algo?

Merrick negó con la cabeza.

—Nada. —Echó un vistazo a la tienda de colchones. Había dos dependientes, que en ese momento estaban ocupados con otros clientes, así que se tumbó encima de mí y empezó a hacer botar la cama.

—Dios mío —dije entre risas—. Para.

Botó un par de veces más antes de darme un beso casto en los labios.

—Este nos servirá. Cómpralo.

Cuando acabamos en la tienda de colchones, lo arrastré hasta la tienda de decoración. Para un hombre que ni siquiera había elegido las cosas de su piso, se mostró muy paciente. Enseguida llené el carro con sábanas, velas y otros artículos para el hogar y hasta un cerdito de peluche, que no pude evitar comprar para mi futuro sobrino o sobrina. Teníamos a veinte personas por delante en la cola de la caja. Había una niña pequeña en el asiento del carro que teníamos enfrente. Llevaba férulas en las piernas y señalaba el peluche de nuestro carro.

Sonreí.

—Pero qué mona eres.

Merrick miraba los mensajes del móvil, pero apartó la vista del teléfono y la observó. Me pareció que entrecerraba los ojos, como si la niña le resultara familiar, pero no le di importancia, y él volvió a centrarse en el teléfono.

La niña volvió a señalar el peluche y gritó:

—¡Pe!, ¡pe!, ¡pe!

El padre se giró para ver qué había causado el furor en su hija, le sonrió y dijo, a la vez que gesticulaba en lengua de signos:

—Claro. Pe de Pinky, tu cobaya. —El hombre me miró—. Es sorda y acaba de empezar a trabajar con un logopeda para aprender los sonidos. Tiene una cobaya que se llama Pinky y ahora llama así a todos los peluches. —Agarró una rana de peluche de su carro. La niña alargó los brazos para cogerla y repitió el sonido—. Ya ha conseguido que le compre uno hoy.

La cola avanzó, así que el hombre empujó el carro hacia delante. Yo lo seguí, pero Merrick no. Cuando lo miré, me di cuenta de que observaba fijamente a la niña.

Fruncí el ceño.

—¿Merrick?

Ni siquiera parecía haberme escuchado. No hacía más que mirarla. Al final, le toqué el brazo.

—Merrick, ¿estás bien?

Por el rabillo del ojo vi que el hombre de la cola se giraba. Merrick lo fulminó con la mirada. Los observé primero a uno y luego al otro varias veces. El hombre también lo miraba.

Asustada, me puse delante de Merrick y le di un empujoncito.

—Merrick, dime qué pasa. Háblame.

Negó con la cabeza y respondió:

—Nada. Te espero fuera, ¿vale?

—Vale. ¿Seguro que estás bien?

Volvió a mirar al hombre, luego a la niña y salió por la puerta delantera.

Observé cómo se alejaba, perpleja y sin entender qué había pasado, antes de volver a girarme hacia el hombre con la niña.

—¿Os conocéis o qué?

Sacó a la niña del carro y la agarró con fuerza.

—Soy Aaron Jensen.

El nombre no me decía nada, así que negué con la cabeza.

—No lo entiendo. ¿Tendría que sonarme de algo?

El hombre miró a su hija.

—Eloise es hija de Amelia Evans.

—¿Amelia, la ex de Merrick?

Asintió.

Observé a la pequeña.

—¿Cuántos años tiene?

—Cumplirá los tres en dos meses.

CAPÍTULO 25
Merrick

Tres años antes

—¿Se puede saber de qué coño estás hablando? —Debía de haber entendido mal al hombre.

El instructor de aviación miró a la enfermera. Tenía cortes y manchas en la cara y marcas de quemaduras en el brazo.

—Sí que es su anillo. Es de Amelia.

La pobre enfermera entró en pánico.

—Eh… Bueno. —Nos miró y susurró—: Le avisaré cuando tenga más información, señor Crawford.

—¿De qué coño hablas? ¿El anillo que llevaba Amelia se lo diste tú?

Negó con la cabeza y bajó la mirada.

—No se iba a casar conmigo. Me lo dejó muy claro desde el principio.

—¿El principio de qué? —Alcé la voz—: ¿De qué hablas?

—Amelia y yo estábamos liados. Lo nuestro empezó poco después de que se apuntara a las clases de vuelo. Yo siempre he sabido que estaba contigo, nunca fuiste un secreto para mí.

«Era evidente que a mí sí que me había escondido un par de cosillas».

—Y estáis… ¿prometidos?

Frunció el ceño y respondió:

—El mes pasado le compré el anillo. Pensé que si sabía que iba en serio, querría tener algo más formal conmigo. Pero yo solo era una aventura para ella. Yo era el único que quería algo más, y me rechazó. Me dijo que se casaría contigo. Yo quise que se quedara el anillo y ella lo llevaba en la mano derecha. Nunca quiso que fuéramos más de lo que ya éramos.

—¿Y qué erais exactamente? —La cabeza me daba vueltas. Todavía no era consciente ni de que Amelia estaba en el quirófano, ¿y ahora me enteraba de esto? Me pasé una mano por el pelo—. ¿Te la estabas tirando?

Aaron respondió con una expresión triste:

—Debería irme…

—No, es que para empezar ni siquiera deberías estar aquí.

Siguió con la cabeza gacha.

—Lamento que te hayas enterado así. Y lamento lo que ha pasado.

—¿Ibas con ella en el avión?

El chico asintió.

—El tren de aterrizaje de uno de los lados no se abrió. No lo supe hasta que nos recogieron entre los escombros. Si lo hubiera sabido, no habría permitido que ella aterrizara la avioneta. No tenía la suficiente experiencia.

Me quedé callado un buen rato para entenderlo todo.

—¿Cómo es que tú no tienes nada grave?

—Chocamos por el lado del piloto y el techo se derrumbó solo por su lado.

El corazón me pedía que le diera un puñetazo en la cara, pero la cabeza me impedía mover los brazos o las piernas. Me quedé allí, inmóvil y aturdido.

Al final, Aaron tomó la chaqueta de la silla a su espalda.

—Me voy a ir. Espero que Amelia esté bien. Y lo siento mucho, Merrick. Ella te quiere.

Si Amelia hubiera tenido a alguien más, ya me habría marchado. Sin embargo, no tenía a nadie, solo a mí. Había estado sola desde el instituto. Bueno, por lo visto también tenía al cabrón de Aaron. Había pasado las últimas ocho horas de operación intentando entenderlo todo. Aunque, para ser honesto, había tratado de entender a Amelia Evans desde la noche que la conocí en la universidad. Había aceptado la idea de que había partes de ella que nunca me permitiría ver. Pensaba que las escondía para protegerse, porque se había pasado la vida de una casa de acogida a la otra y nunca había confiado en nadie. Pero no estaba convencido de poder aceptar que algunas de esas partes que no me había mostrado fueran de otro hombre.

La enfermera se había acercado cada pocas horas para ponerme al corriente. La última vez, me había dicho que lo más probable era que solo tardaran una hora más. Como ya habían pasado dos horas desde entonces, me estaba empezando a poner nervioso. Justo entonces, un doctor con uniforme, gorro y una mascarilla azules a conjunto salió y se dirigió a la zona de las enfermeras. Cuando la mujer me señaló, me puse en pie.

El doctor se quitó la mascarilla y me tendió la mano.

—¿Señor Crawford?

—Sí.

—Soy el doctor Rosen, el neurocirujano que ha operado a la señorita Evans.

—¿Cómo está?

El doctor puso los brazos en jarras y suspiró.

—Me encantaría poder responderle, pero, como sabe, la señorita Evans tiene una herida muy grave en la cabeza. La trajeron con el cráneo fracturado, varias vértebras rotas y una hemorragia e inflamación en el cerebro. Dada la gravedad de su caso, la operación ha ido todo lo bien que cabría esperar. Le hemos hecho una craneotomía para detener la hemorragia, aliviar la presión en el cerebro y, así, evitar más daños. Está viva y, sorprendentemente, tiene las constantes vitales estables después del grave traumatismo y de la complicada intervención. Sin embargo, no hemos logrado despertarla de la anestesia. Eso no quiere decir que no vaya a recobrar la consciencia en algún momento, pero no es una buena señal. Así que ahora, lo único que podemos decir es que se va defendiendo. Llevará tiempo saber cuál es la gravedad de los daños.

Se calló y me miró a los ojos.

—No obstante, creo que debería prepararse. Es posible que no sobreviva a los próximos días. Y si lo hace, puede que tenga daños importantes.

Me senté en la silla que tenía detrás.

—¿Puedo verla?

El doctor Rosen asintió.

—Están acabando de prepararla y la llevaran a la UCI. Tiene el rostro muy hinchado, es muy común después de un traumatismo en la cabeza, y le dejaremos la parte de arriba del cráneo abierta durante una temporada, para darle espacio al cerebro. Pero sí, cuando hayan acabado, podrá entrar a verla. Vaya con mucho cuidado cuando la mueva o la toque.

—¿Cuánto tiempo deberá tener la cabeza abierta?

—No lo sabemos todavía. Congelaremos el colgajo óseo que le hemos extraído para reconstruirle el cráneo en el futuro.

Me costaba respirar, así que tragué saliva.

—Vale.

—La señorita Evans firmó un poder notarial médico la última vez que la operaron.

Asentí.

—La operaron de apendicitis el año pasado.

—Ese poder lo nombra a usted como su representante, la persona que toma decisiones médicas por ella cuando ella no puede decidir.

Me froté la nuca.

—No tiene relación con nadie de su familia.

Asintió.

—Estoy convencido de que cuando se mentalice de todo, tendrá muchas preguntas. Volveré a examinarla una vez la hayan instalado en la UCI y luego hablaremos.

—Gracias.

Se empezó a alejar, pero se dio media vuelta.

—Disculpe, estaba tan metido en la operación que ni siquiera le he dicho que el bebé parece estar bien. La obstetra la examinará cuando esté en la UCI, pero parece que el feto no ha sufrido ningún daño. Es increíble.

—¿Qué bebé?

El doctor entrecerró los ojos y respondió:

—Amelia está embarazada de unos meses.

—¿Quiere oír el corazón? —me preguntó la obstetra con una sonrisa—. Late muy fuerte. No me imagino por lo que está pasando, pero creo que el latido de un bebé a veces da esperanza a los padres.

Miré la pantalla y vi la vida que crecía dentro de Amelia.

—Vale.

La doctora tocó un dial y el sonido llenó la pequeña habitación de la UCI. «Bum-bum, bum-bum, bum-bum».

—Va muy deprisa, a unos ciento cuarenta y siete latidos por minuto. Como cabría esperar. —Pulsó varias teclas y siguió moviendo el aparato por el vientre de Amelia.

¿Cómo no me había dado cuenta de la tripita? Me sentí culpable, hasta que el hemisferio izquierdo del cerebro respondió a las preguntas que planteaba el derecho.

«Porque ya casi nunca dejaba que la vieras desnuda».

«Porque se estaba tirando a otro».

«Hostia».

«Puta».

«¿El bebé era mío?». ¿Cómo podía ser que ni siquiera me lo hubiera planteado desde que el doctor lo había comentado?

«¿Por eso no me lo había dicho?».

Justo cuando pensé que podía asimilarlo todo…

La doctora interrumpió mis pensamientos.

—Por el tamaño, parece que el bebé tiene unas diecisiete semanas, así que estamos en el segundo trimestre. Normalmente hacemos un sonograma a las dieciocho o veinte semanas para descubrir el sexo. Sin embargo, la anatomía de vuestro bebé no deja lugar a dudas. ¿Quiere saber si será niño o niña?

Lo que quería saber era si era mío, pero como la mujer esperaba mi respuesta y yo solo tenía preguntas, me encogí de hombros y respondí:

—Vale.

La doctora sonrió.

—Va a tener una niña. Enhorabuena, papá.

CAPÍTULO 26
Evie

—¿Quieres que hablemos de lo que acaba de pasar?

Había terminado de colocar lo que había comprado en el maletero, me había sentado en el asiento del copiloto y me había abrochado el cinturón.

Merrick cerró los ojos un momento y suspiró:

—La verdad es que no.

Pensé que a lo mejor necesitaba un poco de tiempo y espacio, así que asentí.

—Hoy el casero va a pintar el piso y me ha dicho que puedo ir a dejar cosas mientras tanto. ¿Te importa que pasemos por allí para que deje lo que he comprado?

—Como quieras.

Estuvo callado durante el trayecto. Cuando llegamos, Merrick aparcó en doble fila delante del edificio y me ayudó a entrar todas las cosas.

—No te mudarás hasta que no te traigan la cama, ¿verdad? —me preguntó.

—No. Además, todavía tengo que meter en cajas todas las cosas que tengo en el piso de mi hermana.

Asintió y sacudió las llaves que llevaba en la mano.

—¿Quieres que te deje allí?

—Ah… sí, vale. Me iría genial. —No esperaba que fuéramos a pasar todo el fin de semana juntos, pero sentí que había acortado nuestro tiempo de golpe. Ni siquiera había traído la mochila con mis cosas cuando habíamos ido a comprar—. Ten-

277

go la mochila en tu piso, pero no me hace falta nada de lo que tengo allí. La puedo recoger el lunes, antes de marcharme a casa.

Asintió.

El trayecto hasta casa de mi hermana fue corto, aunque lo agradecí, porque el silencio en el coche empezaba a ser ensordecedor. Intenté no tomármelo como algo personal. Era evidente que ver a la hija de Amelia le había molestado. A no ser que lo hubiera calculado mal, y no pensaba que ese fuera el caso, Amelia había tenido un bebé con otro hombre mientras estaba con Merrick. Juraría que él me había dicho que ella había fallecido hacía un poco menos de tres años, y parecía que habían estado juntos hasta el final, pero tal vez lo había entendido mal. Y no era el momento indicado para preguntar.

Al llegar al bloque de mi hermana, Merrick se detuvo en la acera y, sin apagar el motor, se bajó del coche y me abrió la puerta.

Forcé una sonrisa y dije:

—Gracias por venir conmigo de compras.

—No hay de qué.

—¿Nos vemos el lunes?

Asintió, se inclinó y me dio un beso en la frente.

—Cuídate.

Esperó hasta que estuve dentro del edificio para volver a subirse al coche. Yo quería pensar que se le pasaría, pero se me formó un agujero en el fondo del estómago cuando el coche se alejó. Llámalo intuición femenina o como sea, pero algo me decía que me romperían el corazón… otra vez.

—Hola. ¿Qué haces? —Mi hermana dejó las llaves sobre la encimera de la cocina y se acercó a la sala de estar, donde yo llevaba un buen rato sentada. Debían de ser las ocho pasadas, porque ese día le había tocado cerrar la tienda.

—Pues nada, viendo la tele.

Greer se fijó en el televisor y me volvió a mirar.

—Mmm… está apagada.

Parpadeé un par de veces.

—Ya… Quería decir que iba a ver la tele.

Me miró con recelo.

—Vale, bueno, ¿te importa si la veo contigo?

Negué con la cabeza y respondí:

—Claro que no.

—Voy a cambiarme. He comprado vino sin alcohol, me lo serviré en una copa y fingiré que es del normal.

—¿Vino sin alcohol? O sea, ¿zumo de uva?

—Básicamente. Es un cabernet.

Volvió al cabo de unos minutos. Se había puesto unos pantalones de chándal y una sudadera de Emory que yo había comprado hacía por lo menos siete u ocho años. Traía dos copas y me ofreció la que tenía en la mano derecha.

—Tu vino es de verdad. Parecías muy pensativa, así que he pensado que te vendría bien.

—Gracias. —Suspiré—. Lo necesito.

Se sentó en la otra punta del sofá con las piernas por debajo del cuerpo.

—¿Qué ha pasado para que estés mirando fijamente la tele sin darte cuenta siquiera de que está apagada?

Sonreí. Mi hermana me conocía muy bien.

—No es nada, de verdad. Es solo que le doy demasiadas vueltas a las cosas.

Dio un trago a su vino de mentira y puso cara de asco.

—¿No te gusta? —le pregunté.

—¿Alguna vez te has dejado abierta una botella de vino durante meses y luego, cuando te ha apetecido una copa, te has dado cuenta de que solo tenías ese?

Solté una risita.

—Por desgracia, sí.

—Pues sabe igual.

—Estos nueve meses se te van a hacer eternos —comenté.

—Y que lo digas. —Dio otro trago al vino—. Pero cuéntame, ¿a qué le estás dando vueltas?

Suspiré.

—Hoy Merrick y yo hemos ido a comprar cosas para el piso. En la tienda de decoración había una niña justo delante de nosotros. Merrick no hacía más que mirarla fijamente, como si la hubiera reconocido o algo así y luego me ha soltado que se iba a esperar al coche.

—Vale...

—La niña estaba con su padre, que también parecía nervioso, así que, cuando Merrick se ha ido, le he preguntado si se conocían. Resulta que la pequeña es la hija de la ex de Merrick. Él me dijo que Amelia le había puesto los cuernos, y que se enteró porque ella sufrió un accidente. Pero la niña no tenía ni tres años y juraría que Merrick me había dicho que Amelia murió hacía más o menos ese tiempo.

—Vaya... A lo mejor te has confundido con las fechas.

—Podría ser, pero lo que me inquieta es la actitud de Merrick después de eso.

—¿Qué ha hecho?

—Casi no me ha dirigido la palabra y me ha traído aquí. Ni siquiera había cogido la mochila con mis cosas.

—¿O sea que ver a la niña le ha afectado?

—Eso parece. A lo mejor le estoy dando demasiadas vueltas al tema, pero me da la sensación de que el encuentro de treinta segundos ha hecho que nuestra relación retroceda.

—Creo que sí que le estás dando demasiadas vueltas. Lo más probable es que el encuentro le haya recordado una mala época. Estas cosas afectan mucho, sobre todo, cuando no las esperas.

—Ya, supongo que sí.

—¿Sabes el apellido de Amelia?

Asentí.

—Evans, ¿por?

Greer tomó el móvil.

—Y has dicho que falleció en un accidente de avioneta, ¿no?

—Sí.

—Pues seguro que salió en los periódicos. —Se encogió de hombros—. Voy a buscarlo en Google.

Antes de que me diera tiempo a pensar que buscar en internet a una exnovia muerta estaba mal, mi hermana me enseñó la pantalla en la que salía un titular.

—«Mujer sobrevive a un accidente de avioneta en plena clase de aviación». Parece que no falleció en el acto.

—No conozco todos los detalles, pero no.

Mi hermana ojeó el artículo.

—Lo escribieron en julio hace un par de años, así que hace treinta y un meses. ¿Cuántos años tenía la niña?

—El padre me ha dicho que cumpliría los tres en dos meses. Entonces… ¿treinta y cuatro?

—Eso significa que la pequeña estaba en la barriga de su madre cuando se estrelló y que Amelia sobrevivió por lo menos unos meses.

Madre mía. La historia era mucho más complicada de lo que pensaba. Suspiré.

—Bueno, supongo que eso explica que tenga las emociones a flor de piel.

—Seguro que solo es eso.

Asentí.

—Sí.

Aunque, en el fondo, no estaba convencida.

El lunes por la mañana entré en la oficina con un nudo en el estómago de los nervios. No había hablado con Merrick desde que me había dejado en casa de mi hermana el sábado por la tarde. Los nervios que sentía se multiplicaron cuando introduje la llave en la cerradura de la puerta y la abrí.

La mochila que había dejado en el piso de Merrick estaba en el sofá.

Me quedé helada y sin aliento. Tardé medio minuto en acercarme a ella. Cuando lo hice, abrí la cremallera y miré en su interior, sin saber qué buscaba. Sin embargo, fuera lo que fuera, no estaba, porque dentro de la maleta solo había mi ropa y mis productos de higiene, todos muy bien colocados. Miré a mi alrededor en el despacho, busqué en el escritorio y en la mesa de centro, en la mesilla auxiliar al lado de donde solía sentarme. ¿Qué buscaba? ¿Puede que una nota? Pero no había nada.

Una vez más, me intenté convencer de que le estaba dando demasiada importancia. Merrick me había devuelto la mochila antes de que llegara para que no tuviera que esconderme luego para ir a buscarla. Lo más probable es que lo hubiera hecho para ayudar, porque sabía que me ponía muy nerviosa pensar que los compañeros de trabajo se enterarían de lo nuestro.

Me dirigí al escritorio y me obligué a empezar el día.

Sí, lo había hecho para ser amable.

Era una tontería que le diera tantas vueltas.

Lo visualicé a la perfección. Seguro que había salido a correr por la mañana y había dejado la mochila cuando había bajado del apartamento y la oficina todavía estaba vacía.

Quizá hubiera pensado que necesitaría mis cosas por la mañana.

Era un gesto bonito, ¿no?

Volví a mirar la mochila en el sofá y se me cayó el alma a los pies.

Si era un gesto tan bonito, ¿por qué sentía que me había hecho las maletas y me había dejado tirada en la calle?

Por suerte, tenía una cita a las ocho en punto, así que no tuve mucho tiempo para comerme la cabeza. Como el mercado de acciones abría entre las nueve y media y las cuatro, tenía la agenda llena de citas a las ocho de la mañana y a las cuatro de la tarde. En ese momento, lo agradecí. Necesitaba una distracción.

Mi primer paciente del día era una mujer a la que había conocido brevemente cuando los de Recursos Humanos me hicieron una visita rápida por la oficina en mi primer día. Se llamaba Hannah y era una agente de bolsa júnior, aunque debía de tener unos treinta años. Tuvimos una primera sesión típica en las que nos conocimos un poco y dejé que el diálogo fluyera con naturalidad. Aproveché una pausa de la conversación para sacar el tema del trabajo.

—Trabajas para Will, ¿verdad?

Asintió.

—Si no te importa que te pregunte, ¿qué tal es trabajar para él?

—Me cae bien. Es un hombre abierto y honesto, incluso cuando no me gusta lo que me va a decir. Siempre suaviza los golpes haciéndome reír, pero con él, siempre sé a qué atenerme.

—Me alegra mucho oír eso.

—Sí, por eso estoy contenta con mi trabajo y no quiero ascender mucho más. Creo que no podría trabajar a las órdenes de alguien como Merrick.

—Vaya. ¿Por qué lo dices?

Se encogió de hombros y respondió:

—Parece un tipo majo cuando hablas con él a solas, y lo hago siempre que Will no está. Pero nunca sabes qué tiene en la cabeza. Mi amiga Marissa era una de las encargadas y hubo una temporada que su jefe se fue, así que estuvo rindiendo cuentas ante Merrick. Al cabo de unos meses, él la llamó para hablar con ella de su trabajo. Ella pensó que le ofrecería un ascenso, que le daría el puesto de su antiguo jefe.

—¿Y no fue así?

—Merrick la despidió. ¿Te imaginas? Ella pensaba que la iban a ascender y, en lugar de eso, la echó de patitas a la calle. —Negó con la cabeza—. Yo me quedo donde estoy, con un grado de separación entre nosotros. Además, mi sueldo no depende de mi título, sino de mis habilidades y de mi trabajo.

Intenté sonreír, pero el comentario me tocó la fibra.

A mediodía, la noche que había pasado dando vueltas y más vueltas en la cama comenzó a pasarme factura, así que decidí que necesitaba un café. Como no había café preparado en mi planta, aproveché para darme una vuelta por el piso de arriba. De camino a la sala de personal, pasé por delante del despacho de Merrick. Tenía las luces encendidas, pero no había nadie y la ayudante estaba hablando por teléfono. Dejé caer los hombros y caminé por el pasillo. Entré en la sala y encontré a Will delante de la máquina de café.

Me puse a su lado y dije:

—Qué bien… ¿Acabas de preparar café?

Mostró su sonrisa de siempre y señaló el café que salía de la máquina.

—Y está de puta madre, es de mi alijo personal.

Sonreí.

—¿Vas a compartir tu café de puta madre conmigo o es todo para ti?

—Te daré un poco. Aunque, te lo advierto, esta mierda no es barata, pero es adictiva. —Me guiñó un ojo—. Como yo.

Solté una risita. Hannah tenía razón. Will era genial.

Cuando la cafetera terminó, Will me sirvió una taza antes de llenarse la suya. Apoyó la cadera sobre la encimera y preguntó:

—¿Cuánto tiempo estará fuera el jefazo?

Fruncí el ceño.

—¿Se ha ido?

—Sí, ayer me mandó un correo electrónico para decirme que se iba a California, pero no me dijo cuándo volvería. He pensado que tú lo sabrías.

No pude esconder mi expresión de confusión.

—No, ni siquiera sabía que no vendría hoy.

Uno de los motivos por los que a Will se le daba bien su trabajo era la intuición. Me recorrió el rostro con la mirada y cambió de tema al momento. Movió la cabeza hacia mi taza y me preguntó:

—¿Qué me dices?

Le di un trago. El café estaba bueno, aunque en ese momento me parecía que todo tenía un toque amargo. Me obligué a sonreír.

—Está buenísimo.

A las seis de la tarde, como seguía sin tener noticias de Merrick, hice de tripas corazón y le mandé un mensaje.

Yo: Hola. Solo quería ver cómo estás. He oído que estás en California. No me habías dicho que te ibas, así que quería asegurarme de que todo iba bien.

Aunque no era una persona que usaba emoticonos, incluí una cara sonriente al final para que el mensaje pareciera informal. Me senté al escritorio e hice girar en los dedos una pieza de vidrio de mar mientras esperaba su respuesta. Al cabo de un minuto, el estado del mensaje pasó de «enviado» a «leído», así que cogí el móvil con la esperanza de que recibiría un mensaje en cualquier momento.

Pero pasaron unos minutos.

Diez minutos.

Luego media hora.

Y de repente, eran casi las siete y media y seguía sin haberme respondido. Por supuesto, intenté quitarle importancia una vez más.

Lo más seguro era que estuviera reunido.

Sería de muy mala educación estar con el móvil.

Me respondería en cuanto pudiera.

Por desgracia, no recibí un mensaje hasta las diez de la noche. Y la respuesta no me hizo sentirme mejor.

Merrick: Solo es un viaje de negocios. Si necesitas algo, seguro que Will puede ayudarte.

Fruncí el ceño. Sí que necesitaba algo, pero Will no podría ayudarme con ello.

CAPÍTULO 27

Evie

Por lo menos la semana había pasado rápido. Me había tomado el día libre porque a las nueve tenía que estar en el juzgado por lo de la ridícula demanda que me había puesto mi ex. Mi abogado me había dicho que solo me robaría una o dos horas del viernes, que el juez escucharía las declaraciones y que lo más probable era que establecieran una fecha para el juicio. Era lo último que me apetecía hacer después de que Merrick hubiera desaparecido esa misma semana, pero, aun así, intenté sacarle el mayor partido a mi día libre y programé una cita para que me entregaran la cama en el piso ese fin de semana.

Llegué al juzgado antes de tiempo y decidí esperar a mi abogado en las escaleras exteriores, pero cuando busqué entre el gentío solo vi a Christian. El muy capullo tuvo el valor de saludarme con la mano. Yo le devolví el saludo con un gesto menos amigable: haciéndole una peineta.

Había sido una semana tan cargada emocionalmente que verlo solo hizo que la hostilidad volviera a la superficie. No había hablado con Merrick desde su breve respuesta del lunes y ver a Christian era un recordatorio de que ya había entregado mi corazón y mi confianza a alguien que no los merecía.

Todo saltó por los aires en la sala de audiencias.

—Señoría —intervino mi abogado—, me gustaría solicitar que desestime la demanda por falta de pruebas. Incluso en el caso de que todo lo que afirma el demandante fuera cierto, el señor Halpern no ha sufrido daños.

El abogado de Christian negó con la cabeza.

—Ha arruinado su reputación, señoría.

Me incliné hacia delante y lo fulminé con la mirada.

—Te la arruinaste tú solito al acostarte con mi mejor amiga la noche antes de la boda.

El juez entrecerró los ojos y miró a nuestra mesa.

—Por favor, intente que su clienta se calme hasta que tenga la palabra. Pronto le llegará su turno.

Sí, claro, ¿cómo iba a calmarme en esa situación? Puse los ojos en blanco, pero me callé.

Mi abogado respondió:

—De acuerdo, señoría. Pero, volviendo al tema que nos ocupa, no hay nada en la petición del demandante que muestre, ni de forma remota, que los daños sufridos por el señor Halpern han sido causados únicamente por mi clienta. ¿En qué se basa para reclamar los daños? ¿Cómo los ha calculado?

—Los daños no han sido económicos —respondió el abogado de Christian—. Mi cliente fue humillado, sufrió daños emocionales y una pérdida de disfrute de actividades...

No pude evitarlo. Volví a inclinarme hacia delante y dije:

—¿Él ha sido el humillado y el que ha sufrido la pérdida de disfrute?

El juez movió el dedo y dijo:

—No diga ni pío, señorita Vaughn. Queda advertida.

Mi abogado levantó la mano.

—¿Podría hablar con mi clienta, señoría?

—Claro —respondió el juez, desesperado—. No tenemos nada mejor que hacer en toda la mañana.

—Será un segundo, señoría.

Mi abogado se inclinó hacia mí.

—Acabarás encerrada por desacato si no obedeces. Llegado el caso, este juez será el que se ocupe del juicio. Te recomiendo que comiences con buen pie.

Respiré hondo y asentí.

—Lo siento.

El abogado me miró fijamente a los ojos.

—Tenemos que ir con cuidado.

Conseguí no hablar durante los siguientes cuarenta y cinco minutos. Al final, el juez estableció una fecha para el juicio, pero dejó muy claro que a los dos nos beneficiaría resolver la disputa de manera extrajudicial.

Cuando terminó la audiencia, me quedé hablando con el abogado en el pasillo. Luego él se fue a otra planta porque tenía otra audiencia, así que salí de allí sola. Al bajar las escaleras de mármol, Christian apareció a mi lado.

—¿Podemos hablar un minuto? —me preguntó.

—¿Para qué?

—Porque quiero acabar con este tema tanto como tú.

Seguí caminando y respondí:

—Pues retira la demanda.

—La retiraré si cenas conmigo.

Me quedé inmóvil. Hice una mueca de sorpresa.

—¿Qué?

—Cena conmigo y retiro la demanda.

—¿Qué dices?

Christian bajó la mirada.

—La cagué, Evie.

Reí por la nariz.

—No me digas.

—Por favor, cena conmigo.

—¿Para qué? ¿Por qué quieres que cenemos juntos?

—Para que hablemos.

—Ya estamos hablando. Dime lo que tengas que decir y retira la demanda. Solo quiero seguir adelante con mi vida.

Christian me miró y dijo:

—Es que yo no puedo seguir adelante sin ti.

«Por el amor de Dios. ¿Lo dice en serio?». Negué con la cabeza y levanté las manos.

—Ni siquiera sé qué hacer con lo que me acabas de decir. No pienso cenar contigo.

—Vamos, Evie...

Estaba sin palabras, así que reanudé el paso.

—Demándame, Christian. Prefiero eso a tener que verte la cara durante una hora entera en una cena.

El sábado por la mañana fui a la oficina para ocuparme de un par de cosas, ya que no había ido el día anterior. Había gente, pero la puerta de Merrick seguía cerrada. Había sacado la libreta y había empezado a revisar las notas que había tomado para escribir un resumen de la sesión cuando me di cuenta de que había una horquilla sobre el escritorio.

La cogí y la miré con atención. No recordaba haberla dejado allí. De hecho, ni siquiera recordaba haber llevado una horquilla a la oficina. Solo las usaba cuando me lavaba la cara y me preparaba para acostarme. Entonces me di cuenta: a lo mejor me la había dejado en el lavabo de Merrick. Recordé el viernes de la semana anterior…

Había ido al baño de la habitación de Merrick para lavarme la cara y los dientes. En ese momento, Merrick apareció por detrás de mí y me observó en el espejo con una mirada lasciva, me quitó las horquillas del pelo y me metió las manos por debajo de la camiseta que llevaba puesta. No recordaba haberlas guardado después. Supuse que Merrick la habría dejado sobre mi mesa el otro día, cuando me había traído la mochila, aunque estaba convencida de que me habría dado cuenta. Además, ¿por qué la habría dejado sobre el escritorio en lugar de meterla en la mochila con el resto de mis cosas?

La única explicación lógica era que hubiera regresado y me hubiera dejado la horquilla en el escritorio o bien el día anterior, cuando yo no estaba, o ese día por la mañana. En cualquiera de los casos, era probable que en esos momentos estuviera en su apartamento. Pensé en mandarle otro mensaje o llamarlo, pero era evidente que le pasaba algo y quería verle la cara para saber si estaba bien. Merrick no era de los tipos que huían, así que a lo mejor estaba más afectado de lo que creía. Respiré hondo y me dirigí al ascensor.

Mientras subía, empecé a dudar de mi decisión y pulsé el botón para volver a la oficina, pero como ya había pulsado el botón, no podría bajar hasta llegar arriba. Y eso era exactamente lo que planeaba hacer, hasta que las puertas se abrieron y Merrick apareció delante de mí.

—Oh… hola —le dije.

Merrick me miró y frunció el ceño. Casi se me rompe el corazón en el acto.

—Hola. —Se metió las manos en los bolsillos y evitó mi mirada.

—Solo venía a ver si habías vuelto. He… encontrado la horquilla en el escritorio y he pensado que a lo mejor ya estabas aquí.

Asintió.

—La encontré anoche en el baño.

Merrick no parecía estar bien. Tenía la tez amarillenta y las ojeras le enmarcaban los ojos verdes y enrojecidos que habitualmente tenían un aspecto mucho más alegre. Además, llevaba la ropa muy arrugada y eso era muy poco propio de él.

Di un paso hacia delante y extendí un brazo hacia él.

—¿Estás bien?

Merrick retrocedió. Me habría hecho menos daño que me cruzara la cara de una bofetada.

—¿Estás enfermo?

Negó con la cabeza.

—¿Estás dolido porque viste a la hija de Amelia?

Nuestras miradas se encontraron. No llegué a decirle que el hombre me había contado quién era.

—Me lo dijo cuando te fuiste de la tienda —susurré.

Las puertas del ascensor se cerraron a mis espaldas y me sentí diminuta.

—Dime qué te pasa. A lo mejor puedo ayudarte.

Merrick negó con la cabeza.

—No quiero que me ayudes.

Por algún motivo, asumí que se refería a que no quería hacer terapia.

—No te voy a psicoanalizar ni a tratarte como a uno de mis pacientes. Sea lo que sea lo que te pasa, te escucharé como tu novia.

—Lo siento, Evie. He cometido un error. Lo nuestro no debería haber pasado.

En un instante, pasé de estar triste a estar enfadada. Romper con alguien era una cosa, pero llamar a alguien un error era algo totalmente diferente.

—¿Cómo que un error? ¿Estás diciendo que lo nuestro ha sido un error?

—Ha sido culpa mía.

Puse los brazos en jarras.

—Y que lo digas. ¿Sabes por qué? Porque insististe hasta que cedí. Yo no estaba preparada para tener una relación, pero tú ibas detrás de mí todo el rato. Por no mencionar que yo pensaba que era mala idea liarse con alguien del trabajo, sobre todo con el jefe. —Miré al techo y reí por los nervios—. Por el amor de Dios. Lo he vuelto a hacer. Me he enamorado de otro imbécil. Dime, Merrick, ¿tú también tienes a otra esperándote en el piso? Porque me he dejado el móvil abajo, así que no tienes que preocuparte porque haga viral ningún vídeo tuyo. —Negué con la cabeza—. ¿Es eso? ¿Te has cansado y has vuelto a tirarte a modelos? Vaya, tu vecina parecía interesada y la tienes justo en el piso de al lado, qué práctico.

Merrick dejó caer la cabeza.

—No hay nadie en el piso. Lo siento. Es solo que… no puedo tener una relación y ser responsable de otra persona.

Eché la cabeza hacia atrás.

—¿Acaso te he pedido en algún momento que seas responsable de mí? Soy una persona adulta y perfectamente capaz de cuidarme sola. Deja de inventarte excusas de una vez. ¿Sabes qué? Tenías razón. Esto ha sido un error, pero he sido yo la que se ha equivocado. No debería haberme tragado tus cuentos. En eso sí que me he equivocado.

Merrick me miró a los ojos y le sostuve la mirada unos segundos. Una parte de mí esperaba que se disculpara y dijera que se había equivocado. Pero comprendí que aferrarme a esa idea solo me haría más daño. Tenía que irme de allí enseguida.

Así que me di media vuelta y pulsé el botón (unas diez veces). Merrick no parecía haberse movido de su sitio, aunque no estaba segura porque no me giré para comprobarlo. Por suerte, el ascensor tardó muy poco en llegar y me subí antes de que las puertas se acabaran de abrir. Pulsé el botón y miré a Merrick por última vez.

—Eres como los demás.

CAPÍTULO 28

Merrick

Tres años antes

Nada había cambiado en los últimos tres días.

Yo me quedaba a un lado y observaba a los doctores que venían cada mañana a hacer las rondas. El doctor Rosen le abría un ojo a Amelia y le pasaba la linterna de un bolígrafo por delante. Luego hacía lo mismo con el otro. Su ceño fruncido me daba toda la información que necesitaba antes de que él dijera nada.

—Todo sigue igual —comentó—. Lo siento.

Asentí.

Me miró de arriba abajo.

—¿Ha salido del hospital?

—No.

—Tiene pinta de que esto se va a alargar. Debería pensar en descansar. Si no se cuida usted al principio de la maratón, no aguantará el recorrido.

Asentí.

—Es que no quiero dejarla sola por si se despierta. Hoy vendrá a verla una amiga, así que puede que aproveche entonces.

El doctor Rosen levantó el iPad que siempre llevaba encima y empezó a escribir algo.

—Me gustaría que consideráramos un tratamiento con metilfenidato. Es un estimulante del sistema nervioso central. En algunos casos, ayuda a despertar a los pacientes del coma.

Todavía no está preparada, pero quiero que lo tenga en cuenta. Si no hay cambios, podríamos empezarlo en unos días.

—De acuerdo..., y ¿es seguro para el bebé?

—Un estudio reciente ha demostrado que es relativamente seguro usarlo en el embarazo.

—¿Relativamente?

—Hay posibles efectos secundarios, como con todos los medicamentos. No son comunes, pero este tipo de medicación puede provocar patologías cardíacas en el feto, aunque los estudios tratan sobre todo los efectos en el primer trimestre, y Amelia ya lo ha pasado.

Respiré hondo.

—¿Y si no recibe el tratamiento?

—Los comas largos también acarrean riesgos muy importantes para los pacientes. Coágulos sanguíneos, infecciones, pérdida de las funciones superiores cerebrales... —Hizo una pausa y miró a Amelia—. Pero no hemos llegado a ese punto todavía. Este tipo de decisiones son muy difíciles y las familias suelen tomarse su tiempo. Como representante de Amelia, usted es el que decide, así que téngalo en cuenta.

Suspiré.

—De acuerdo.

El doctor se sacó una libretita del bolsillo y apuntó algo, arrancó el papel y me lo entregó.

—Este es el nombre del medicamento y la página web donde puede informarse.

—Gracias.

Cuando se alejó, me acerqué a la cama y observé la barriga de Amelia. Apenas se apreciaba que estaba embarazada, sobre todo con las mantas. Me parecía muy difícil tener que tomar decisiones de vida o muerte por ella, porque sentía que no la conocía en absoluto. Pero, además, en ese momento también tenía que tomar decisiones por un bebé que podía no ser mío.

Colette se detuvo en la puerta y contempló a Amelia antes de entrar en la pequeña habitación de cristal de la UCI.

—Hola. —Forzó una sonrisa—. ¿Cómo lo llevas?

Estaba hecho un desastre, pero asentí y respondí:

—Voy tirando.

Dejó el bolso en la silla para las visitas, se acercó a la cama y le tomó la mano a Amelia. Las lágrimas le empezaron a caer por las mejillas.

—Siento no haber podido volver antes.

Colette había tenido la semana libre en el trabajo porque había ido a cuidar a su madre, a la que habían operado de la columna el día anterior, aunque habíamos hablado todos los días desde el accidente. Era una de las pocas amigas de Amelia y tenían muy buena relación.

—¿Qué tal tu madre?

—Está bien. Anoche se la llevaron de la UCI a una unidad de cirugía, o sea que bien.

Asentí.

—Me alegro mucho.

Miró a Amelia.

—No me lo puedo creer, Merrick. Es como una pesadilla. ¿Los médicos te han dicho algo?

Negué con la cabeza.

—Todo sigue igual. Si nada mejora en unos días, quieren que considere hacer un tratamiento que le podría estimularle el sistema nervioso para despertarla del coma.

—Qué bien. ¿Sería peligroso? Es decir, ¿podría empeorar las cosas?

Todavía no le había contado a Colette lo del bebé, ni lo del hombre al que me había encontrado al llegar al hospital. Ella tenía que lidiar con el tema de su madre y no había querido contarle nada más por teléfono, aparte de lo del accidente. Pero sentí curiosidad por saber si ella sabía lo de Aaron. Si Amelia se lo había contado a alguien, habría sido a ella.

Respiré hondo.

—Ella no correría un gran riesgo, pero hay que considerar los riesgos… para el bebé.

Colette levantó la cabeza.

—¿Está embarazada?

Asentí.

—Al parecer, está de más de cuatro meses.

Frunció el ceño y preguntó.

—¿Al parecer? ¿O sea que tú no estabas al corriente?

Negué con la cabeza.

Colette parecía perpleja, pero una expresión de comprensión le cruzó el rostro. Apartó la mirada y en ese momento supe que estaba al tanto de la aventura de su amiga.

—¿Sabes lo de Aaron?

Colette puso los ojos como platos.

—¿Amelia sabía que lo sabías?

—No.

—¿Cuánto tiempo hace que lo sabes?

—Desde que entró en el hospital con el anillo de compromiso de otro hombre que la esperaba en la sala de espera.

Se llevó una mano al corazón.

—Madre mía. Siento que te hayas enterado así, Merrick, de verdad.

—Yo también lo siento.

Quería preguntarle muchas cosas, pero estaba agotado. No conseguía dormir más de media hora seguida en la silla junto a la cama de Amelia con todo el ruido de la UCI.

—¿Vas a quedarte un rato? —le pregunté.

—Si no te importa. No tengo nada más que hacer. Como se suponía que iba a estar toda la semana con mi madre, Will me ha sustituido en la empresa.

—¿Te importa que me vaya a casa un par de horas?

Me miró de arriba abajo.

—¿No has ido a casa desde el accidente?

Negué con la cabeza.

—Madre mía. Pues sí, ve a casa. Yo puedo quedarme todo el día e incluso pasar la noche. Te avisaré si las cosas cambian.

—Dormiré unas horas y volveré.

Ella asintió.

—Como quieras, pero yo estaré aquí, así que tómate tu tiempo.

—Gracias, Colette.

Me acerqué y le cogí la mano a Amelia antes de estrechársela.

—Vuelvo enseguida.

Colette asintió.

—Estás hecho un desastre, jefe. Ve y duerme un poco.

Entré en el ascensor para bajar al vestíbulo y cuando iba de camino a la puerta, me di cuenta de que una persona esperaba en la zona de espera. Mis ojos se encontraron con los de Aaron. Él tragó y se puso en pie. Durante unos segundos, consideré acercarme y romperle la cara, pero no tenía la energía. Además, quería saber una cosa, así que me acerqué a la sala de espera. Todavía llevaba la ropa del día que habían ingresado a Amelia y seguía teniendo el rostro manchado y amoratado. Yo no había sido el único que se había pasado los tres días en el hospital.

—¿Cómo está?

—Te lo diré en cuanto me respondas una pregunta.

Asintió con la cabeza y dijo:

—Lo que quieras.

—¿Usasteis protección?

—¿Cómo?

Alcé la voz e insistí:

—Pregunto si usaste un condón cuando te follaste a mi prometida.

—Sí, siempre. ¿Por qué lo preguntas?

Sentí todo el alivio que pude en una situación como esa.

—Sigue en coma. Tiene actividad cerebral y mi hija sigue viva.

El chico parpadeó con incredulidad. Él tampoco tenía ni idea.

—¿Amelia está… embarazada?

Se me crispó el labio.

—Ya he respondido a tu pregunta, así que más vale que te vayas a tu casa, porque no conseguirás entrar a verla. Antes te mato.

Más tarde, aquella misma noche, volví a quedarme solo en el hospital. Estaba sentado en una silla al lado de Amelia cuando la enfermera del turno de noche vino a examinarla. Después de comprobar sus constantes vitales, le puso el estetoscopio en la barriga y escuchó con atención.

—Ostras… —Se quitó el aparato de las orejas—, acabo de notar el movimiento del bebé.

Me incorporé en la silla.

—¿De verdad?

Asintió y dijo:

—Acércate. Pon la mano justo aquí, donde está el estetoscopio.

Aunque dudé, al final coloqué la mano sobre la barriga de Amelia. Tenía la piel cálida y suave. Al principio no sentí nada, pero al cabo de un minuto noté un movimiento en el estómago. Se me pusieron los ojos como platos. Era la primera vez que sonreía en cuatro días.

—Lo he notado.

Asintió.

—Qué bebé más activo.

—Claro. Seguro que es igualita a su madre.

La mujer sonrió.

—¿Es una niña?

Asentí. Volví a notar el movimiento, aunque esta vez, más que un movimiento del bebé, pareció un golpecito.

—Creo que me acaba de dar una patada.

La enfermera se rio.

—El latido suena bien y es buena señal que esté dando pataditas a estas alturas. Hay personas que tardan un par de semanas más en notar los movimientos.

Sin apartar la mano de la barriga, miré a Amelia. Me había dado miedo pensar que el bebé podía ser mío antes de aquel momento, antes de que la otra parte implicada me hubiera confirmado que había usado protección. Amelia y yo no la habíamos usado, porque ella tomaba la píldora desde que nos conocíamos. Sin embargo, al notar al bebé moverse por primera vez, algo cambió. La niña pasó de ser la bebé de Amelia a ser la bebé de los dos. Estaba enfadadísimo con la madre, pero no me parecía justo pagarlo con la pequeña.

Me quedé tan sumido en mis pensamientos que casi se me había olvidado que la enfermera estaba allí, hasta que dijo:

—Volveré en unas horas a ver cómo va.

—Vale.

Cuando se marchó, apoyé la mejilla sobre el estómago de Amelia, justo donde había notado el primer movimiento, y cerré los ojos.

«Voy a tener un bebé».

«Una hija».

Por primera vez, fui consciente de la gravedad de la situación. Algo floreció en mi corazón, aunque el peso de todo lo demás me aplastaba el pecho.

«¿Y si Amelia no despierta?».

«¿Y si mi hija tiene que crecer sin una madre?».

«¿Y si las pierdo a las dos?».

Se me cerró la garganta. Intenté liberarme del sabor salado, pero no podría contener la tormenta que se avecinaba. No había soltado ni una lágrima en cuatro días. Había mantenido la ira y la tristeza al margen. Pero, de repente, mi cuerpo quería recuperar el tiempo perdido y las lágrimas empezaron a surcarme el rostro. Me resbalaban por las mejillas y caían sobre la barriga de Amelia. Se me empezaron a sacudir los hombros, los sollozos se apoderaron de mí y solté un quejido desgarrador.

No tengo ni idea de cuánto tiempo pasé llorando, a mí me parecieron horas. Hubo un momento en el que la enfermera vino a ver si estaba bien. Cuando por fin me quedé sin lágrimas, me giré hacia el vientre de Amelia y le di un beso.

—Lo siento. He estado tan enfadado con tu madre que te he ignorado. Perdóname. No volveré a hacerlo. A partir de ahora, te prometo que siempre estaré contigo para cuidarte, pequeña.

CAPÍTULO 29
Evie

—Ya está todo.

El domingo por la tarde, me dejé caer sobre mi nuevo sofá después de desmontar la última caja que había vaciado. Greer y yo habíamos tardado dos días en colocar todo lo que me habían traído del almacén de alquiler al piso nuevo, que era mucho más pequeño que el anterior.

—En esta manzana hay un bar de solteros genial. Fui un par de veces antes de conocer a Ben —dijo mi hermana.

Me acabé el agua que quedaba en la botella.

—No quiero salir con nadie en una buena temporada.

Greer frunció el ceño. Le había contado lo que había pasado con Merrick la semana anterior.

—Ya lo sé, pero siempre se conoce a alguien cuando no buscas nada. Yo conocí a Ben cuando no hacía ni una semana que había roto con Michael, ¿te acuerdas?

Yo había estado con Christian muchos años antes de que nos comprometiéramos y, aun así, pensaba que me costaría mucho más superar lo de Merrick. Me di cuenta de que el tiempo que pasabas con alguien no importaba: había personas que te llenaban el corazón más que otras.

Negué con la cabeza.

—Me sería más fácil pasar página si entendiera lo que ha pasado.

—Yo creo que vio a la niña y eso le recordó que no quiere ni un compromiso ni una relación.

Era muy posible que fuera eso, aunque yo sospechaba que era otra cosa.

—No lo sé. Pero creo que voy a buscarme otro trabajo.

—¿Por qué? Te encanta el que tienes.

—Ya. Pero se me abre la herida cada vez que lo veo en el pasillo o en el despacho. Además, tengo que hablar de él en casi todas las sesiones. —Suspiré—. Estoy enamorada de él, Greer.

Sonrió con tristeza.

—Lo sé.

Alguien llamó al timbre.

—¿Es Ben? Pensaba que te recogería más tarde.

Mi hermana se encogió de hombros.

—Viene luego. Se ha ido a trabajar un rato.

Cuando abrí la puerta, no me encontré a mi cuñado, sino a un chico vestido de uniforme que sostenía un portapapeles.

—He venido a instalar la alarma.

—Creo que te has equivocado de piso. —Negué con la cabeza—. Yo no he pedido una alarma.

—Vaya, perdona. —Levantó una página entre sus documentos—. Es para una tal Evie Vaughn. ¿Sabes en qué piso vive? He llamado al único interfono que no tenía nombre.

Esbocé una mueca.

—Yo soy Evie Vaughn, pero no he contratado ningún servicio de alarmas.

El chico parecía tan confundido como yo. Buscó entre los papeles.

—Bueno, aquí pone que alguien ha pagado la instalación y un contrato de tres años.

Entonces lo entendí. Merrick se había empeñado en que me pusiera la alarma. Seguro que lo había organizado todo antes de que rompiéramos.

—¿Podrías decirme quién lo ha pagado?

—Si lo han pagado con tarjeta de crédito, sí. La mayoría de las compras se hacen por teléfono, así que la empresa me da el recibo para que lo entregue al cliente cuando termino la instalación.

—¿Me puedes decir el nombre de la tarjeta?

Buscó entre los papeles antes de sacar uno y entregármelo.

—Parece que lo pagó Merrick Crawford.

Bajé la mirada al documento. Era muchísimo dinero.

—¿Cuatro mil trescientos dólares?

Se encogió de hombros.

—Ha comprado el equipo con todos los extras: los detectores para las ventanas, las puertas e incluso dos botones del pánico para llamar a la policía si hay una emergencia.

Negué con la cabeza.

—Lo siento. No puedo permitírmelo. La persona que pagó esto… Bueno, ya no estamos juntos.

—¿Cortaste tú con él?

—No.

Sonrió.

—Entonces, tómatelo como un regalo de despedida.

—No puedo.

—No le devolverán el dinero. El señor firmó un contrato electrónico que solo se puede cancelar durante los primeros tres días. En Nueva York, el derecho a desistir es de tres días. O sea que se acabó ayer. Créeme, la empresa no hace excepciones por nadie, así que es mejor que lo aproveches.

Fruncí el ceño.

—¿Firmó el contrato hace tres días?

Volvió a mirar los documentos.

—La compra se hizo hace cuatro días. Fue un pedido urgente. Hoy era el primer día que podíamos hacer la instalación, porque los clientes pueden cancelar el contrato durante los tres primeros.

No entendía nada. Hacía más de una semana que Merrick y yo habíamos roto.

—¿Es posible que la fecha esté mal?

—No. Imprimen todos los documentos el día que se firma el contrato.

Greer se acercó a la puerta.

—¿Qué pasa?

—Han venido a instalarme una alarma. Merrick ha pagado un contrato de tres años.

—Qué bien. Por lo menos ha hecho algo bueno antes de romperte el corazón.

—Eso es lo raro. Parece que lo contrató cuando ya habíamos roto. —Recordé la conversación que había tenido con Andrea el otro día en la sala de empleados—. Ahora que lo pienso, su ayudante me preguntó si iba a trabajar hoy. Pensaba que solo quería charlar, pero le dije que me pasaría el finde desempaquetando cosas.

—Genial. —Mi hermana sonrió—. Además, si vives en la planta baja, debes tener una alarma. Ni siquiera había pensado en eso.

—Ya, pues no puedo dejar que la pague Merrick. Ni siquiera le habría dejado pagarla aunque siguiéramos juntos. —Negué con la cabeza—. Siento haberte hecho perder el tiempo.

La mañana siguiente, fui pronto a la oficina para hablar con Merrick sobre la alarma, pero él no estaba. El resto del día, cada vez que yo tenía un rato libre, él estaba en una reunión. El martes y el miércoles no fue al despacho. Cuando regresó el jueves, yo estaba decidida a hablar con él en cualquier momento, porque me habían llamado de la compañía de alarmas dos veces para pedirme explicaciones por no haber dejado que el operario hiciera la instalación. A las seis, cuando acabé con el último paciente y me preparaba para ir a hablar con él, me sonó el teléfono. Era mi abogado, así que respondí, a pesar de que todo lo relacionado con la demanda de Christian me producía dolor de cabeza.

—¿Hola?

—Hola, Evie, soy Barnett Lyman.

—Hola, Barnett. ¿Qué tal?

—Bien. Oye, solo llamaba para preguntar si has pensado en la oferta de Christian.

—¿Te refieres a su ridículo intento de soborno? ¿Ir a cenar con él para que retire la demanda?

—Sé que es ridículo. Y nunca aconsejaría a un cliente que quedara con alguien que lo ha demandado, pero su abogado me ha dicho que lo pondrían por escrito, así que no podría echarse atrás.

Apoyé la espalda en el respaldo y suspiré.

—¿Y no podemos decirle al juez que Christian intenta retirar la demanda para que vea que actúa de mala fe?

—Podríamos, pero entonces tendríamos que presentar mociones y pasar más tiempo en los tribunales, y hay muchas probabilidades de que el juez lo desestime, aunque no le guste. En resumidas cuentas, yo cobro quinientos cincuenta dólares por hora y no me gusta que mis clientes pierdan el dinero. Presentar la moción me llevaría una hora, luego iríamos a juicio… Subiría, fácilmente, a unos cuantos miles de dólares. Yo haré lo que tú me digas, pero si puedes ahorrártelo y conseguir que te quite la demanda, ¿por qué no lo intentas? ¿Acaso temes quedar con él?

—¿Por si me hace daño?

—En general.

Christian era el tío más cabrón del mundo, pero no me daba miedo que me pusiera una mano encima, y ya no tenía el poder de hacerme daño emocional. Negué con la cabeza.

—No, no me da miedo.

—Puedo intentar negociar que sea una comida en lugar de una cena, si eso te ayuda.

No me apetecía nada, pero Barnett tenía razón. No iba sobrada de dinero para malgastarlo, y quería acabar con el tema de una vez. Lo detestaba, pero sabía que tenía que hacerlo. Suspiré.

—De acuerdo. Y si consigues que sea una comida, mucho mejor.

—Te llamaré cuando sepa algo.

Colgué y me quedé sentada al escritorio durante un rato, mirando por la ventana. Alguien llamó a la puerta de mi oficina e interrumpió mis pensamientos. Merrick apareció en la entrada.

—Mi ayudante me ha dicho que has preguntado por mí.

Parecía estar un poco mejor que el día que había cortado conmigo. Su piel morena seguía teniendo un tono amarillento, y todavía se le marcaban las ojeras bajo los ojos verdes, pero no dejaría que eso me afectara. Y mucho menos después de hablar con el abogado. Respiré hondo. Cuando me disponía a hablar, uno de los agentes pasó por el pasillo por detrás de Merrick, así que hice un gesto hacia la puerta y le pregunté:

—¿Podrías entrar y cerrar la puerta? Es un tema privado.

—Claro.

Cerró y se quedó al otro lado de la habitación. A mí me dio igual.

—El otro día el operario de una empresa de alarmas se presentó en mi casa. Me dijo que habías contratado el servicio y la instalación.

—Así es.

—Pero para entonces ya habíamos cortado. ¿Por qué lo hiciste?

El rostro de Merrick se entristeció.

—Te dije que lo haría y pensé que tú no la contratarías.

Me levanté, apoyé las manos en el escritorio y me incliné hacia delante.

—¿Cómo que «me dijiste que lo harías»? ¿Qué más te da mantener tu palabra si no mantuviste la que me hizo confiar en ti? ¿Te acuerdas? Me prometiste que nunca me harías daño.

Tuvo el valor de parecer dolido por mis palabras. Se frotó la nuca.

—Lo siento.

—No me digas. —Asentí y puse los ojos en blanco antes de volver a sentarme—. Muchas gracias, eso me ayuda mucho.

Merrick dio un paso hacia mi escritorio, pero levanté la mano y lo detuve en seco.

—Ni se te ocurra —dije—. No quiero más disculpas. Y, evidentemente, tampoco quiero que pagues la alarma porque sientas lástima por mí o lo que sea. Así que, a no ser que quieras añadir algo, o contarme la verdad de lo que ha pasado entre nosotros, no hace falta que hablemos de nada más.

Por fin, Merrick me miró a los ojos. Parecía triste, pero me daba igual.

—¿Sabes qué? —pregunté—. Un día me dijiste que mi ex era un cobarde. Y tenías razón, sí que lo es, y tú también. —Negué con la cabeza—. Vete antes de que me enfade.

CAPÍTULO 30

Merrick

—Soy un puto cobarde —gruñí, con la mirada perdida en el fondo del vaso vacío. Bueno, no estaba vacío, porque el hielo que había añadido al llenar tres cuartos del vaso de *whisky* no se había derretido del todo. La botella era un tema aparte; esa sí que estaba casi vacía.

Miré la mesa de centro y la caja que estaba bocabajo, con el contenido esparcido por todas partes, porque se me había volcado hacía dos noches, cuando Evie me había pedido que me fuera de su despacho. Me incliné hacia delante y cogí una fotografía del montón. No había hecho más que mirarla los últimos dos días, intentando encontrar mi barbilla y mi nariz, como había hecho con tanta facilidad el día que había nacido mi pequeña. Pero ahora solo veía el rostro de Amelia: su nariz, su barbilla, sus ojos azul oscuro y distantes. Quería romper la maldita foto para no volver a verla nunca más. Sin embargo, el amor que sentía por el día que se tomó era mucho más fuerte que el odio que sentía por los días posteriores.

El alcohol me empezó a hacer efecto, vaya, era eso o que el apartamento había empezado a dar vueltas como una atracción de Disneyland. Apoyé la cabeza en el respaldo del sofá con la foto entre las manos, cerré los ojos y dejé un pie en el suelo para no perder el equilibrio. No tardé mucho en quedarme dormido. Me despertaron unos fuertes golpes en la puerta al cabo de un rato.

Bueno, al menos me parecía que alguien había llamado. Sin embargo, cuando me senté y miré a mi alrededor, vi que el ático estaba en un silencio absoluto. «Uf. La cabeza». Al parecer, los golpes que me había parecido oír desde la puerta procedían de mi cerebro.

«Pum, pum».

«Joder». Parecía que tuviera a un tamborilero ensayando un solo en el cráneo. Apoyé la cabeza en las manos y me froté las sienes. Sin embargo, los golpes de mi cabeza se convirtieron en un sonido real al que se le unió una voz.

—Crawford, abre la puta puerta antes de que la eche abajo. Sé que estás ahí.

«Mierda».

En ese momento me apetecía tanto que Will me regañara como que me hicieran un agujero en la cabeza.

—Vete, estoy bien —grité.

—Me la suda. Levanta el culo y ábreme la puerta.

Cerré los ojos y negué con la cabeza porque sabía que el pesado de Will no desaparecería. Básicamente, cuanto antes abriera, antes me libraría de él.

Casi pierdo el equilibrio al levantarme del sofá.

«Maldita sea. Se me da muy mal beber».

Intenté mover la cabeza lo mínimo posible, me arrastré hasta la puerta y quité el pestillo.

Will abrió la puerta y me miró de arriba abajo.

—Por el amor de Dios, llevas la ropa de hace dos días. Sabía que no estabas de viaje. —Se inclinó hacia mí y me olió—. Y apestas a licor rancio. —Negó con la cabeza—. ¿Cuántas veces voy a tener que decirte que me dejes el alcohol a mí? Qué poco aguante tienes.

Giré la cabeza hacia el sofá sin decir ni una palabra, pero a Will no le bastó con comprobar que estaba vivo. Entró conmigo y cerró la puerta.

—¿Se puede saber qué coño te pasa?

Me senté en el sofá con la cabeza colgando; me pesaba demasiado para sostenerla.

Will miró todo lo que había en la mesilla de centro.

—Joder, ¿qué ha pasado? —Se agachó y tomó el gorrito de nacimiento de Eloise.

—No lo toques —conseguí gruñir.

Suspiró sonoramente y se fue. Esperaba que se hubiera dado cuenta de que estaba pasando por un mal momento y que decidiera respetar mi privacidad. Pero regresó al cabo de dos minutos.

—Tómatelas. —Me ofreció un par de pastillas y un vaso de agua—. Tres analgésicos y algo de hidratación para empezar. —Escribió algo en el móvil—. Estoy comprando Gatorade, plátanos y una tostada de pan de centeno con pastrami de la tienda de aquí abajo, que tiene servicio a domicilio.

Lo miré con los ojos entornados.

—Ahora mismo no me entra el pastrami.

—No es para ti, imbécil. Es para mí, me muero de hambre. Tú tienes el Gatorade y los plátanos. Te vendrán bien los electrolitos y el potasio. —Dejó de escribir en el teléfono y lo soltó sobre el sofá antes de sentarse delante de mí—. Dime, ¿qué ha pasado?

No me apetecía conversar, así que negué con la cabeza.

—¿Cuánto tiempo hace que somos amigos? —preguntó.

—Demasiado —dije entre dientes.

—Entonces ya deberías saber que no pienso irme hasta que me lo cuentes.

—Me está costando no vomitar las pastillas que me has dado. No me apetece hablar.

—No pasa nada. —Se encogió de hombros—. No tengo prisa.

«Qué bien. Se va a quedar un buen rato».

—¿Por qué no te tumbas y esperas a que se te pase la jaqueca? Tengo que responder un par de correos.

Habría preferido que se largara, pero me conformaría con el silencio si eso era lo que me ofrecía. Así que obedecí y me tumbé en el sofá, apoyé los pies en el reposabrazos y cerré los ojos. Di unas cabezadas durante un rato hasta que me despertó el ruido de una bolsa que se arrugaba.

—¿Estás mejor? —me preguntó.

Bajé las piernas al suelo y me senté. Parecía que un camión me hubiera atropellado y hubiera hecho marcha atrás para pasarme por encima de nuevo, pero los ibuprofenos me habían librado del dolor de cabeza.

Me froté la nuca.

—¿Tienes Gatorade?

Will me lo ofreció junto con un plátano.

Al cabo de veinte minutos, seguía sin apetecerme hablar, aunque por lo menos tenía fuerzas para hacerlo. Will se había terminado el sándwich, se había quitado los zapatos, tenía los pies apoyados sobre una esquina de la mesa auxiliar y los brazos extendidos por el respaldo del sofá.

—¿Qué ocurre, amigo?

Suspiré.

—Me encontré a Aaron Jensen.

—Vale…

—Estaba con Eloise. —Había mantenido la vista en el suelo, pero la levanté para mirar a Will a los ojos—. Es sorda.

Will frunció el ceño.

—Y aparte de eso, ¿está bien?

Me encogí de hombros.

—Llevaba unos aparatos en las piernas y… —No conseguí llamar «padre» al hombre, aunque hubieran pasado tres años—. Aaron le estaba cantando.

Will digirió la información.

—Bueno, vale, ya sabías que podía tener problemas de audición y de desarrollo. Es duro, pero no significa que no vaya a tener una vida perfectamente feliz.

Cerré los ojos y la recordé en el carro. El rostro de la niña me había perseguido y el alcohol no me había ayudado a escapar de él.

—Es clavadita a Amelia.

Will permaneció en silencio un buen rato.

—Tienes que cortar este tema de raíz si no quieres que esto se interponga entre Evie y tú.

Levanté la mirada y nuestros ojos se encontraron.

Will cerró los ojos.

—Joder. Es demasiado tarde.

—Yo le hice todo eso a Eloise. —Negué con la cabeza—. Aunque ya ni siquiera sé si aún se llama así.

—¿A qué te refieres?

—A todo. Las decisiones que tomé mataron a su madre y provocaron su nacimiento prematuro. Si hubiera dejado que la naturaleza siguiera su curso...

Will arrugó el rostro.

—¿Qué dices?

—Sabes que yo tomé las decisiones médicas de Amelia y del bebé.

—Sí, ¿y qué?

—Aprobé una medicación que le provocó el parto.

—Ya, porque fue lo que te recomendó un equipo médico. Sé que eres un tío inteligente, pero no estudiaste medicina durante cuatro años, ni hiciste una residencia durante ocho años más, como los neurólogos. Por no mencionar que no hay pruebas de que el medicamento causara el parto prematuro. Su cuerpo se había rendido mucho antes de eso. —Negó con la cabeza—. Estas cosas pasan. Hay mujeres que tienen partos prematuros sin haber sufrido un accidente de avioneta, y los bebés salen con muchas más complicaciones. Hay cosas en esta vida que no se pueden controlar.

Oía hablar a Will, pero estaba demasiado distraído con los recuerdos que me venían a la mente y no lo estaba escuchando. Había un recuerdo en particular al que me costaba mucho dejar de darle vueltas. Fue el día que descubrí que mi hija no era mi hija. Me había ido del hospital para ahogar las penas en autocompasión marinada en vodka y, al volver, había encontrado la cama vacía.

—No me despedí de ella —dije con la voz sofocada por la emoción.

Will me miró mientras las lágrimas me mojaban las mejillas.

—¿Qué quieres decir con que no te despediste? Yo estaba al otro lado de la puerta cuando la cogiste... —Se calló de repente—. Joder. No te refieres a Eloise, ¿verdad? Te refieres a Amelia. Esto no solo es por el bebé.

Pasamos unos minutos en silencio. Al final, Will se sentó bien, bajó los pies de la mesa y apoyó los codos sobre las rodillas.

—¿Quieres a Evie?

Me sequé las lágrimas y asentí.

—Sí.

—Pues entonces tienes que encontrar un modo de dejar esto atrás.

Pensaba que ya lo había dejado todo atrás…, hasta que vi el dulce rostro de Eloise.

—¿Qué coño hago ahora?

—Tienes que evitar que los asuntos del pasado destruyan tu futuro. Yo no soy psicólogo, pero creo que el primer paso es soltarlo todo. Han pasado tres años y es la primera vez que te has permitido sentir. Cuando Amelia murió, volviste al trabajo al cabo de unos días, como si no hubiera pasado nada. No puedes borrar a la gente de tu corazón para pasar página. —Se señaló el pecho con un dedo—. Tienes que aceptar que siempre tendrán su rinconcito ahí y dejar que la herida sane lo mejor posible. Si una persona te quiere, acepta tu corazón como viene, con cicatrices y todo.

CAPÍTULO 31
Merrick

Tres años antes

—¿Señor Crawford?

Levanté la mirada desde la mecedora. Había pasado la última hora sentado y contemplando a mi hija. Hacía cinco días que había nacido y era la primera vez que había estado lo bastante estable para sacarla de la incubadora.

La enfermera de la unidad de cuidados intensivos neonatales había venido con una mujer a la que no conocía y me había entregado a la pequeña. A diferencia del personal del hospital, la mujer iba en traje y no en pijama.

La enfermera se acercó.

—Tenemos que volver a llevarnos a Eloise. Es importante que pase tiempo bajo las luces, por la ictericia.

Asentí y me agaché para darle un beso en la cabeza a mi hija. Era muy pequeña, diminuta.

Cuando acabé, la enfermera me quitó a la niña de los brazos y la metió en la incubadora. Sonrió con dulzura y señaló hacia la mujer que estaba en la entrada.

—La señora Walters quiere hablar con usted. Es la abogada interna del hospital.

Mis ojos fueron rápidamente a la mujer. Supuse que me habían mandado a uno de sus peces gordos porque hasta el momento me había negado a firmar la orden de no reanimación de Amelia. Asentí y me puse en pie.

314

—¿Podré volver a coger a la pequeña luego?

—Claro, pero lo haremos en sesiones cortitas. —Se miró el reloj—. Ahora son las tres. A lo mejor, hacia las siete.

—Gracias.

La abogada salió de la habitación y esperó a que la siguiera.

—Hola, señor Crawford. Soy Nina Walters, del departamento legal del hospital. ¿Le parece bien que vayamos a algún sitio para hablar?

Me volví hacia mi hija, que dormía segura dentro de la incubadora.

—Claro.

Fuimos a la sala de espera, que estaba vacía, y nos sentamos.

—El equipo médico de su prometida me ha informado de todo lo que ha ocurrido estos últimos meses. Me alegro muchísimo de que Eloise esté bien.

Asentí.

—No ha pasado el test de audición, aunque me han dicho que es común y que puede que se arregle con el tiempo.

Mi pequeña era una luchadora. Tenía líquido en el oído medio y no podían garantizar que no sufriera problemas de desarrollo con el tiempo, pero era de armas tomar y había nacido a las veintinueve semanas.

Nina respiró hondo y exhaló.

—Ya ha pasado usted por mucho. Detesto tener que sacar el tema, pero me temo que el hospital ha recibido una orden judicial hoy.

—¿Porque no he firmado la orden de no resucitar? ¿De quién es la orden? Hace años que Amelia no habla con su madre.

La mujer negó con la cabeza y me entregó unos documentos legales.

—No tiene nada que ver con las decisiones médicas que toma por Amelia. La sentencia obliga al hospital a recoger una muestra de ADN de Eloise para hacer un test de paternidad. El solicitante es el señor Aaron Jensen.

La tarde siguiente, estaba sentado en la habitación de Amelia cuando los monitores empezaron a pitar. Me puse de pie y observé que las líneas, que hasta ese momento se habían mantenido estables, empezaron a subir y a bajar de forma errática, a pesar de que Amelia no había movido ni un músculo. Una enfermera entró corriendo, miró la pantalla y gritó hacia la estación de enfermeras.

—¡Código azul! ¡Traed el carro de parada!

En los siguientes treinta segundos, media docena de personas entraron a toda prisa en la habitación. El doctor auscultó el corazón de Amelia mientras una enfermera le cogía un brazo y le tomaba el pulso en la muñeca.

—Señor Crawford, ¿puede salir, por favor?

Retrocedí para dejarles espacio para trabajar.

—Me aparto para no molestaros, pero no pienso irme.

Estaban demasiado ocupados para discutir conmigo. Lo que ocurrió a continuación me pareció una escena digna de una serie de televisión.

El monitor del ritmo cardíaco mostró una línea plana.

El doctor preparó las palas del desfibrilador y le dijo a todo el mundo que apartara las manos de la paciente, luego le colocó los aparatos sobre el pecho y le dio una descarga. El cuerpo de Amelia saltó, pero enseguida volvió al estado flácido en el que había permanecido desde su ingreso.

Todo el mundo miró el monitor.

Nada.

Le dieron otra descarga.

Seguía sin reaccionar.

Una enfermera le inyectó algo por el gotero y le volvió a tomar el pulso manualmente. Miró al doctor y negó con la cabeza y el ceño fruncido.

—¡Fuera!

El doctor tocó los diales de la máquina antes de volver a colocar las palas.

Esta vez, el bote que pegó el cuerpo de Amelia fue todavía más fuerte.

El monitor pitó y la línea recta empezó a subir y bajar de nuevo.

El doctor relajó visiblemente los hombros.

—¿Por qué ha pasado eso?

Colocó las palas sobre la máquina con ruedas que habían traído.

—Podría ser por varios motivos. —Negó con la cabeza—. Un coágulo, una alteración del nivel de electrolitos o incluso que su cuerpo se haya rendido porque está agotado. Los últimos meses y la cesárea le han pasado factura a su cuerpo.

—¿Un coágulo? ¿Por el medicamento que le hemos dado? Cuando pidieron mi autorización para hacer el tratamiento me advirtieron de que era uno de los riesgos.

El doctor levantó las manos.

—No nos adelantemos. Todavía no sabemos si ha sufrido un coágulo o no. Y aunque fuera eso, los pacientes que pasan tantos meses en coma corren ese riesgo.

Me froté la frente.

—¿Estará bien?

Miró el monitor.

—Por el momento está estable. Pero, como hemos hecho desde el principio, tenemos que ir paso a paso. Vamos a empezar haciéndole unas pruebas para ver a qué nos enfrentamos ahora.

Asentí y exhalé sonoramente.

—De acuerdo.

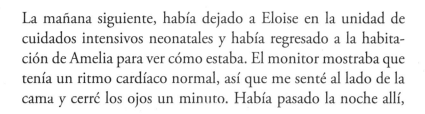

La mañana siguiente, había dejado a Eloise en la unidad de cuidados intensivos neonatales y había regresado a la habitación de Amelia para ver cómo estaba. El monitor mostraba que tenía un ritmo cardíaco normal, así que me senté al lado de la cama y cerré los ojos un minuto. Había pasado la noche allí, porque me había dado miedo irme a casa y que pasara alguna cosa. Una mujer llamó a la puerta abierta.

Sonrió y dijo:

—Hola, señor Crawford. Me llamo Kate Egert. Trabajo en el departamento de servicios sociales del hospital. Nos conocimos al principio, cuando ingresaron a la señorita Evans.

Asentí, aunque no me sonaba ni lo más mínimo, y me puse en pie.

—Claro. Me alegro de verla.

Parecía nerviosa.

—¿Le parece si hablamos fuera un momento?

Si no querían hablar delante de ella es que no traían buenas noticias, pero pensé que las cosas no podían ir a peor después de los últimos dos días.

—De acuerdo.

En el pasillo, me preguntó:

—¿Por qué no nos sentamos en la salita para familias?

Me volví hacia Amelia y negué con la cabeza.

—¿No podemos hablar aquí? Ha tenido un día complicado.

—Ah, claro. Sí, no hay problema. —Respiró hondo antes de entregarme un documento doblado—. Siento ser portadora de más malas noticias después de todo por lo que está pasando, pero hemos recibido los resultados de la prueba de paternidad.

Me quedé helado.

Abrió el papel que sostenía en la mano y me miró fijamente a los ojos.

—Según los resultados de la prueba de ADN, usted no es el padre de Eloise.

CAPÍTULO 32
Merrick

Era el tercer día que me quedaba al otro lado de la calle.

Sentía que empezaba a tener algo parecido a una rutina: me despertaba de madrugada con resaca. Me tomaba dos ibuprofenos y un montón de Gatorade y dejaba que el agua me mojara en la ducha. Me ponía una gorra, gafas de sol y una sudadera oscura con cremallera, bajaba más de cuarenta tramos de escaleras y salía por la entrada de servicio para evitar encontrarme con alguien de la oficina. A continuación, caminaba hasta la calle Diecinueve y me quedaba delante de la puerta, que apestaba a pis, para observar al hombre que odiaba desde la distancia.

Ni siquiera sabía qué narices buscaba. Sin embargo, como los días anteriores, Aaron había salido del edificio con Eloise hacía unos veinte minutos. Parecía que tenía un día bastante ajetreado, así que esperaba que volviera pronto. Al cabo de diez minutos, se acercó con el carrito hacia el edificio. Pero, esta vez, se detuvo delante de la puerta, se dio media vuelta... y miró al otro lado de la calle. A mí.

«Mierda».

Al cabo de unos segundos, caminó por la acera, miró a ambos lados y cruzó la calle a toda prisa. Yo corría unos ocho kilómetros al día, podría haberme bajado la visera de la gorra y haberme marchado. Nunca me habría pillado, y mucho menos teniendo en cuenta la adrenalina que me corría por las venas en ese momento. Pero no pude moverme. Ni siquiera al ver que caminaba directamente hacia mí.

—¿Quieres entrar para hablar? —preguntó con calma.

Le sostuve la mirada. Estaba convencido de que vio el odio en mis ojos.

—¿Cómo sabes que no he venido a matarte?

Se encogió de hombros y respondió:

—No lo sé. ¿Quieres subir de todos modos?

Yo no tenía ni la menor idea de lo que hacía allí, pero asentí. Permanecí totalmente tenso en el trayecto en ascensor y, cuando abrió la puerta que daba a su apartamento, me detuve un instante hasta que lo seguí.

Aaron fue directo a la cocina. Se puso delante de la encimera y me dio la espalda.

—¿Quieres un café o *whisky*?

—*Whisky.*

Asintió y, mientras sacaba la botella y dos vasos del armario, me acerqué al frigorífico. De los imanes colgaban muchísimos dibujos. Me llamó la atención uno en concreto. Eran garabatos en forma de círculos, pero se veía claramente que representaban personas. Uno de los círculos era rosa y pequeño, y había uno al lado que era tres veces más grande y azul. Había una tercera persona circular en la parte de arriba de la hoja, al lado de unas líneas de color azul oscuro.

Aaron se acercó y me ofreció un vaso. Señaló el dibujo y dio un trago a la bebida.

—Sabe que su madre está en el cielo y la dibuja al lado de las nubes.

Asentí.

A la derecha había una foto de Amelia. Estaba sentada en el asiento del piloto de una avioneta y sonreía a la persona que tomaba la foto desde el exterior. Me bebí el vaso de *whisky* de un trago con la mirada fija en la fotografía y le devolví el vaso a Aaron. No me hizo falta pedirle que me lo llenara otra vez.

—¿Por qué no nos sentamos a la mesa? —dijo, y me ofreció el vaso lleno.

Nos sentamos el uno delante del otro.

—¿Has venido para partirme la cara o para hablar? —me preguntó.

Negué con la cabeza.

—No lo sé.

—Bueno, me merezco un puñetazo, así que adelante. Si eso te va a hacer sentir mejor.

Nos miramos durante unos momentos.

—¿Cuánto tiempo duró?

Aaron dejó el vaso en la mesa.

—Unos seis meses, creo.

—¿Por qué no rompió conmigo?

—Porque te quería. En una ocasión le di un ultimátum. Le dije que tenía que elegir entre nosotros. Me contestó que si tuviera que escoger, se quedaría contigo. Que siempre te elegiría a ti.

Me quedé callado un buen rato.

—¿Entonces? ¿Por qué lo hizo?

Negó con la cabeza.

—Me he preguntado lo mismo muchas veces. Además de por qué lo hice yo, que era plenamente consciente de que tenía pareja. Fui un cabrón y un egoísta. Aunque creo que Amelia lo hizo por otro motivo y me da la sensación de que no tenía nada que ver conmigo. Sospecho que quería que la pillaras.

Arrugué la frente.

—¿Por qué?

—Para que cortaras con ella y hacerte daño antes de que tú se lo hicieras a ella.

Para la mayoría de la gente, lo que acababa de decir no habría tenido mucho sentido, pero era evidente que había conocido a Amelia muy bien. Esa teoría no era del todo imposible. Sin embargo, su respuesta solo me hizo enfadar más y que me cuestionara si había sido buena idea preguntarle nada.

—¿Eloise... está bien?

El rostro de Aaron se iluminó.

—Está muy bien. Al paso que va, será más lista que yo en unos años.

Por primera vez en una semana, sonreí.

—¿Y los problemas de audición?

Asintió.

—Es completamente sorda. Es común en los bebés prematuros.

—¿Y lo de las piernas?

—Las tiene un poco arqueadas. El médico dice que en unos meses le podremos quitar las férulas. Aparte de eso, está perfecta. Es pequeña para su edad, aunque eso también es muy común entre los prematuros. El primer año, la diferencia no era tan grande, pero creo que será de las bajitas, como su madre.

Respiré hondo. Como no había planeado hablar con Aaron, no me quedaba nada más que decir, así que asentí.

—Gracias.

—Sé que te hice mucho daño en un periodo muy difícil, y lo siento mucho. Por si te sirve de consuelo, en las raras ocasiones que salgo y conozco a una mujer, huyo cuando está comprometida.

Aaron me siguió hasta la puerta. La abrió, yo salí al pasillo y levanté la mano para decir adiós antes de dirigirme al ascensor.

—¿Merrick? —dijo a mis espaldas.

Me di media vuelta.

—¿Te gustaría verla y conocerla un poco?

No sabía si lo soportaría. Aun así, agradecí la oferta.

—¿Puedo pensármelo?

Sonrió.

—Claro. Es evidente que sabes dónde encontrarme.

CAPÍTULO 33
Evie

—No estaba convencida de que fueras a venir. —Me senté en la silla de siempre, delante del sofá para pacientes—. Hoy es tu último día, ¿verdad?

Colette asintió.

—Sí, pero tengo sentimientos encontrados y he pensado que me vendría bien hablarlo con alguien. Ya no tengo muchos amigos, y es más probable que hable de compras que de sentimientos con los pocos que me quedan.

—Pues me alegro de que hayas venido. —Señalé la enorme bandeja de la mesa—. Coge una galleta, por favor. He hecho muchas últimamente y, si me las llevo, me las comeré yo sola.

Colette sonrió y cogió una. Le dio un mordisco y miró a su alrededor en el despacho.

—Este ha sido mi primer trabajo al salir de la universidad. Durante los últimos tres años no he hecho más que esperar a que llegara este día, pero ahora no siento el alivio ni la emoción que imaginaba.

—¿Qué sientes?

Negó con la cabeza.

—Tristeza, más que nada. Y un poco de arrepentimiento.

—¿Te arrepientes de marcharte?

—No, me había llegado el momento. El arrepentimiento tiene que ver con Merrick.

Desearía haberle dicho que la entendía a la perfección, haber descorchado una botella de vino y haber compartido nuestras historias, pero era una profesional y tenía que mantener mis sentimientos al margen, así que añadí:

—Háblame de eso. ¿Sabes de qué te arrepientes exactamente?

Negó con la cabeza.

—Son muchas cosas… Algunas ni siquiera tienen sentido.

—¿Como cuáles?

Colette bajó la mirada.

—Por algún motivo, últimamente he pensado mucho en las veces que salí a cenar con mi novio de entonces y con Merrick y Amelia. Yo sabía que ella tenía una aventura, pero salíamos a cenar todos juntos como si no pasara nada. No sé por qué me vienen esos recuerdos a la cabeza cuando ha pasado tanto tiempo.

—A veces, el secreto que guardamos es irrelevante. Lo que más nos afecta es el hecho de haber sido cómplices.

—Es posible. —Asintió.

—Has dicho que últimamente le has estado dando vueltas a lo del secreto. ¿Crees que esos pensamientos son nuevos o que se han incrementado hace poco?

—Nunca había pensado en el hecho de que le había guardado el secreto a mi amiga hasta el mes pasado, más o menos. Sé que eso no me deja en muy buen lugar, pero es la verdad.

—¿Ha pasado algo estas semanas que te haya hecho pensar en lo de la infidelidad?

—Nada en concreto, aunque sí que he notado un cambio en Merrick, solo que no sé si es relevante.

—¿Qué clase de cambio?

—Bueno, hace un par de semanas que no se pasa mucho por aquí, pero antes de eso me di cuenta de que sonreía más en las reuniones. Y se reía más a menudo. No fue hasta que lo vi feliz estos últimos meses cuando me di cuenta del tiempo que llevaba siendo infeliz. Eso me hizo pensar en lo mucho que había sufrido tras la muerte de Amelia.

Arrugué la frente.

—¿Acaso pensabas que no le había afectado?

324

Se encogió de hombros y respondió:

—No lo sé. Lo culpaba de su muerte, pero puede que solo necesitara un culpable.

—¿Por qué lo culpabas de su muerte?

—Porque él era su representante y fue el que tomó todas las decisiones médicas. Se enteró de que Amelia le estaba poniendo los cuernos cuando la llevaron al hospital y él tuvo que decidir qué medicamentos le daban y qué procedimientos le practicaban.

«Ostras».

Colette se dio cuenta de mi expresión y asintió.

—Sí, fue una situación muy retorcida.

Me resultaba muy difícil no tener en cuenta todo lo que me acababa de contar y centrarme en Merrick, pero él no era mi paciente. Ya ni siquiera era mi novio. Así que me obligué a concentrarme en lo que debía hacer: ayudar a Colette a entender lo que sentía.

—Espera un momento. Por lo que acabas de decir, parece que te cuestionas si las cosas de las que culpaste a Merrick fueron en realidad culpa suya. Y, al mismo tiempo, estás pensando en todo lo que le ocultaste cuando erais amigos. Ha aflorado un sentimiento de culpa. ¿A qué crees que se debe? ¿Dirías que es porque te vas?

Colette sonrió avergonzada.

—Bueno, es que me llevo a algunos de los clientes y firmé un acuerdo de no competencia. A Merrick no le hará gracia, pero pensé que no afectaría ni lo más mínimo a los beneficios de la empresa. Aunque también sé que no hará nada al respecto, porque no soy la única de la empresa que lo responsabiliza de lo que pasó.

—¿Qué quieres decir?

—Solo hubo una persona que fue más dura con Merrick que yo: él mismo.

El mismo día, por la tarde, a pesar de que era viernes, no me apetecía irme a casa. No había dejado de pensar en Merrick desde la sesión con Colette. Incluso había roto mi racha de una semana y había subido a la planta de arriba para intentar verlo, pero no lo había conseguido. Mejor así, porque me sentía muy vulnerable y lo último que necesitaba era una razón que justificara su comportamiento y me diera esperanzas de que lo nuestro podía funcionar.

Hacía una tarde preciosa, así que decidí ir en autobús hasta la playa Glass Bottle, en Brooklyn, en lugar de irme a casa. Caminé por la orilla durante una hora y recogí cristales marinos mientras evitaba los trozos de cristal afilado que no habían pasado el suficiente tiempo en el mar. Pero ni siquiera haber ido a mi lugar favorito me hizo sentir mejor ese día. Me senté en una gran roca a la orilla del mar para contemplar la puesta de sol. El cielo estaba iluminado con una mezcla de colores púrpuras y rosas, y cerré los ojos para escuchar el sonido del agua al chocar con los cristales. Con cada respiración, la música sonaba más fuerte, hasta el punto en que abrí los ojos y miré a mi alrededor para ver si la marea había cambiado. Sin embargo, no era el mar el que tocaba la cancioncilla; era un juego de llaves.

Parpadeé porque pensé que la persona que sujetaba las llaves era una aparición.

Pero no era así.

Levanté la mano para protegerme los ojos del sol y se me aceleró el corazón.

—¿Merrick? ¿Qué haces aquí?

—He venido a buscar cristales marinos de la suerte.

—¿Sabías que estaba aquí?

Negó con la cabeza.

—He venido estos últimos días sobre esta hora.

—Pero… ¿por qué?

Sonrió tristemente.

—¿Me haces un hueco en la roca?

Estaba asustada, pero no podía impedir que la esperanza aflorara en mi pecho. Me eché a un lado para que se sentara.

—Claro.

Merrick se sentó a mi lado y contempló la puesta de sol. Como yo tenía que mirar hacia donde él estaba para disfrutar de las vistas, aproveché para observarlo con atención. Parecía haber envejecido unos años en cuestión de semanas. Estaba enfadadísima con él, pero era humana y Merrick parecía necesitar un amigo. Así que saqué mi cristal marino de color ámbar y se lo ofrecí.

—Frótalo. Parece que lo necesitas.

Me examinó el rostro antes de negar con la cabeza.

—Te he tratado como a una mierda estas dos semanas y tú vas y me ofreces algo valioso para ti.

Me encogí de hombros.

—De todos modos, no me ha ayudado mucho últimamente. Puede que a ti te traiga más suerte.

Merrick alargó una mano y cerró la mía con el cristal dentro. Contempló el puño durante un buen rato antes de alzar la vista y mirarme a los ojos.

—El día que Amelia sufrió el accidente, me enteré de que me había puesto los cuernos y de que estaba embarazada de más de cuatro meses. Sabía que existía la posibilidad de que el bebé no fuera mío, pero de algún modo me convencí de que yo era el padre. —Negó con la cabeza—. Estaba convencido de que el bebé era mío. Aunque estaba cabreado con Amelia por lo que había hecho, encontré una manera de deshacerme de la ira que sentía al enamorarme de mi hija. —Merrick tragó—. Era como si tuviera el corazón lleno de odio y animosidad, y, a medida que me iba enamorando de una criatura a la que nunca había conocido, los sentimientos negativos iban desapareciendo. Le leí durante horas todas las noches, le enseñé todas mis canciones favoritas e incluso le conté historias de cuando su madre y yo nos conocimos en la universidad. Las enfermeras hasta me dieron un estetoscopio porque no hacía más que pedirles los suyos para escuchar el latido del bebé todo el rato.

No me importaba que Merrick me hubiera roto el corazón, abrí la mano y entrelacé los dedos con los suyos, de modo que el cristal de mar quedó entre nuestras palmas.

—Durante los siguientes meses, tuve que tomar decisiones médicas muy difíciles. Cuanto más tiempo pasaba, más peligro corría Amelia. Pero Eloise necesitaba a su madre, porque no sobreviviría si nacía demasiado pronto.

—¿Tuviste que tomar todas esas decisiones que afectaban a las dos tú solo?

Asintió.

—Amelia no tenía relación con sus padres y tampoco tenía muchos amigos. En ese momento, ni siquiera yo sabía qué habría querido ella, porque no me había enterado de que tenía una aventura con otro hombre desde hacía bastante tiempo. Al cabo de unos meses, la salud de Amelia empeoró. Resultó que tenía coágulos y se estaban rompiendo. Todavía era muy pronto para que la bebé naciera: solo estaba de veintinueve semanas. Pero accedí a probar una nueva medicación porque las vidas de ambas corrían peligro. La medicación hizo que Amelia se pusiera de parto prematuramente. Eloise nació y fue directa a la incubadora, y el estado de su madre empeoró. La medicación no surtía efecto.

Merrick se detuvo para respirar y dijo con voz ronca:

—Mientras tanto, el hospital había recibido una orden judicial para hacer una prueba de paternidad por parte del tío que se había acostado con Amelia. Unos días después, tomaron las muestras de ADN y Amelia estuvo a punto de morir, aunque la pudieron estabilizar. A la mañana siguiente, vino la trabajadora de servicios sociales y me dijo…

Las lágrimas le empezaron a caer por el rostro y las mías siguieron el mismo camino.

Negó con la cabeza.

—Han pasado tres años y sigo sin poder decir que Eloise no es…

La expresión de dolor en su rostro me rompió el corazón. Levanté el brazo y le limpié las lágrimas.

—No pasa nada. No tienes que decirlo.

Se tomó un minuto para recomponerse antes de continuar con la historia:

—Cuando me dijeron lo de Eloise, me fui del hospital al bar más cercano y me emborraché como una cuba. Al volver, la cama de Amelia estaba vacía.

Puse los ojos como platos.

—Madre mía. Había…

Merrick asintió.

—Estaba sola. Murió sola. Las perdí a las dos el mismo día.

No imaginaba por lo que había pasado. Después de meses de sufrimiento constante, todo se había desmoronado a su alrededor.

Respiró hondo.

—El otro día fui a ver a Aaron, el amante.

—¿Sí?

Asintió.

—Parece un hombre agradable. Me preguntó si quería conocer a Eloise.

—Vaya. ¿Qué le dijiste?

—Que me lo pensaría, pero creo que aceptaré su oferta. Una parte de mí siente que ha perdido una hija. Y sé que es algo que nunca recuperaré. Puede que sea importante para mí mantener a Eloise en mi vida, dentro de lo posible.

—No sé qué decir, Merrick.

Negó con la cabeza.

—No tienes que decir nada. Soy yo el que te debe todas las palabras. No hay justificación para lo que te hice, te abandoné y tú acababas de abrirme tu corazón. Antes de que vinieras a mi despacho por primera vez, pensaba que había pasado página y que estaba viviendo mi vida, pero no me había curado. Había cerrado esa parte de mi corazón y enamorarme de ti la ha reabierto. Y cuando nos encontramos a Eloise, todo se me echó encima otra vez y mi reacción instintiva fue volver a cerrarme en banda, porque es lo que hice la última vez.

Parpadeé rápidamente, no sabía qué decir.

—¿Me quieres?

Merrick me rodeó el rostro con las manos y me miró fijamente a los ojos.

329

—Desde el día que te presentaste en mi despacho y me dijiste que era un cabrón y te marchaste sin más. He intentado luchar contra lo que siento porque soy un cobarde, pero no me ha servido de nada. —Acercó mi rostro al suyo hasta que nuestras narices estuvieron a punto de tocarse—. Estoy tan enamorado de ti que estoy cagado de miedo. No solo porque te desee. Es que te necesito, Evie.

Las lágrimas me volvieron a humedecer el rostro. Esta vez eran de felicidad.

—Yo también te quiero.

—Siento mucho haberte hecho daño. Pero si me das otra oportunidad, te prometo que te lo compensaré durante... no sé... diez años.

Solté una carcajada y me limpié las lágrimas.

—¿Solo diez?

Sonrió y dijo:

—Bueno, vamos de década en década.

La mañana siguiente no me desperté hasta las once menos cuarto. Había pasado media noche reconectando con Merrick y también me habría gustado pasar el día en la cama. Pero en unas horas tenía una reunión a la que no me apetecía nada ir, una que no le había mencionado al hombre que en ese instante me abrazaba por detrás. Seguía durmiendo, así que intenté escapar de sus brazos sin despertarlo. Pero en cuanto apoyé un pie en el suelo, un brazo largo me rodeó la cintura y me devolvió al centro del colchón.

Solté un gritito de sorpresa.

—No quería despertarte.

Merrick me agarró por la muñeca y bajó mi mano hasta su entrepierna.

—Estoy despierto, cariño.

«Y tanto que lo estaba». Le di un suave apretón.

—Oye, creo que puede que esté roto. Anoche se despertó como unas cuatro veces.

—Te voy a enseñar lo roto que está… —Se inclinó hacia mí para besarme, y yo lo detuve.

—Vale, pero que sea uno rapidito. Tengo algo a las doce y todavía tengo que ducharme.

—Cancélalo.

—No te haces ni idea de lo mucho que me gustaría, pero es algo que debo hacer. —Me quedé en silencio y miré a Merrick a los ojos—. Voy a comer con Christian.

Se quedó helado.

—¿Qué?

—No es lo que parece. Christian accedió a retirar la demanda si iba a cenar con él y escuchaba lo que quería decirme. Mi abogado negoció para que fuera una comida. No me apetece nada ir, pero no quiero tener que endeudarme con los gastos del abogado por una demanda ridícula.

—Que le den a la comida. Yo pagaré los gastos.

—Es un detalle, pero no puedo dejar que lo hagas.

—Pues entonces iré contigo a la comida.

Negué con la cabeza.

—No quiero darle ningún motivo para que se eche atrás. Prefiero no hacer nada que le moleste.

Merrick frunció el ceño.

—Esto no me gusta.

—Lo entiendo. Y estoy convencida de que yo pensaría lo mismo si estuviera en tu lugar. —Le toqué la mejilla—. Prometo compensártelo cuando vuelva.

—¿A qué hora es?

—Hemos quedado en una cafetería del centro a las doce. Así que tengo que marcharme sobre las once y media.

Merrick alargó el brazo hacia la mesilla de noche y tomó el móvil.

—Le voy a mandar un mensaje a mi conductor. Él te llevará y esperará hasta que termines.

—No hace falta.

Me ignoró y siguió escribiendo en el móvil. Cuando terminó, lo dejó sobre la mesilla de noche.

—Le he dicho que venga a las doce menos cuarto. Es domingo, así que no habrá mucho tráfico. Además, vamos a necesitar una hora para que te prepares.

Arqueé una ceja y pregunté:

—¿Me vas a ayudar a prepararme? ¿Qué vas a hacer, secarme el pelo y maquillarme?

—No. Voy a asegurarme de que hueles a sexo y de que tienes mi esperma dentro de ti mientras comes con ese cabrón.

Solté una risita.

—Veo que no eres nada posesivo.

—No te haces a la idea. —Presionó los labios contra los míos y no tardé mucho en perderme en el beso. Me mordió el labio inferior con los dientes y tiró de él—. Quiero correrme dentro de ti. Sin condón. ¿Puedo?

Asentí y moví la cabeza para asentir.

—Tomo la píldora.

Merrick me acarició la mejilla con los nudillos.

—Te quiero.

—Y yo a ti.

Enterró el rostro en mi pelo y me acarició el cuello con los labios a la vez que me besaba de camino a la oreja.

—Voy a pedirte perdón incluso antes de empezar —dijo—. Con independencia de si tengo o no derecho, ahora mismo me siento muy territorial al pensar que vas a estar con otro hombre cuando acabemos. Así que te lo voy a hacer sin piedad.

Me gustaba el sonido de sus palabras. Abrí las piernas debajo de su cuerpo y sonreí:

—Adelante, jefe.

No hizo falta que dijera nada más. Se lamió la mano y la introdujo entre nuestros cuerpos para asegurarse de que estaba lubricada. Pero yo llevaba preparada desde que había dicho que quería correrse dentro de mí. Se le agrandaron las pupilas cuando se dio cuenta de lo húmeda que estaba. Alineó su glande erecto con mi hendidura y se introdujo en mi interior con una fuerte embestida. Cerró los ojos y se quedó inmóvil, como si hubiera encontrado el nirvana. Cuando los abrió, empezó a moverse como nunca había hecho antes. Salía de mi interior casi por completo y volvía a introducirse en mí con una embestida, y otra, y otra.

—Joder, Evie. Te voy a llenar el coño para que te siga goteando cuando estés con él. —Se apartó para mirarme, gruñó y se volvió a acercar—. Eres mía.

Le clavé las uñas en la espalda en cuanto me empecé a acercar al clímax.

—Me voy a… —No conseguí acabar la frase antes de que el cuerpo me empezara a palpitar—. Oh, sí.

Merrick aceleró el ritmo. Me lo hacía salvajemente y con cada empujón se introducía más en mi interior, hasta que finalmente rugió.

—¡Joder!

Me golpeó una vez más con las caderas y se liberó en mi interior.

Después de eso pasamos un buen rato besándonos con suavidad. Merrick sonrió y me apartó un mechón de pelo del rostro.

—Ya que no me dejas acompañarte a la comida, por lo menos me llevas dentro de ti.

—Para eso no hace falta que lo hagamos. —Puse una mano sobre mi corazón—. Ya te llevo aquí, así que vienes conmigo a donde quiera que vaya.

EPÍLOGO

Merrick

Un año después

—No pensaba que fueras de los que se asustan con las turbulencias.

—¿Eh? —Miré por encima del hombro antes de salir del aeropuerto y entrar en la autopista—. ¿A qué te refieres?

—Al vuelo hasta aquí —dijo Evie—. Estabas tan nervioso que tenías los nudillos blancos de agarrarte al reposabrazos con tanta fuerza.

—Ah… —La idea de que unos bachecitos en el avión me asustaran después de tantos años viajando era ridículo. En una ocasión, el avión en el que iba tuvo que hacer un aterrizaje de emergencia y ni siquiera me desperté. Pero asentí de todos modos y dije—: Vaya, pensaba que lo había disimulado mejor.

Evie soltó una risita.

—Ha habido un momento en el que tenías la frente sudada.

Acabábamos de aterrizar en Atlanta para el pícnic familiar que Kitty había preparado durante un montón de tiempo y que era dentro de dos días, aunque Evie pensaba que era mañana. También creía que íbamos directamente a casa de mi abuela.

Me aclaré la garganta y dije:

—Solo son las siete. Mi abuela no acaba la partida semanal hasta las nueve. Le he dicho que no la cancelara, porque la mayoría de las veces los vuelos llegan tarde. ¿Quieres que apro-

334

vechemos que tenemos tiempo para pasar a ver qué tal están los Airbnb?

No tenía un plan B, así que contaba con que me dijera que sí.

—Ay, sí, qué buena idea. Deja que mire en la aplicación si están reservados.

«Mierda».

Claro que estaban reservados. Los había reservado hacía un mes con un nombre falso y me había creído muy hábil, pero no había pensado que comprobaría si estaban ocupados antes de ir.

Evie escribió en el móvil.

—Los dos están ocupados.

—Bueno, ¿quieres que pasemos con el coche igualmente? Para comprobar que todo esté bien en la propiedad. ¿Qué me dices de la tienda de campaña?

—No, no pasa nada. A lo mejor podemos pasar cuando vayamos para casa. Parece que el domingo estarán libres, así que es mejor que esperemos.

Quería cargármela. «Piensa. Piensa». Estaba nerviosísimo, y a mi cerebro no se le ocurría nada.

—¿Estás segura?

Me miró con los ojos entrecerrados.

—No quieres ir a casa de Kitty mientras estén sus amigas de las cartas porque la última vez hicieron comentarios de tu culo, ¿verdad?

—Sí. Exacto… Eso es. Parecen corderitos, pero esas señoras son unas lobas.

Evie se rio.

—De acuerdo. ¿Sabes?, para la boca tan sucia que tienes, a veces te comportas como un mojigato.

Conduje el resto del trayecto sin decir casi ni una palabra. Todos los años hacía compras de acciones multimillonarias y muy arriesgadas, y nunca me había sentido así. Evie había insistido en que tenía que relajar un poco el tono cuando hablaba con los agentes nuevos, porque, al parecer, los ponía nerviosos. Si lo que les hacía sentir se parecía en lo más mínimo a lo que yo sentía en ese momento, realmente era un cabronazo y deberían dimitir todos.

—Ay, he olvidado decirte que he comprado entradas para Barrio Sésamo en directo para los cumpleaños de Abbey y Eloise. Todavía faltan unos meses para la función, pero Abbey está obsesionada con todo lo que tiene que ver con Barrio Sésamo. He pensado que a lo mejor a Eloise también le gustaba. He comprado tres entradas para dos días diferentes. No sabía si querrías que nosotros lleváramos a Eloise o si preferirías dárselas todas a Aaron y que la lleve a ella con una amiga.

Unas semanas después de hablar con Aaron, acepté su oferta de conocer más a su hija. Al principio se me hizo raro. Solo quería mirarla y buscar en ella al bebé que un día había pensado que era mío. Aun así, no tardé mucho en olvidarme de eso. Desde entonces, los visitaba a menudo. Y Aaron y yo habíamos establecido casi una amistad. Nunca había pensado que estaría agradecido de tenerlo en mi vida, pero así era, porque no podía dejar de querer a una niña de la que me había enamorado incluso antes de que naciera. Les había presentado a Evie, y las últimas veces que habíamos quedado, ella había traído a su sobrina, Abbey. Eloise la quería con locura y la trataba como a una muñequita.

—¿A ti te apetece ir? —le pregunté.

—Bueno, sí. Mi madre nunca tuvo dinero para llevarnos a funciones cuando éramos niñas. Supongo que siento curiosidad por ver qué tal son.

—Vale —respondí—. Pues la llevaremos nosotros.

—¿En serio? —Evie abrió los ojos de par en par—. Pensaba que nunca accederías a ir a ver Barrio Sésamo en directo.

Me encogí de hombros.

—Voy a tener la oportunidad de pasar unas horas con Eloise y, al volver, me agradecerás con una mamada que haya hecho algo que querías, ¿no?

Soltó una carcajada.

—Es probable.

—A mí me parece un plan estupendo. Si vosotras estáis contentas, me da igual a dónde vayamos.

Los ojos de Evie se enternecieron.

—A veces dices las cosas más monas sin darte cuenta.

—Te refieres a la mamada, ¿verdad?

Me dio un golpe.

Al cabo de diez minutos, toda la calma que había conseguido reunir hablando con Evie se esfumó en cuanto tomé el camino hacia las casas de los árboles. Llegamos y aparqué. El sol se estaba poniendo.

Evie miró a su alrededor.

—Fíjate en el cielo. No podríamos haber llegado en mejor momento ni planeándolo.

Casi se me escapó la risa. «Sí que estaba planeado».

—Parece que los huéspedes todavía no han llegado —comentó.

—Pues vamos a echarle un vistazo.

—¿Y si llegan?

—Les diremos que somos del servicio de limpieza.

Me miró de arriba abajo.

—Nadie se lo tragaría, aunque no llevaras un traje de tres mil dólares.

—¿Por qué no?

—Porque siempre pareces el jefe. No quiero que me pillen husmeando en su cabaña.

Me bajé del coche, le abrí la puerta a Evie y le ofrecí la mano para ayudarla a salir.

—Venga, será divertido. Te gusta que estén a punto de pillarte. ¿No recuerdas la corrida del otro día en la oficina, cuando te lo comí sin que echáramos el pestillo en el despacho? —Me pasé una mano por la parte de atrás de la cabeza—. Me tiraste tan fuerte del pelo que tengo una calva.

Me tomó de la mano.

—Bueno, vamos, pero te lo advierto…, como se te ocurra hacerme algo como lo del otro día, te dejaré calvo.

En la escalera, sonreí al ver que miraba a su alrededor para asegurarse de que no había moros en la costa.

—Adelante —dije.

Evie llevaba un vestidito, así que las vistas desde abajo me ayudaron a olvidar lo que iba a hacer.

—Deja de mirarme el culo —gritó sin girarse hacia mí.

Solté una risita.

—Tú disfruta de tus vistas y deja que yo disfrute de las mías.

En el interior, Evie dio unos cuantos pasos y se quedó de piedra justo cuando yo acabé de subir.

—Madre mía. Hay champán en la cubitera. Los huéspedes ya deben de haber llegado. Seguro que han ido a dar un paseo y volverán pronto, porque ya está oscureciendo. Tenemos que irnos.

Evie se giró hacia la puerta, pero la agarré de las muñecas.

—Espera un segundo. Quiero decirte algo.

—Podemos hablar en el coche.

Hice lo único que se me ocurrió para relajarla. Le puse las manos sobre las mejillas y tiré de ella para que nuestros labios se encontraran. Ella intentó apartarse, pero después de unos diez segundos, se le relajaron los hombros y se rindió. Aunque lo hice para que se calmara, el beso estaba surtiendo el efecto contrario en mí, así que tuve que parar. Mantuve las manos en sus mejillas y su rostro cerca del mío.

—Dame un minuto, ¿vale?

Parpadeó rápidamente, parecía confusa, pero asintió. Me encantaba que, incluso después de tanto tiempo, mis besos siguieran teniendo el mismo efecto en ella. La cogí de la mano, me la acerqué a los labios y se la besé antes de respirar hondo y dar un paso hacia atrás. Entonces, me puse de rodillas.

—Evie, quería hacer esto aquí porque sé lo importantes que son para ti las casas del árbol. Son el lugar en el que te sentiste segura en los momentos de tu vida en los que querías huir de todo. Puede que no trepara a una casa del árbol, pero sí que pasé unos años queriendo huir de la vida. Hasta que entraste por la puerta de mi despacho.

Evie se tapó la boca y se le llenaron los ojos de lágrimas.

—Mi vida cambió cuando te conocí. Has hecho que quiera volver a vivir, ser mejor persona y que quiera muchas más cosas de la vida, aparte de dinero y poder. —Me metí la mano en el bolsillo y saqué la cajita que había guardado al salir de Nueva York esa mañana—. Me preocupaba que pensaras que me estaba tocando el paquete de tanto meter la mano en el bolsillo para comprobar que no la había perdido.

Evie se rio.

Abrí la cajita con el anillo. En el interior, había un diamante de corte princesa de cuatro quilates con dos diamantes más pequeños a cada lado de la filigrana. Los pequeños eran de los anillos de su abuela y Kitty. Habían hecho falta varias personas para hacerlo. Al lado del anillo, en la caja de terciopelo negro, había el trozo de cristal de mar ámbar que siempre llevaba en el bolso y del que nunca se separaba. Cogí el cristal y se lo ofrecí.

—Espero que no te importe que te lo haya quitado del bolso esta mañana. Necesitaba toda la suerte del mundo.

Recuperó el cristal y se lo llevó junto al corazón.

—Creo que lo que siento ahora mismo es más fuerte que lo que sentí hace veinte años en la playa el día que lo encontré.

Sonreí.

—Evie, quiero despertarme a tu lado todas las mañanas y quedarme dormido contigo todas las noches. Quiero que seas mi esposa y quiero formar una familia contigo. Pero lo que quiero por encima de todo, y el motivo por el que quería hacer esto aquí, es que quiero reemplazar las casas del árbol. Quiero ser la persona que siempre esté cuando la necesites, el lugar al que acudas siempre que quieras sentirte segura. —Me detuve y respiré hondo—. Evie, ¿quieres casarte conmigo?

Las lágrimas le humedecieron el rostro. Me rodeó el cuello con los brazos y me besó.

—¡Sí! ¡Claro que sí!

El corazón me empezó a latir a toda prisa cuando la besé en los labios. Al separarnos, los dos jadeábamos. Le puse el anillo en el dedo y ella lo miró fijamente.

—Las piedras pequeñas son de los anillos de compromiso de nuestras abuelas, a las que se los dieron los amores de sus

vidas. Greer me ayudó a buscar el anillo de tu abuela y Kitty
estaba deseando darte el suyo.

—Madre mía, Merrick, eso significa muchísimo para mí.
—Levantó la mano y añadió—: Es una preciosidad.

—Bueno, entonces parece que he elegido bien, porque es
tan bonito como la mujer que lo lleva.

FIN

(Sin embargo, a veces, la vida es un círculo
que nos lleva de vuelta al principio).

DE VUELTA AL PRINCIPIO

Merrick

Diecinueve años antes

—Hola. —Mi hermana entró en el garaje donde yo practicaba unas jugadas de billar en la vieja mesa de mi abuelo. Cogió la bola número cinco a la que estaba apuntando—. La abuela quiere que vayas al supermercado a comprar azúcar.

—¿Puedes volver a colocar la bola? —le pregunté—. Estoy jugando una partida.

Lanzó la bola al aire y la pilló con la mano.

—¿Es que no tienes suficiente con tocarte las bolas en tu habitación?

Se la quité cuando la volvió a lanzar al aire.

—Qué graciosa. Pero ser guapa no es tan importante.

Puso los ojos en blanco.

—Qué original eres, enano.

«Enano». Mi hermana Lydia tenía quince años, o sea que apenas era dos años mayor que yo, y aun así actuaba como si nos lleváramos una década. Miré por la ventana del garaje. Justo había empezando a lloviznar.

—¿Por qué no vas tú?

—Es que me acabo de secar el pelo.

Me encogí de hombros y añadí:

—¿Y qué? Ponte una capucha.

—Si no cierras el pico y haces lo que te digo, tendré que llamar a Dave…

Dejé la bola número cinco sobre la mesa de billar.

—Perfecto. Ya de paso pídele que me traiga un Big Mac. Sabes que esa amenaza dejó de funcionar cuando tenía seis años, ¿verdad?

—Los Big Mac son del McDonald's, cateto. No del Wendy's.

Me encogí de hombros, me incliné para apuntar y metí la bola de un golpe por el agujero de la esquina.

—Si la abuela hubiera querido que fuera yo, me lo habría pedido en persona. Sé que te lo ha dicho a ti y me estás intentando cargar el muerto.

Lydia se encogió de hombros.

—Da igual. Soy la mayor, así que tienes que hacerme caso.

—Siento decirte que eso no significa nada. No puedes darme órdenes porque seas un poco mayor que yo. Pero ya que vas a la tienda, compra mantequilla de cacahuete, que se nos ha acabado.

Arrugó la nariz.

—¿Cómo puedes comer mantequilla de cacahuete tres veces al día?

—No lo critiques tanto si no lo has probado. —Me acerqué a mi hermana y la miré desde arriba. Le sacaba por lo menos quince centímetros—. A lo mejor, si comieras mantequilla de cacahuete, tendrías el tamaño de una persona normal.

—Mido un metro cincuenta y cuatro. Es una altura estándar para chicas.

Sonreí con suficiencia.

—Lo que tú digas…

Cruzó los brazos por encima del pecho.

—Si voy al supermercado, no te pillaré la crema de cacahuete. Solo compraré el azúcar que me ha pedido la yaya.

Puse cara de exasperación. Claro.

—Vale —dije entre dientes—. Iré cuando acabe la partida. Pero solo porque quiero un sándwich.

Al cabo de un rato, fui en bici al supermercado, que estaba a tres manzanas, y compré el azúcar y la crema de cacahuete.

Pero mientras estaba en la tienda, la llovizna se convirtió en un chaparrón en toda regla. Levanté la bicicleta de la marquesina.

—Qué bien.

Para cuando llegué a casa de mi abuela, estaba empapado de los pies a la cabeza. Pulsé el botón para abrir la puerta del garaje, pero en ese mismo momento, una melena rubia y larga pasó corriendo por el jardín de la amiga de la abuela, que vivía al lado de casa. Contemplé cómo la niña corría a través del césped mojado y subía por la escalera de la casa del árbol del jardín trasero. En el cuarto peldaño, se resbaló, se soltó de la escalera y aterrizó de culo en el suelo. Sin embargo, se levantó, miró por encima del hombro hacia la casa y empezó a trepar de nuevo. La segunda vez casi consiguió llegar arriba antes de que un pie le resbalara. De algún modo, al intentar poner el pie en la escalera, la golpeó y la tumbó. Pensé que ella también se iba a caer, pero se agarró de la casa del árbol y se quedó colgando en el aire.

—Mierda.

Corrí hacia el jardín de Milly. La lluvia me golpeaba el rostro mientras esquivaba la pequeña valla blanca, recogía la escalera del suelo y la volvía a poner al lado de la chica. Ella la enganchó con las piernas y se agarró al artilugio otra vez. En cuanto se estabilizó lo suficiente para volver a trepar, subió rápidamente los últimos peldaños hasta la casa y cerró la puerta de golpe.

Me esperé un minuto, pero la chica no salió. Y como la lluvia no iba a amainar, volví corriendo a la casa de mi abuela. Cuando llegué al garaje, oí que un hombre gritaba desde el interior de la casa de Milly. Imaginé que la niña había hecho algo y se había metido en un lío, así que guardé la bicicleta en el garaje y no me metí donde no me llamaban.

En casa, la abuela me miró y movió la cabeza de un lado al otro.

—Niño, pareces una rata ahogada. ¿Qué haces jugando fuera con la que está cayendo?

Me bajé la cremallera y saqué la bolsa que llevaba en el interior para que no se mojara.

—He ido a comprar el azúcar que necesitabas.

—Querrás decir el que necesitaba tu hermana. Es ella la que quiere hacer caramelos.

«Es que lo sabía». Negué con la cabeza.

—Me ha dicho que era para ti.

La abuela se echó a reír.

—Suena a algo que haría tu hermana. Tengo siete hermanos y siempre pringan los más pequeños. A vuestra edad, yo le habría hecho lo mismo a mi hermano pequeño.

El teléfono empezó a sonar, así que se acercó a la pared en la que estaba colgado, me señaló la ropa y añadió:

—Ve a cambiarte mientras te preparo algo de comer.

Estaba empapado y me tuve que cambiar hasta los calzoncillos.

Cuando regresé al comedor, la abuela acababa de colgar el teléfono. Sacó el chubasquero del armario de los abrigos y las llaves del colgador que había junto a la puerta principal.

—Tengo que irme. Portaos bien.

—Está diluviando. ¿A dónde vas?

La abuela negó con la cabeza.

—Tengo que ayudar a una amiga. Te lo contaré cuando vuelva.

—Vale.

Ella se fue y yo me preparé un sándwich de mantequilla de cacahuete y mermelada. Al dejar el cuchillo sucio en el fregadero, miré por la ventana y vi el deportivo de mi abuela en la entrada de la casa de al lado. Una mujer se estaba sentando en el asiento del copiloto. Milly, la amiga de la abuela, caminaba por el lateral de la casa y rodeaba con el brazo a la niña que casi se había caído de la casa del árbol. Observé cómo se subían al coche, la abuela arrancó y se alejaron por la carretera.

Pasaron horas hasta que la abuela regresó. Yo estaba medio dormido en el sofá, mirando un torneo de póquer en la tele cuando se acercó, tomó el mando del televisor y lo apagó.

Me senté.

—¿Ha ido todo bien?

Suspiró.

—Por ahora sí, pero ya veremos.

—¿Le ha pasado algo a Milly? He visto que te las llevabas con el coche.

—No, Milly está perfectamente.

—Por cierto. Antes, cuando he vuelto de la tienda, una niña ha salido corriendo de su casa. Ha estado a punto de abrirse la cabeza porque se le ha caído la escalera al intentar subir a la casa del árbol.

—Sería Everly, la nieta pequeña de Milly.

—Y he oído que un hombre gritaba.

La abuela frunció el ceño.

—Ese era el padre. Es un mal hombre, pero ya no volverá por aquí, por lo menos durante un tiempo.

—¿La niña está bien?

La abuela asintió y me dio una palmadita en la mano.

—Lo estará.

Asentí.

—Venga, llevas mucho rato pegado a la caja boba. Quiero enseñarte una cosa que he hecho.

Seguí a mi abuela hasta la cocina, donde desenrolló una cartulina de color crema. En el interior, probablemente había cientos de rectángulos conectados con varias líneas.

—¿Qué es?

—Nuestro árbol genealógico. He pensado que sería bonito conocer a nuestros antepasados.

Me encogí de hombros.

—¿Para qué?

—Para saber de dónde venimos, bobo. ¿Cómo que «para qué»?

Señaló la parte superior del árbol.

—Este de aquí sería el tatarabuelo de tu tatarabuelo, Merchant Harrington. Era sastre. —Bajó el dedo por el árbol—. Le hizo el vestido de novia a su hija, y lo llevaron dos generaciones más. Tengo una foto del vestido en el ordenador. Puede que tú también seas sastre.

Reí por la nariz.

—Ya te digo yo que no.

—¿Por qué no?

—Porque yo seré rico.

—¿Ah, sí? ¿Y se puede saber cómo te vas a hacer rico?

—Eso es fácil. Invirtiendo en bolsa.

La abuela sonrió y volvió a centrar su atención en el gráfico. Se pasó la siguiente hora hablándome de cada persona del árbol genealógico. Cuando llegó al final, había cuadrados debajo de los nombres de mis padres y debajo y al lado de los de Lydia y el mío.

Señalé al cuadrado que había al lado de mi nombre.

—Y si no me caso, ¿qué? ¿Esa rama se marchitará?

—Te casarás. —Movió un dedo delante de mi cara—. Lo veo en tu futuro.

Me encogí de hombros.

—Lo que tú digas.

Me puso bien el pelo y me preguntó:

—¿Por qué no te vas a dormir?

—Vale. Buenas noches, yaya.

El viento me despertó la mañana siguiente. Había dejado de llover, pero la ventana de la habitación de invitados estaba un poco abierta y el viento había silbado con fuerza al entrar. Me levanté para cerrarla, pero no conseguí volverme a dormir, así que fui a la cocina a beber zumo. Me acabé el vaso de un trago, miré por la ventana de encima del fregadero y me fijé en la casa del árbol del jardín de Milly. La escalera que había recolocado la noche anterior se había vuelto a caer, así que fui al garaje, cogí un martillo y unos cuantos clavos largos y me dirigí al jardín de la vecina para zanjar el asunto de una vez.

Cuando volví a casa, la abuela estaba despierta y sentada a la mesa, contemplando otra vez su árbol genealógico.

Me sonrió y me preguntó:

—¿Por qué has ido a arreglar la escalera?

Me encogí de hombros.

—No sé. He visto que volvía a estar en el suelo y no quiero que la niña se haga daño cuando yo no esté aquí.

—Qué detalle más bonito.

Miré la cartulina.

—¿Has añadido más nombres al árbol?

—Solo uno.

—¿Has encontrado un nuevo ancestro en solo una noche?

La abuela enrolló el papel.

—He añadido un descendiente, no un ancestro.

—¿Qué es un descendiente?

—Una persona de la familia que viene después de mí y no antes.

Arrugué la frente.

—¿Como mamá y Lydia y yo?

—Exacto.

—Pero nosotros ya estábamos en el árbol.

La abuela miró hacia la ventana sobre el fregadero y sonrió.

—Estoy manifestando algo.

—¿Manifestando?

—Quiere decir que le pido algo al universo en lo que creo, para que ocurra en el futuro.

Me reí por la nariz.

—¿Qué te parece si me manifiestas un sándwich de mermelada y mantequilla de cacahuete?

La abuela se levantó, se colocó la cartulina bajo el brazo y se acercó para darme un beso en la mejilla.

—Puedo hacer algo mucho mejor que eso. Espera y verás.

AGRADECIMIENTOS

A vosotros, los lectores. Gracias por acoger a Merrick y a Evie en vuestros corazones y mentes. Me enorgullece que mi novela os haya servido de refugio durante un tiempo, ¡y espero que volváis pronto para conocer a los siguientes personajes!

A Penelope. ¿Podrías escribirte tú misma un agradecimiento sensiblero en el que expliques lo buena amiga que eres para incluirlo en esta sección? De todos modos, ninguna de las dos recordará quién lo ha escrito. ;-)

A Cheri. Gracias por tu amistad y apoyo.

A Julie. La locura de este 2022 me ha recordado lo que significa la amistad. Me muero de ganas de verte enterrar los pies en la arena de Fire Island el verano que viene.

A Luna. Gracias por estar siempre ahí, de día y de noche. Tu amistad me alegra los días.

A mi fantástico grupo de lectores de Facebook, las Violetas de V. ¿Un grupo donde se reúnen más de 23 000 mujeres inteligentes (y unos cuantos hombres estupendos) a quienes les encanta hablar de libros? Qué afortunada soy. Todas y cada una de vosotras sois un regalo. Gracias por vuestro apoyo.

A Sommer. Gracias por saber lo que quiero, a menudo antes que yo.

A mi agente y amiga Kimberly Brower. Gracias por estar ahí siempre. Cada año me brinda una oportunidad única contigo. ¡Estoy deseando ver qué será lo siguiente que se te ocurrirá!

A Jessica, Elaine y Julia. ¡Gracias por acabar de pulir mi trabajo y ayudarme a brillar!

A Kylie y Jo de Give Me Books. No recuerdo cómo me las apañaba antes de conoceros ¡y espero no tener que volver a hacerlo nunca! Gracias por todo lo que hacéis.

A todos los blogueros. Gracias por inspirar a los lectores a darme una oportunidad y por estar ahí siempre.

Con mucho amor,
Vi

Chic Editorial te agradece la atención dedicada a
El proyecto jefe, de Vi Keeland.
Esperamos que hayas disfrutado de la lectura
y te invitamos a visitarnos
en www.chiceditorial.com,
donde encontrarás más información
sobre nuestras publicaciones.

Si lo deseas, también puedes seguirnos
a través de Facebook, Twitter o Instagram
utilizando tu teléfono móvil
para leer los siguientes códigos QR: